결

배매아 첫 소설집
결

초판 1쇄　2024년 1월 12일
지은이　　배매아
펴낸곳　　도서출판 고유명사

펴낸이　　이제야, 이미현
기획　　　김병곤
편집　　　이제야
마케팅　　스튜디오 이제야 1호점
주소　　　서울시 마포구 성산동 200-341, 402호
전자우편　properbook@naver.com

ISBN　　979-11-977273-7-5

이 책의 판권은 지은이와 **도서출판 고유명사**에 있습니다.
양측의 서면 동의 없는 무단 전재 및 복제를 금합니다.

결
grain

배매아 첫 소설집

고유명사

차례

결 9

파위나 모드 39

나우 117

잠자리가 지나간 길 147

동선의 추억 219

바람이 다시 불 때 245

해설 음표로 그린, 풍경의 사회화_김선주 281

작가의 말 311

결

진숙화의 노래다.

이 노래를 들으면 이런 결들이 떠오른다.

이를테면, 비가 후드득 떨어지기 전 바람에서 느껴지는 물결, 창턱에 앉아 골목 아래를 내려다보는 고양이 그림자, 오랜 시간 다락방에서 바래가는 사진 속 사람들의 얼굴, 달무리처럼 가로등의 입김이 번지는 밤의 허공과 아기의 축축한 울음소리가 흘러내리는 불 꺼진 창문, 여기엔 없지만 저기 어느 마을에선 들릴 것 같은 종소리, 아침이면 햇살 속에 부옇게 살비듬이 떠다니고 함께 걸어가던 길이 주름진 뇌의 어느 골목을 돌아가다 울먹이며 사라지는 기척, 놀이터 그네에서 저 혼자 흔들리고 있는 여자의 발목, 발목 아래로 수줍은 흰 양말과 옥상에 고인 물속으로 심령처럼 스미는 흰 와이셔츠, 점점 옷을 벗을 때마다 풍기는 늙어가는 살 냄새, 오래 손을 흔드는 사람의 얼굴로 개들의 울음소리가 골목을 지나가면, 입술 위에 혀를 가만히 내놓고 잠드는 밤의 쓸쓸함.

진숙화의 노래다.

그녀는 중국의 오래된 가수이고, 이 곡을 작곡한 사람은 쿠리하라 마리라는 일본의 여성 작곡가다. 그들은 1997년 도쿄 가요제에서 만났다. 그 후로 자주 연락을 주고받았고 어느 날 쿠리하라 마리가 이 곡을 작곡해서 진숙화에게 주었다. 전해지는 말에 의하면, 쿠리하라는 오랜 친구인 진숙화를 위해 이 곡을 썼다고 한다. 그렇지만, 언제 정확히 그녀가 이 노래를 작곡했는지는 알 수가 없다. 이 곡이 실린 앨범이 발표된 게 2003년 여름이었으니 그 전에 작곡되었을 것이다. 공교롭게도, 쿠리하라는 그해 교통사고로 죽었다. 그녀가 어느 도시에서 죽었는진 알 수가 없다. 어느 계절에 죽었는지도, 알 수가 없다. 역시 전해지는 말에 의하면, 진숙화는 앨범 녹음 작업을 하던 중에 친구의 사망 소식을 들었다고 한다. 그래서일까? 이 노래를 부르는 진숙화의 목소리는 파랗고, 서럽게 들린다. 은연중에 음(音)들의 깊고 차가운 물 속을 지나가고 있다는 듯이. 쿠리하라는, 정말 교통사고로 세상을 떠나기 전 이 곡을 그녀에게 써주었던 것일까? 곡의 가사는, 한 친구가 세상을 떠나면서 사랑하는 사람들에게 보내는 작별 인사로, 중국의 한 작사가가 가사를 썼다. 쿠리하라의 죽음이 먼저 있었고 그 후 가사가 쓰여졌는지, 혹은 가사를 쓰고 난 후 쿠리하라가 교통사고를 당했는지는 알 수가 없다. 알 수가 없지만, 가사의 결미에는 내 몸으로 가득 흩날리던 들국화 꽃을 잊지 말라는, 한 줄의 문장이 있는데, 들국화는 생전에 쿠리하라가 좋아했던 꽃이라고 한다. 아마도 그랬을 테지만, 정말 진숙화는 그녀로부터 이 노래를 받았던 것일까? 혹은 그녀가 속해 있는 에이전시가 쿠리하라에게 곡을 의뢰했던 것일까? 어쩌면 쿠리하라는 이 곡을 전혀 다른 가수에게 줬을지도 모른다. 그들은 사실 별다른 친분이 없고 어디선가 몇 번 인사를 나눴을 뿐이며, 우연한 기회에 노래를 들은 진숙화가 중국에서도 어필할 수 있다는 생각에 번안해서 노래를 불렀던 것인지도. 노래 가사에 들국화가 나오는 건 순전한 우연이거나 어쩌면 쿠리하라가 좋아했던 건 전혀 다른 꽃이었을지도 모른다. 어떻게 알 수 있겠는가? 사실은 이 노래에서 느껴지는 진숙화의 깊은 슬픔이란, 친구의 죽음 때문도 그녀의 삶에서 자연스럽게 배어 나오는 슬픔 때문도 아니라, 그저 그녀의 목소리가 타고나기를 본래 그렇게 서글프게 들리는 것일 뿐이라면…… 우리가 슬픈 건 우리가 슬플 때 그 슬픔에 온전히 집중할 수 없기 때문인지도 모른다. 진숙화가 쿠리하라와 정말 친구 사이였고, 쿠리하라가 그녀에게 이 곡을 준 후 세상을 떠난 게 사실이었다 할지라도, 그녀가 노래를 녹음하던 당시 이미 쿠리하라는 세상을 떠난 지 몇 달이 지났을지도 모른다. 그러니 진숙화는 친구의 죽음을 생각하며 더없이 서글픈 심정으로 노래를 불렀겠지만, 노래를 부르다 설사가 나서 자주 화장실에서 끙끙거리며 냄새가 나는 물똥을 쌌을지도 모른다. 혹은 당시 불화가 있던 어떤 사람들에게 전화를 해서 쌍욕을 하며 싸웠을 수도 있고, 노래를 부르느라 종일 끼니를 걸렀다면 녹음 작업을 마친 후 매니저가 사 온 완탕면을 후루룩 짭짭하며 맛있게 먹었을 수도 있다. 심지어 같이 작업을 한 사람들과 경박하게 웃으며 잠시 장난을 치거나 허전해서 만두 몇 개를 더 집어먹었을지도. 그리고 한숨을 한 번 쉰 후, 다시 슬퍼했을 것이다.

진숙화는, 07년 콘서트에서 이 노래를 마지막으로 불렀다. 그녀는 심플하고 실루엣이 아름다운 붉은 색의 중국 전통 복장을 입었고, 무대에 은은한 안개처럼 번져 있는 조명은 꿈에서 막 흘러나온 듯한 푸른색이었는데, 2분여간 독주로 이어진 어쿠스틱 기타 연주는 쓸쓸했다. 무대에 잠시 어두운 정적이 흐르자 진숙화가 느리고 담담한 첫 발음을 뗐고, 기타의 현이 머리카락처럼 낮게 바닥으로 흘렀다. 우울한 구름색으로 보이는 음들이 그녀의 아름다운 중국어 발음에 실려 차분차분 무대로 번져갔다. 아마도 곡조가 그러하거나, 무대 연출이 쓸쓸한 극장을 연상시키거나, 그녀의 음색이 서글픈 탓이겠지만, 진숙화는 정말로 친구의 죽음을 슬퍼하고 있는 사람처럼 보였다. 노래가 끝나고, 코러스 합창이 결의 후렴을 반복해 부르는 동안, 그녀는 정중하게 인사를 하고 관객들에게 일분 정도 북경어로 말을 했지만, 당연히 나는 알아들을 수 없었다. 노래를 시작하기 전에도, 아마 곡에 대한 소개를 했을지 모르지만, 나는 이 영상을 유튜브를 통해 보았기 때문에, 그 부분은 편집되어 있었다. 그녀는 쿠리하라에 대해 언급했던 것일까? 내가 알 수 있는 건 곡이 시작되기 전에, 한자로 결이란 제목이 뜨면서 나오는 작곡가의 이름에 알파벳으로 분명히 쿠리하라 마리라는 이름이 써 있었다는 것뿐이다. 다른 영상들도 여러 경로를 통해 찾아보았지만, 결을 노래하는 무대는 07년 콘서트 영상 밖에 없었다. 그 곡을 마지막으로 불렀을 것이라고 생각하는 건, 노래가 끝나고 코러스의 합창 속에 손을 흔들며 무대를 떠나는 모습이 누가 봐도 마지막 무대로 보였기 때문이었다. 알고자 하면, 어떻게든 알 수 있었겠지만, 나는 굳이 알려고 노력하지 않았다.

내게 이 노래를 들려준 사람은, 오래전 다니던 대학의 같은 과 여자 후배였다. 그녀는 눈이 무척 작고, 눈보다 큰 뿔테안경을 쓰고 다녔다. 골격이 도드라진 어깨를 늘 구부정하게 움츠리고 다녀서, 한여름에도 땀을 뻘뻘 흘리며 겨울 바람을 맞받아 걸어가는 사람처럼 보였다. 늘 이어폰을 귀에 꽂고 있었는데, 어쩌다 가끔 멍한 얼굴로 주머니에서 무언가를 찾는 것처럼 손을 넣어 허벅지를 더듬거나, 입을 벌려 손가락으로 이빨을 만지는 버릇이 있었다. 이야기를 할 때면, 그녀는 작은 눈을 깜박이며 다소 호들갑스럽게 손을 공중에 휘젓곤 했는데, 그래서 그녀가 하는 말은 늘 진지하게 들리지 않았고, 다소 우스꽝스럽고 경박하게 여겨지곤 했다. 어째서 그녀가 프랑스어 학과를 다니면서 샹송보다는 중국 노래를 좋아했는지는 모르겠다. 물론 그녀가 했던 말이 생각나긴 하지만, 그게 이유라곤 하기엔 그녀의 이미지와 다분히 어울리지 않았기 때문에, 나는 그녀가 하는 말들을 그리 진지하게 듣지 않았다. 그녀는 말했다.

"중국어 발음은 그래요, 친숙한 듯하면서 전혀 생소하게 들리는 느낌이 좋아요. 특히 노래를 들으면요, 그 부드러운 발음은 무척 친숙하게 느껴지는데, 막상 들어보면 내용은 전혀 알아들을 수 없거든요. 그러니깐 익숙한 멜로디에 실려 있는 이해 불가능한 발음들은 내게 무수한 상상을 가능하게 해주는 거예요. 나는 그때그때 그 발음들이 인도하는 대로 내용을 상상하며 듣거나, 아니면 그냥 노래의 음과 발음의 음 사이에 생기는 어떤 질감들을 느끼면서 들어요. 그래서 중국 노래를 거의 칠 년 넘게 들어왔지만, 난 중국어를 배울 생각이 전혀 없어요. 그 가사를 알아들으면, 그런 느낌들이 사라질 테니까요."

진숙화를, 그녀는 중학교 때부터 좋아했다고 말했지만, 심지어 진숙화의 노래 제목들조차 모르고 듣는 노래들이 많았다. 결이란 노래 역시 한자로는 이별을 뜻하는 결(訣)이라고 쓰지만, 그녀는 물결이나 바람결처럼 어떤 질감을 나타내는 결이라 여기며 듣는다고 했다. 그게 이 노래의 분위기에 훨씬 더 잘 어울리고, 또 노래를 들으면서 더 많은 상상을 할 수 있기 때문이라는 데 너무 제멋대로가 아닌가, 라고 생각하기는 했지만, 사실 나도 이 노래를 처음 들었을 때 그런 느낌을 받기는 했었다. 어쩌다 나는 그녀와 몇 번 이어폰을 꽂고 중국 노래를 함께 들었는데, 사실 내가 개인적으로 그녀와 함께 보낸 시간의 전부이기도 했다. 우리는 술자리가 파하면 자취방이 같은 방향이었기 때문에 종종 새벽길을 함께 걸었고, 그러다 놀이터 의자에 앉아 음악을 듣거나 이야기를 나누곤 했었다. 여름이 오기 전이었고, 가끔 날이 쌀쌀할 때도 있었지만, 나는 그녀가 건네주는 이어폰을 귀에 꽂고 음악을 들었고, 음악이 한 곡 끝날 때마다 그녀가 짧게 노래에 대한 얘기를 해주곤 했다. 주로 언제적 노래이고, 부른 가수가 누구라든지 하는 이야기였지만, 어쩔 때는 그 노래를 들었을 때 자기가 고등학교 몇 학년이었는데, 어떤 일들이 있었고, 그래서 이 노래를 들으면 그런 일들이 생각난다는 둥의 개인적인 이야기를 하기도 했었다. 결이란 노래를 들었을 때, 그녀는 내게 이런 이야기를 들려주었다.

그녀는, 경기도 화성 남양에서 태어났다. 화성은 경기도에서 가장 넓은 땅을 지니고 있는데다 개발이 들쭉날쭉 엉망으로 되어 있어 병점 같은 데는 그런대로 도시 같은 느낌이 나지만, 자신이 살고 있는 수원 인근에 남양은 그야말로 난개발로 얼룩진 황량하고 삭막한 곳이라고 했다. 행정구역상 지도엔 나오지 않지만, 남양 사람들은 다 알고 있는 오래된 동네 이름 중 북양리라는 곳이 있는데, 남양이 말 그대로 남쪽에 햇살이 비치는 마을이라면 북양리는 북쪽에 햇살이 비치는 마을로서, 그녀는 남양 북양리 언덕에 자리 잡은 아파트에서 살았다고 했다. 그녀가 고등학교를 졸업하고 대학에 들어가 서울 신촌에 자취방을 잡기까지. 아파트 주변은 허허롭고 황폐했다. 아파트는 국도변에 있었는데, 주변에 아무것도 없는 삭막한 벌판 같은 곳에 난데없이 들어선 아파트 단지는, 자신이 그곳에 살고 있음에도 불구하고 내내 흉물스럽게 느껴졌다고 했다.

 그녀는 지금은 죽어서 만날 수 없는 친구와 국도변 언덕 길을 걸어 중고등학교를 다녔다. 남양은 수년 전부터 여기저기 개발이 한창이라 늘 덤프트럭이 먼지 바람을 일으키며 종일 국도를 달려갔다. 학교까지는 걸어서 이십 분이 걸렸는데, 버스를 탈 수도 있었지만 버스 시간에 맞춰 정류장에 가야 하는 일이 번거로워 그녀와 친구는 늘 걸어서 학교를 오갔다고 했다. 주변은 삭막한 벌판이거나 엉뚱하게 얼굴을 내밀고 있는 낡은 중국집이나 감자탕집, 혹은 무슨 부동산 같은 시멘트 건물들이 듬성듬성 서 있을 뿐, 산책의 운치라곤 전혀 없는 황량한 풍경뿐이었다. 봄에도 그랬고, 여름에도 그랬으며, 가을엔 반쯤 파헤친 산 능선에 붉은 단풍이 간신히 물들곤 했지만, 겨울에 들어서면 들판은 비를 맞고 있는 처량한 계집애처럼 보이거나, 여기저기 미적 감각이라곤 도무지 찾아볼 수 없는 건물들이 천박한 몰골로 추위를 견디고 있는 모습이 더없이 을씨년스러워 보일 뿐이었다.
 그녀는 친구와 그런 메마르고 삭막한 풍경 속을 음악을 들으며 학교를 오갔다고 했다. 눈으로 보이는 국도변 풍경은 천박하고 침울한 분위기였지만, 귀속으로 흘러들어와 그네들의 몸속을 아른아른 떠도는 음들의 무리는 따뜻하고 아름다웠다. 사람의 목소리가 가장 아름다운 악기에 가까울 수 있는 건 그 목소리에 어떤 의미도 실리지 않을 때라고 그녀는 말했다. 목소리가 말 그대로 목이란 악기에서 연주되는 소리일 때, 그 소리에 실린 음들이 어떤 의미나 질감도 강요하지 않을 때, 사람의 몸에서 흘러나오는 소리는 가장 순결한 악기의 음성을 닮아간다고. 그리고 그 악기 소리는 다시 듣는 사람의 몸속으로 흘러들어 눈동자를 아름다운 음들로 물들이는데, 그러한 눈동자로 바라보는 풍경은 음악의 정서에 민감하게 공명한다고 그녀는 말했다. 그녀가 친구와 손을 잡고 학교를 오가던 국도변의 풍경들도 그녀들이 듣는 음악에 따라 그때그때 다르게 보였다. 반쯤 깎다 만 산 중턱 아래로 보이는 쇠락한 레미콘 공장의 굴뚝은 때로 아득한 음표처럼 날아다니는 새떼들로 중세 시대 고성의 쓸쓸한 분위기를 띠었으며, 가건물로 지어진 중국집 입간판 아래 서 있는 시멘트 전봇대는 부슬부슬 내리는 밝은 햇살 속에서 물푸레나무의 꿈을 꾸고 있는 것만 같았다. 바람이 부는 날 도도하고 웅장한 음악을 들으며 아파트가 보이는 언덕을 올라갈 때면, 이제 막 유랑을 떠나는 사람의 쓸쓸한 당당함이 느껴져 문득 걸음을 멈추고 뒤를 돌아다보곤 했는데, 그러면 잠시 평온한 휴지(休止)를 가진 후 장엄한 선율로 고조되는 음악처럼 갑자기 하늘이, 황량한 언덕 너머로 우울하고 아득하게 펼쳐져 있는 하늘이 보이곤 했다. 음악의 절묘한 감성이 풍경을 살아 있는 악보처럼 변주해 갔던 것이다. 그렇게 주위에 모든 것들이 조잡하고 천박하게 느껴질 때마다, 그녀들은 하염없이 음악의 서정적인 몽상 속으로 걸어 들어갔다.

오랜 시간 함께 이어폰으로 음악을 들으며 걸어 다니는 동안에, 어느새 그녀들은 점점 박자를 맞추듯 자연스레 같은 보폭으로 걷게 되었다. 음악의 선율에 손목을 실어 허공에 부드럽게 무늬를 그리기도 했고, 노래가 절정에 이르면 잠시 눈을 감고 걸음을 멈출 때도 있었다. 서로 고개를 끄덕였고, 함께 음악을 연주하는 사람들처럼 눈빛을 교환했으며, 한 곡이 끝날 때마다 미소를 짓거나 천진한 아이들처럼 박수를 치며 웃기도 했다. 이해할 수 없는 낯선 언어가 들려주는 무척이나 친밀한 정서의 세계 속에서, 수많은 감정의 질감을 내밀하게 공유하고 있는 듯한 느낌, 노래를 들을 때마다 낯선 언어의 발음이 지니고 있는 음들과 멜로디가 지니고 있는 음들 사이로 수많은 바람이 불어오는데, 그 바람은 모두 그녀들이 성장하면서 함께 느낀 정서들의 질감이었다. 학교에는 중국 노래를 좋아하는 친구들이 거의 없었으므로, 그건 오로지 그네들만이 이해할 수 있는 어떤 각별한 정서의 세계, 똑같은 경험을 하지만 전혀 다르게 그걸 질감하고 있다고 생각할 때 빠져드는 도도하고 심미적인 몽상, 아무런 내용도 알 수 없으므로 그때그때 그네들이 느끼는 감정에 따라 상상할 수 있는 아름다운 음역의 풍경이었다. 그리고 그 풍경이, 그녀가 기억하는 가장 따뜻하고 정감 어린 학창시절의 추억이었다.

그리고 그녀는 또 하나의 풍경을 기억한다고 말했다. 그건 친구가 죽던 날 계곡 상류로 올라가면서 보았던 여름 햇살이 눈부시게 빛나던 강변의 풍경이었다. 그때 친구는 소곤소곤 노래를 불렀다. 노래는 강물 소리에 젖어 희미하게 들렸다. 목소리는 대기에 번지는 물기 같았고, 흥얼거리는 노래의 발음은 물기에 어리는 화사한 햇살 같았다. 친구는 그토록 오랜 시간 함께 들은 음정들을 제대로 기억하지 못하는 음치였지만, 내성적이고 수줍음이 많아 절대 다른 사람들 앞에선 노래를 부르지 않았지만, 가끔 그녀와 함께 있을 때면 그날처럼 속삭이는 듯한 음조로 노래를 부르곤 했다. 그날 자갈이 울퉁불퉁한 강변을 걸어 올라가면서, 친구는 약간 숨을 몰아쉬면서 진숙화의 결을 불렀다. 조용하고 차분한 리듬의 곡이지만, 왠지 따라 부르려면 어렵게 느껴지는 노래. 친구가 가쁜 호흡으로 조곤조곤 부르는 결은 그네들이 함께 들었지만 어쩐지 미묘하게 질감이 다르게 느껴지는 노래였다. 마치 결이란 노래가 친구의 몸속을 흘러다니는 동안, 친구의 몸속에 있는 고유한 무늬들에 젖었다는 듯이. 그래서 매번 친구가 다르게 부르는 노래들이 거북하게 들리지 않았다고 그녀는 말했다. 그건 우리가 함께 들었지만 친구만이 부를 수 있는 곡이었다고. 폭이 좁고 물살이 약한 강물의 수면에는, 하늘을 떠가는 구름이 물속으로 흘러가고 있었다. 소곤소곤 친구가 부르는 결의 발음들도 흰 구름이 떠가는 강물 속으로 스며들어 갔다. 목이란 악기에서 흘러나온 몸속의 풍경들이 햇살에 반짝이는 물결이 되어 떠내려가고 있다는 듯이.

그리고 약 십 여분 후, 친구는 수영을 하다 강물에 빠져 죽었다. 그날은 학교 서클 활동으로 강원도로 여름 캠핑을 갔던 날이었다. 친구는 그녀가 물에 떠서 누워 있던 쪽으로 헤엄쳐 오다가 다리에 쥐가 났다고 한다. 그다지 깊지도 않고 강변에서 가까운 물가였지만, 다리에 갑자기 경련이 일어나자 친구는 정신을 잃고 마구 허우적대기 시작했다. 그녀는 친구가 물에 빠진 곳을 향해 급히 헤엄쳐 갔지만, 친구를 구하기는커녕 정신을 잃고 발버둥 치는 친구의 손에 목덜미가 붙잡히고 말았다. 친구는 그녀를 악착같이 붙잡고 놓아주지 않았다. 친구는 그녀의 등에 업혀 허우적댔고, 마치 일부러 그러는 것처럼 자꾸 그녀의 얼굴을 물속으로 처박았다. 눈앞이 하얘지고 목구멍으로 물이 들어왔다. 그녀는 필사적으로 발버둥 치며 친구를 밀쳐내려고 했다. 하지만 그럴수록 친구는 악착스레 등으로 기어 올라왔고, 그녀는 물에 얼굴이 처박힌 채 팔다리를 허우적거렸다. 그 순간 그녀는 아무런 생각도 할 수 없었다. 이대로 죽는 건가, 라는 생각도 친구를 구해야겠다는 절박한 생각도 들지 않았다. 그녀는 그저 친구를 떨쳐내고 강변 쪽으로 헤엄을 치기 위해 발버둥 쳤을 뿐이다.

그녀와 친구는 구조되었다. 하지만 친구는 죽었고 그녀는 살아남았다. 의식을 잃었다가 눈을 떴을 때는 중환자실이었고, 친구들이 걱정스런 얼굴로 자신을 내려다보고 있었다고 한다. 기묘하게도, 그녀는 자신이 독감에 걸려 의무실에 누워 있다 깨어난 것 같은 나른한 현기증을 느꼈다. 어떻게 그렇게 느낄 수 있었는지는 자신도 설명할 수 없다고 했다. 다만 몇 초간 이어진 그 어리둥절한 나른함이 무척 평온하게 느껴졌다고. 그래서 그녀는 자신을 내려다보고 있는 친구들의 얼굴을 향해 고개를 끄덕이며 가볍게 미소를 지었다. 손을 들어 자신의 볼을 쓰다듬고, 입술을 벌려 숨을 깊게 들이마셨다. 그러자 어두운 안색으로 친구들이 고개를 돌리며 그녀의 눈빛을 피하는 게 느껴졌다. 그녀는 잠시 어리둥절했다. 이윽고 어디선가 의사와 선생님이 호들갑스럽게 나타나 얼굴을 비쳤다. 그 순간 그녀는 자신이 누워 있는 곳이 의무실이 아니란 걸 깨달았다. 그리고 악착같이 자신의 목덜미를 붙잡고 놓아주지 않던 친구가 생각이 났고, 거의 반사적으로 몸을 일으키며 비명을 질렀다. 그때 그녀는 친구의 이름을 불렀는데, 그건 친구가 걱정돼서 그랬던 것이 아니라, 전적으로 물속에 빠져 허우적대던 순간의 공포가 느껴졌기 때문이었다. 하지만 친구들은 그녀가 슬픔에 젖어 오열을 터트린 것으로 여겼고, 그녀가 친구의 이름을 부른 걸 계기로 중환자실은 그녀와 친구들의 울음소리로 가득 찼다. 친구들은 어떡해! 어떡해! 라고 외치며 울었다.

그녀는 처음에 친구의 죽음에 충격을 받았지만, 미처 슬퍼하기도 전에 친구가 죽은 이유를 잘못 알고 있는 사람들의 오해 때문에 난감해 해야 했다. 그날 오후 그네들이 점심을 먹고 한적한 계곡을 따라 산책을 나갔을 때, 사람들은 전혀 그녀들이 사라진 걸 알지 못했다고 한다. 그녀들이 허우적거리다 그곳을 지나가던 일단의 청년들에게 구조되었을 때도 주변에 그녀들을 잘 아는 사람은 아무도 없었다.

아마도 이것이 사소한 오해가 생기게 된 이유일 것이다. 사고가 일어나던 당시 계곡을 올라오던 청년들은 그녀가 친구를 구하기 위해 헤엄쳐 가던 모습을 똑똑히 보았다. 그런데 어찌 된 일인지, 그녀들이 똑같은 티셔츠를 입고 있어서였는지, 청년들은 물에 빠져 허우적대던 친구를 그녀로 생각했고, 반대로 친구를 구하기 위해 헤엄쳐 가던 그녀를 친구로 생각했다. 그렇게 해서 사람들은 친구가 그녀를 구하려다 죽은 것으로 잘못 알게 되었던 것이다.

무슨 장난처럼 벌어진 이 오해가 그녀로부터 슬픔을 앗아갔다. 처음에 그녀는 사실을 제대로 말하려고 했다고 한다. 하지만 도저히 그러기엔 분위기가 허락지 않았다. 설명하기에 따라 간단히 설명할 수 있으나, 또 막상 설명하고자 하면 좀처럼 간단히 설명할 수 없는 일들이 있다. 사실을 바로 잡기 위해선 무엇보다 사건의 경과에 대한 구구절절한 설명이 따라야 했는데, 친구의 죽음이라는 단순하고 명백한 비극이 그 구구절절한 설명을 사소하고 좀스러운 일로 만들었던 것이다. 그녀는 도저히 친구가 다리에 쥐가 나서 허우적거리다 물에 빠져 죽었다는 사실을 말할 수 없었다. 사람들이 모두 안타까운 표정으로 자신을 끌어안고 울먹이고 있는데 어떻게 사실은 그게 아니란 말을 꺼낼 수 있었겠는가? 그러나 가장 그녀를 어리둥절하게 만들었던 건 그런 사람들의 반응이 아니었다. 그건 도무지 믿을 수 없게도, 가장 사랑하는 친구가 죽었는데 자신이 슬퍼하기보다는 어처구니없는 고민에 빠져 있다는 사실이었다.

"친구의 장례식 때였어요. 어쩌면 가장 슬퍼해야 할 사람은 나인데, 나는 도무지 슬픔에 빠져들 수 없었어요. 친구가 이젠 세상에 없다는 걸 생각하면 일종의 공황상태 같은 슬픔이 왈칵 밀려오는데, 문득 친구의 죽음을 사람들이 잘못 알고 있다는 사실에 생각이 미치면 이상하게도 정신이 말짱해지면서 슬픔에서 깨어나는 거예요. 그러면 다시 슬퍼하기 위해서 친구가 죽었다는 사실에 정신을 집중해야 했어요. 그래야 간신히 울 수 있었죠. 이상하죠. 나는 분명 슬픈데 어째서 슬픔에 집중하지 않으면 슬퍼할 수 없었을까요?"

그리고 공교롭게도, 친구는 아름다웠지만 그녀는 아름답지 않았다. 그 외모의 차이가 사람들 사이에서 이야기를 더 그럴싸하게 만들어 갔다고 한다. 분명하게 대조되는 그 추함과 아름다움이 두 친구 사이의 우정을 더 동화적이고 비극적으로 각색해갔던 것이다. 사람들은 늘 극적이거나 희생적인 것들 앞에서 숙연해지기 마련이다. 아름답게 완결된 비극은 점점 진지하고 무거워지다 돌이킬 수 없을 정도로 숭고한 감상의 무게를 얻게 된다. 그러니 아름다운 친구가 아름답지 못한 친구를 위해 죽었다는 건, 그녀의 꽃다운 얼굴이 사진 속에서 밝게 웃고 있는 장례식장에서 더욱 순결한 빛을 발하며 비극의 절정에 달했던 것이다. 대조적으로 그녀는 맞춤 맞게 아름답지 않았으며, 왠지 주눅이 들어 보이는 얼굴로 손톱을 깨물며 멍하게 주위를 두리번거려 보는 사람들의 마음을 안타깝게 했다. 그럴수록 친구가 자신을 위해 죽은 게 아니라 그저 다리에 쥐가 나서 죽었다는 사실이 그녀의 머릿속을 자꾸 맴돌았다. 그리고 그런 생각을 하고 있는 자신이 친구의 죽음을 모독하고 있는 것만 같았다. 아니, 친구가 다리에 쥐가 나서 죽었다는 사실이, 어쩌면 그녀의 슬픔을 모욕하고 있었던 것인지도 모른다.

그래서 그녀는 사람들의 슬픔에 참여할 수 없었다. 그녀는 슬펐지만 사람들의 슬픔과는 전혀 다른 질감으로 슬펐다. 그녀는 친구의 죽음에 집중하기 위해 노력해야 하는 사실이 슬펐고, 차라리 친구가 정말 자신을 구하려다 죽은 거였으면 하는 생각을 하고 있는 자신이 끔찍해서 슬펐다. 사람들은 그 사건이 일어나고도 몇 달이 지나도록 사건의 비극적인 정서를 쉽게 포기하지 않았다. 주위에서 친구들은 선의를 가지고 수군거렸으며, 다분히 악의적으로 그녀와 친구의 우정을 뭔가 일방적인 것으로 추억하곤 했다. 친구는 예쁘긴 했지만 평소 그다지 눈에 띄지 않는 아이였는데, 아름다운 방식으로 물에 빠져 죽고 나자 대번에 반에서 가장 눈에 띄는 존재가 되었다. 물론 그럴수록 그녀 역시 학교에서 덩달아 눈에 띄는 존재가 되었고, 어디를 가든 측은하게 바라보거나 은근히 책망하듯 쳐다보는 눈빛에서 벗어날 수 없었다. 학교에서 집으로 돌아와도 마찬가지였다. 친구가 죽은 이후로 평소보다 더 침울해진 그녀를 안타깝게 여긴 어머니가 하루는 이렇게 말했다고 한다. 보영이가 죽은 건 네 탓이 아니야. 참으로 짓궂게도 이 말은 사실을 가리키고 있었지만, 그녀는 어머니에게 그 말이 사실이라고 솔직하게 말할 수 없었다. 만약 그랬더라면, 도리어 어머니는 그녀를 책망했을지도 모른다. 친구가 죽은 건 그녀의 탓이 아니지만, 친구의 죽음을 왜곡하는 건 그녀의 탓이 될 것이기에. 그녀는 졸업할 때까지 침묵했다.

그리고, 그녀는 이렇게 말했다. 사실 이 노래의 제목은 이별을 뜻하는 결이지만, 그녀는 이 노래가 서로 다른 질감을 지닌 음들이 한 악보에 모여 이룬 어떤 슬픔의 결이라 생각한다고.

"한 노래가 수많은 사람들의 몸속을 들어갔다 나오는데, 어떻게 여전히 같은 노래일 수가 있는 거죠? 나는 마지막으로 친구가 이 노래를 부르던 순간이 기억나요. 음치였던 그녀가 자기 멋대로 이야기를 들려주듯 소곤소곤 노래를 부르던 순간이. 그리고 가끔 사람들이 친구가 죽은 이유를 잘못 알고 있다는 게 생각날 때마다, 나는 친구가 부르던 결의 음을 기억하려고 노력하곤 했어요. 하지만 아무리 기억하려 해도, 정확히 그녀가 불렀던 식으로 따라 부를 순 없었죠. 그러니 이 노래는 이별을 뜻하는 결이 아니라, 우리가 함께 있었을 때 우리 곁을 스쳐간 수많은 정서들의 결이라고 생각해요. 이별은 너무나 명료해서 쉽게 기억나지만, 우리가 함께 했던 순간들의 질감은 잘 기억나지 않으니까요."

그녀와 진숙화의 결을 처음으로 들었던 날, 나는 그녀를 자취방까지 바래다주었다. 새벽 다섯 시 경이었고, 비가 오려는지 천둥소리가 놀이터 하늘을 울리며 지나갔다. 그녀는 계속 얘기를 하고 싶어 하는 눈치였지만, 나는 속이 더부룩했고 자꾸만 방귀가 나오려고 했다. 참으려 했지만, 엉덩이를 이리저리 비틀어대면서 꼼지락거리고 앉아 있는 자신이 한심하게 느껴졌다. 그녀는 자신의 얘기에 빠져 있었기 때문에 전혀 내가 불편해하고 있다는 걸 알아채지 못했고, 아쉽다는 표정으로 청치마 아래로 툭 튀어나온 무릎을 쓰다듬었다. 그녀의 이야기가 흥미롭지 않았던 건 아니다. 다만 나는 그녀의 이야기를 진지하게 들을 수 없었을 뿐이다. 자꾸 방귀가 비집고 나오려고 해서도 그랬지만, 그녀가 너무 이야기에 몰입해서 계속 침을 튀기며 허공에 손짓을 해댔기 때문이었다. 더욱이 동의를 구하는 듯 간간이 나를 쳐다보며 큼직한 안경알 안쪽에 눈동자를 또록또록 굴릴 때는, 그 모습이 너무 우스꽝스러워서 솔직히 얼굴을 마주하고 있기가 거북하기까지 했다. 그녀가 들려주는 이야기 자체는 흥미롭고 아름다웠다. 하지만 그녀가 이야기를 표현하는 어투와 몸짓은 전혀 그에 어울리지 않았고, 그녀의 이야기에 집중하는 걸 오히려 방해하는 것만 같았다. 그녀는 평소에도 말을 할 때면 자신의 얘기에 너무 몰입하는 버릇이 있었는데, 그래서 사람들은 별로 그녀와 이야기 하는 걸 좋아하지 않았다. 술자리에서도 그녀는 주로 이야기를 듣는 편이었고, 한 번 그녀가 입을 열면 좀처럼 닫지 않았기 때문에 사람들은 그녀에게 말을 시키지 않았다. 뭐랄까, 그녀의 이미지는 조금 가볍고 경박했다. 그리고 캠퍼스를 오가면서 그녀는 거의 이어폰을 귀에 꽂고 걸어 다녔기 때문에, 조금 떨어진 곳에서 그녀를 봐도 사람들은 그녀를 부르지 않았다. 그녀가 매일 무슨 음악을 듣는지도 궁금해 하지 않았다. 그건 나 역시 마찬가지였다. 아마 자취방이 같은 방향이 아니었다면, 그녀와 이렇게 종종 음악을 들으며 얘기를 나누는 일은 없었을 것이다.

 자취방에 거의 도착했을 무렵, 갑자기 장대비가 쏟아지기 시작했다. 원룸 건물을 불과 백여 미터 앞에 두고 우리는 온몸이 흠뻑 젖고 말았다. 그녀는 고개를 들어 비를 맞으며 유쾌하게 웃어댔다. 젖은 머리카락 더미가 그녀의 양뺨과 입술에 달라붙었다. 그녀는 손가락으로 입술에 들러붙은 머리카락들을 떼어내고는, 하늘을 향해 두 팔을 벌려 가슴을 활짝 펴고 뱅글뱅글 돌기 시작했다. 그녀는 아이처럼 깔깔거렸고, 낭만적인 일순에 빠져 있는 듯 짐짓 우아한 동작으로 나를 돌아보았다. 그러곤 어서 오라고 손짓을 했다. 어떻게 저토록 자신의 감정에 뻔뻔하게 몰입할 수 있는 것일까? 어째서 주위를 돌아보지 않는 것일까? 나는 누가 볼까 민망해서 그만 자리를 피하고 싶었다. 하지만 그럴 수 없었다. 그냥 그녀를 무시하고 돌아서면 그녀가 갑자기 몽상에서 깨어나 자신의 민망한 몰골을 돌아볼 터인데, 그런 생각만으로 내가 다 얼굴이 붉어지는 것 같았기 때문이다. 남우세스러운 환희에 젖어 호들갑을 떠는 그녀의 뒤를, 나는 미적미적 따라갔다.

그녀는 자취방 앞에서 안경을 벗고 손등으로 얼굴을 문질러 닦았다. 툭 튀어나온 광대뼈가 유난히 형광등 불빛에 번들거렸고, 배실배실 혀를 쏙 빼어 물며 아기처럼 수줍게 웃을 때는 뻐드렁니가 드러나 보였다. 나는 보고 있기가 민망해서 얼굴을 돌렸다. 그러자 그녀가 잠시 망설이는 듯한 기색을 띤 후, 정확히 지금은 이렇게 물을 때라는 듯이, 상냥한 목소리로 더듬으며 말했다.

"커피…… 한잔하고 갈래요?"

복도엔 퀴퀴한 시멘트 냄새가 가득했다. 윙윙거리며 형광등 속에서 불빛들이 우는 소리가 들렸다. 옆방에서 영화를 보는지 텔레비전 소리가 흘러나왔다. 나는 침을 삼켰다. 그녀는 나를 보며 달콤한 긴장에 빠져 미소 짓고 있었다. 거의 무의식적으로 나는 한 발짝 뒷걸음질 쳤다. 어째서 그녀의 말이 그렇게 나를 놀라게 했는지 모르겠다. 그녀가 갑자기 부담스럽게 느껴졌기 때문이었을까? 내가 주춤거리는 모습을 보이자 그녀가 조금 뻘쭘한 얼굴이 되어 고개를 숙였다. 그녀의 두툼한 흰 목덜미가 드러나 보였다. 그 순간 어이없게도, 나는 성욕을 느꼈다. 그녀는 내 취향이 아니었고 관능적인 매력이라곤 일절 느낄 수 없었음에도 불구하고,

오늘 밤 잘하면 그녀와 잘 수 있겠구나, 란 생각이 들었던 것이다. 그러자 나는 긴장이 되었고 얼굴이 붉어지기 시작했다. 내가 쭈뼛거리며 고개를 숙인 채 한참 말을 하지 못하자, 그녀가 당황스럽다는 듯 어깨를 추켜올리더니 쌀쌀맞은 어투로 말했다.

"커피는 나중에 하죠."

그러곤 냉랭하게 돌아서더니 문을 열고 방으로 들어가 버렸다. 안에서 문을 딸깍 잠그는 소리가 들려왔다. 내가 그녀에게 성욕을 느끼고 어떻게 해야 하나, 만약 자고 나면 뒷감당은 어떻게 할까, 고민하고 있는 사이에 벌어진 일이었다. 나는 어리둥절하고 민망해서 얼굴이 화끈거렸다. 비에 온몸이 홀딱 젖어 더 구차한 기분이 들었다. 옆방 문틈으로 텔레비전 소리가 흘러나왔다. 헬리콥터가 날아가고 있는 소리였다. 그리고 경쾌한 음악 소리도 들려왔다. 건물 밖에선 장대비가 계속 쏟아지고 있었다.

그날 이후로 더는 그녀와 함께 음악을 듣지 않았다. 술자리가 파하고 같이 집으로 돌아가는 일도 없었다. 특별히 서로를 피하거나 한 건 아니었다. 애초에 그다지 친한 사이도 아니었던 것이다. 그저 자연스레 마주치지 않게 되었고, 나는 그녀를 전혀 생각하지 않았다. 가끔 그녀가 준 음악을 들을 때는 있었다. 그래도 그녀가 생각나는 건 아니었다. 대신에 어떤 어렴풋한 질감들이 떠오르곤 했다. 그건 내가 그 음악을 처음 들었을 때 느꼈던 정서들의 결, 혹은 이미지 같은 것들이었다. 지금은 하도 많이 들어서 희미해진 느낌이지만, 여전히 같은 음악을 들을 때면 그때 느꼈던 질감들이 어렴풋이 떠오른다. 만약 내가 그녀와 추억이라 할 만한 것을 공유하는 게 있다면, 그건 아마 우리가 함께 들었던 음악에 대한 어떤 질감들일지도 모른다. 우리가 각자 전혀 다른 걸 느꼈든, 어느 기묘한 한순간 우리가 같은 걸 느낄 수 있었든지 간에.

진숙화는, 그날 콘서트에서 결을 마지막으로 부르고 무대에서 내려갔다. 그러나 조명이 꺼지고 관객들이 요란하게 휘파람을 부르며 앵콜을 외치자 갑자기 유쾌한 리듬의 재즈 연주가 터져 나오더니, 그녀가 마치 장난처럼 환하게 손을 흔들며 다시 무대에 나타났다. 그리고 몽성시분을 불렀다. 꿈에서 깨어날 때, 란 뜻을 지니고 있는 몽성시분은 그녀의 대표적인 노래로 밝고 산뜻한 멜로디에 중독성이 강한 리듬의 댄스곡이다. 그녀는 미리 앵콜을 준비한 듯 의상도 분홍색 톤의 화사한 드레스로 갈아입고 나왔다. 관객들은 리듬에 맞춰 박수를 치며 열광했다. 진숙화는 내내 환희에 젖은 얼굴로 노래를 불렀다. 중간에 관객들과 악수를 하고 인사를 나누며 웃느라 박자를 놓치기도 했다. 길고 긴 무대가 끝난 후에 달콤한 피로와 우수에 찬 만족감이 그녀의 얼굴에 가득했다. 바로 몇 분 전까지 서러운 목소리로 걸을 부르다가 댄스곡을 부르기가 좀 어색했는지 그녀는 몽성시분을 스윙 재즈 풍으로 편곡해 불렀다. 무대엔 축제처럼 은은한 보랏빛 눈가루들이 날아 다녔다. 그녀가 노래를 마치고 우아하게 고개를 숙이자, 코러스가 절정에 찬 분위기를 이어받아 후렴구를 합창했다. 그리고 동영상은 거기서 끝났다. 그 후에 그녀가 더 앵콜송을 불렀는지, 아니면 바로 무대에서 내려갔는지는 알 수가 없다. 알 수가 없지만, 이 동영상이 끝나고 나면 나는 종종 엠피쓰리로 걸을 찾아 듣곤 한다. 눈을 감고 귀속으로 음들이 흘러내리는 걸 느낀다. 그러면 이런 질감들이 떠오른다.

이를테면, 방안에서 혼자 늙어가는 사람의 살 냄새, 가만히 창턱에서 흘러내리는 고양이 그림자, 오랜 시간 다락방에서 바래가는 사진들과 함께 바라보던 풍경이 주름진 뇌의 어느 골목을 돌아가다 사라지는 기척, 옥상에서 심령처럼 펄럭이고 있는 흰 와이셔츠, 오래 손을 흔드는 사람의 얼굴을 하고 개들의 울음소리가 창밖을 지나가면, 입술 위에 혀를 가만히 내놓고 잠드는 밤의 쓸쓸함, 여기엔 없지만 저기 어느 마을에선 들릴 것 같은 종소리, 그러니 어쩌면,

비가 오기 전 바람에서 느껴지는 물결.

진숙화의 노래다.

파워나 모드

그해 봄 나는 태국의 작은 도시 깐자나부리에 있었다. 크와이 강이 밀림을 닮은 숲속을 흘러갔다. 강의 흐름은 저만치서 보이지 않았다. 강은 돌아서 멀리도 가는 것 같았다. 밤이면 강변에 나가 캔 커피를 마시며 보트들이 강 위에서 노는 것을 바라보았다. 보트는 술에 취한 사람들을 태우고 강을 돌아 저쪽 멀리, 아마도 북두칠성의 두 번째 별빛이 하강하고 있을 지점까지, 그러니 내가 볼 수 없는 저 숲 깊은 곳까지 갔다가 오는 듯했다. 정방형의 갑판만으로 이루어진 뗏목 같은 배들이었다. 그리고 그 위에 벽도 없이 지붕이 얹혀 있었다, 마치 밤하늘에 집들이 떠가고 있는 듯. 나는 쉽게 방으로 돌아가지 못했다.

*

그해 가을 나는 다시 태국 땅을 밟았다. 두 번째 태국 방문이었다. 처음 내가 태국에 왔을 때는 3월경이었는데, 인도에서 돌아오던 길에 스탑오버를 하여 한 달간 방콕과 치앙마이, 그리고 깐자나부리 등지를 여행했었다. 그때 나는 주로 방콕에 오래 머물렀다. 여행자 거리인 카오산의 바들을 전전하며 밤마다 술을 마셨고, 한 바에서 모드라는 이름의 작은 태국 여자를 만났으며, 그리고 방금 받은 선물을 잃어버리고 난처하게도 얼굴이 붉어진 소녀처럼 보이는, 그녀를 사랑하게 되었다. 그리고 태국에 도착한 지 거의 십여 일이 지나서야, 카오산에서의 방만한 생활을 털고 그녀와 함께 치앙마이와 깐자나부리로 여행을 떠날 수 있었다. 특히 깐자나부리의 크와이 강변에 아름다운 정원을 가지고 있는 이국적인 방갈로에서는, 밤에 강 하안의 밀림을 배경으로 검게 하늘을 안고 흐르는 강을 볼 수 있었는데, 나는 그만 그 풍경 속에서 그녀에게 돌아오겠다는 약속을 했다. 나는 비행기를 타고 단지 먼 곳으로 날아간다는 것만으로 그녀를 다시 만날 수 없을지도 모른다는 사실을 이해할 수 없었다. 지금 내 앞에 작고 연연(軟娟)하게 있는 것이 어느 날 사라질 수도 있다는 것이. 물리적 거리가 삶의 거리일 수도 있다는 것이. 할 수만 있다면 나는 그 거리를 넘고 싶었다.

그녀와 약속을 하고 한국에 돌아온 것은 그해 4월이었다. 봄이었지만 공항을 빠져나오는 길의 풍경은 삭막하고 인정 없어 보였다. 찬바람이, 창문을 닫았음에도 버스 곁을 스쳐 다시 공항 쪽으로 내달리고 있음을 느낄 수 있었다. 마치 먼 곳에서 돌아온 겨울이 은어 떼처럼 길을 거슬러 올라오는 듯했다. 몇 달간 외국에 있어서 보지 못했던 겨울이었다. 약간 으스스해지는 추위를 느끼며 나는 방콕에 두고 온 모드를 생각했다. 사각형의 건물들은 모두가 똑같은 모양으로 서서 강하고 완강한 힘으로 벌판 같은 도시의 외곽에서 견디고 있었다. 내가 보지 못했던 겨울에도 건물들은 저기에 서 있었을 것이다. 긴 추위 속에서 나는 인천 공항을 빠져나왔다.

그리고 다시 인천 공항에 오기까지 만 7개월이 걸렸다. 늦가을이었고 인천 공항으로 진입하는 고속도로 주변의 풍경은 황량했다. 학원에서 강사 자리를 구하고 월세 계약이 끝나 친구의 집에서 기식하며 돈을 모았다. 가끔 글 쓰는 친구들과 술자리를 가졌으며 함께 태국에 가자고 열심히 부추겼다. 오랫동안 알고 지낸 후배가 부추김에 넘어왔고 학기가 끝나는 겨울에 태국에 오기로 약속했다. 봄에서 여름, 그리고 가을까지 7개월의 시간이 흘렀다. 그리고 버스를 타고 다시 인천 공항으로 가는 동안 나는 리무진 버스 안에서 공항을 빠져나올 때와 별반 다르지 않은 풍경을 볼 수 있었다. 찬바람이 버스 차창을 스치며 웅웅거렸고, 겨울 역시 여전히 은어 떼처럼 어딘가로 몰려가고 있는 듯했다. 무슨 비밀스런 약속을 했다는 듯이 서로가 같은 모양을 한 건물들도 여전히 벌판에 듬성듬성 떨어져 서 있었다. 그들은 내가 알 수 없는 어떤 방법으로 서로 교신을 나누고 있는 것처럼 보였다. 공항으로 진입하는 도로는 공항을 빠져나오는 도로와 같았다.

고속도로를 벗어나자 공항의 은빛 날개가 보이기 시작했다. 아침의 투명한 햇살을 받아 공항의 유리 지붕들은 기둥도 없이 떠 있는 듯했다. 그것은 하나의 투명, 명백한 반사로 이루어진 건축물이었다. 먼 거리감이 느껴졌다. 나는 어깨에 멘 작은 배낭 앞주머니에서 여권을 확인했다. 여권의 표피가 딱딱하게 손끝에 닿았다.

출국 절차를 밟기 위해 줄을 기다리는 동안, 나는 이상하게도 세 번씩이나 요의를 느꼈다. 견딜 수 없이 금세 방광이 차오르는 것이었다. 화장실을 몇 번 갔다 오는 동안에 다시 줄은 길어지고, 시간은 자꾸만 뒤로 갔다. 어린 시절 운동회 때 100미터 달리기를 할 때마다 나는 충동적으로 요의를 느끼곤 했었다. 내가 잠시 화장실에 갔다 오는 사이, 운동회의 행사가 모두 끝나버리고 엉뚱하게도 여기저기서 개 짖는 소리들이 들려오리라고, 나는 방금 받은 용돈을 잃어버려 난감해진 아이의 얼굴을 하고선 100미터 출발선 앞에 서서 생각하곤 했었다. 다시 운동회가 되려면 얼마나 많은 밤을 자야만 하는 걸까? 까마득하게도, 너무나 길게 느껴졌던 지난 7개월이란 시간 동안 나는 아이처럼 초조해했다. 밤이면 태국에 돌아가는 꿈을 자주 꾸었다. 홍콩에서 환승을 하여 비행기를 바꿔 타는 꿈이었다. 그런데 내가 갈아탄 비행기가 이상하게도 한국으로 돌아가는 것이었다. 있을 수 없는 일이지만 내가 잘못 갈아탔거나, 역시 있을 수 없는 일이지만 그 순간 무언가 알 수 없는 힘이 작용한 것이었다. 나를 농락하고 싶어 하는 그 무언가가 있다고 나는 생각했다. 어떻게 말할 수 있겠는가? 모드에게 다시 전화를 걸어 나는 방콕에 도착하지 못했다고, 이상하게도 한국으로 되돌아오게 되었다고 어떻게 설명해야 하는가? 나는 발악을 하며 꿈속에서 발길질을 해대다가 잠에서 깨고는 했다.

몇 번씩 화장실을 왔다 갔다 하며 수속을 마치고, 막상 비행기에 올라타자 다시 방콕으로 돌아갈 수 있다는 생각에 가슴이 벅차올랐다. 방콕을 떠나던 날 모드가 공항까지 배웅을 나왔던 일이 자꾸만 생각났다. 그때 친구와 함께 나를 따라 공항까지 온 그녀는 내가 며칠 전 람캄행 대학교 앞 시장에서 사준 치마를 입고 있었다. 치마의 길이가 짧아 그녀의 아이 같은 무릎이 드러나 보였다. 그리고 마치 불구의 다리인양, 한 손으로도 잡힐 것 같은 가녀린 종아리. 나는 자꾸만 배낭을 뒤져 줄 만한 것을 찾았고, 아마도 그녀에겐 별로 쓸데없을 인도 음악 시디와 인도 향과 다질링 차를 한 아름 안겨주었다. 그녀는 아무 말도 하지 않았고 다만 망연한 눈빛으로 나를 쳐다보다가 친구와 안타깝게 무언가 이야기를 주고받았다. 태국어라서 알아들을 수 없었지만 어떤 시급한 것을 부탁하고 있는 듯했다. 이내 친구가 나에게 잠깐만 기다리라고, 영어로 말한 뒤 급히 어딘가로 사라졌다. 출국 수속을 밟기까지 20분 정도의 시간이 남아 있었고 나는 순간 심한 요의를 느껴 화장실에 다녀왔다.

시간은 자꾸만 지체되었다. 그녀의 친구는 영 올 기미가 보이지 않았다. 모드는 몇 번이나 시간이 얼마나 남아 있는지를 물었다. 몇 번이나 친구의 핸드폰으로 전화를 걸었지만 통화가 되지 않았다. 나는 괜찮다고 말했지만, 자꾸만 짜증이 나려는 초조한 얼굴 표정은 숨길 수 없었다. 그녀는 안절부절못하는 어조로 미안하다는 말을 연신 되풀이하면서 기다릴 필요 없이 먼저 들어가도 된다고 말하다가, 이내 내 팔의 옷깃을 살며시 잡았다가 하며 어쩔 줄 몰라 하고 있었다. 여비도 다 떨어진 나는 비행기를 놓치고 싶지 않았지만, 그래도 기다릴 수 있는 데까지는 기다려 보자고 생각했다. 직감적으로 그녀의 친구가 모드를 대신하여 나에게 줄 선물을 사러 갔다는 것을 알 수 있었다. 그러나 공항에 처음 온 그네들이 공항의 물가가 얼마나 비싼지를 알고 있었을까? 5분여가 더 지나서야 그녀는 돌아왔고 손에는 아무것도 들려 있지 않았다. 그리고 모드에게 불평하듯 짧게 뭐라고 말하자 모드는 나를 쳐다보며 이내 안쓰럽게 얼굴을 붉혔다. 그때 문득 공항으로 오기 직전 카오산 로드의 버스 정류장에서, 모드가 친구에게 웃으며 나도 그를 따라 한국으로 갈 거야, 라고 말하던 것이 생각났다. 한국이 태국의 북부나 남부 그 어디쯤에 있는 도시이고, 지금 버스 정류장에서 한국행 버스 노선을 찾고 있는데 곧 올 거라서 서두르고 있다는 듯이, 태국어 발음이 섞인 앙증맞은 영어로 그녀는 말했었다. 내가 그랬던 것처럼 그녀도 마음을 놓기 위해 무언가를 주고 싶었던 걸까? 심사대로 가는 칸막이의 입구는 'ㄱ'자 형태여서 멀어지는 뒷모습을 보일 수 없었고 다만 입구에 들어서 오른쪽으로 돌아가야만 했다. 나는 주춤거렸고 돌아가지 못했다. 그러자 그녀가 급한 손짓으로 나를 불렀다. 그녀는 벙어리 같은 표정을 하고 있었다. 그러더니 손목에 차고 있던 팔찌를 풀어 내 손목에 감아주었다. 태국인들이 사원에 기부를 하고 나서 받는 색실을 엮어 만든 팔찌였다. 그 팔찌는 지금도 내 오른쪽 손목에 감겨 있다. 손을 씻을 때마다 손목에 젖어 착 감긴다. 그리고 마르면서 묘한 냄새가 나는데, 오래된 붕대를 풀었을 때 나는 밀폐된 살의 익숙한 냄새 같은 약간은 부패한 냄새가 난다. 오감을 자극하는. 나는 지금도 손목에 코를 대고, 냄새의 향방을 찾아 코를 킁킁거리는 버릇이 있다.

*

 깐자나부리에 숙소를 잡은 건 그곳에 아름다운 크와이 강이 흐르고 있기 때문이다. 그리고 밀림을 닮은 캄캄하게 우거진 숲. 어쩌면 그것은 내가 몰라서 그렇지 정말 밀림인지도 모른다. 긴 칼을 손에 들고 머리를 잡아채는 덤불과 나뭇가지들을 마구 헤치며 깊고 또 깊게 들어가다 보면, 내가 미처 생각지도 못했던 장소들을 숲 한가운데서 느닷없이 발견하게 될지도 모른다. 만약 밀림 저 너머에 항상 무언가가 있기는 하다면 말이다. 아슬아슬한 독충과 독사의 지뢰를 건너, 위험하고 이름을 알 수 없는 풀과 나무들의 정원을 지나, 그리고 숱한 사람들의 몸을 삼켜 버렸을 늪 저 건너편에. 바둑을 두듯 신중하게 한 발짝 한 발짝 길을 찾아 앞으로 갈 수만 있다면. 그런데 무성하게 뻗은 덤불을 헤칠 수 있을 정도로 날카롭고 긴 칼은 어디서 살 수 있는 것일까? 이곳에서 철물점을 본 적은 없고, 그렇다 해도 대낮에 긴 칼을 들고 다리를 건너 밀림으로 가는 나의 모습을 본다면, 아마 이곳의 주민들은 경찰에 신고 전화를 넣을 것이다. 골치 아픈 일이 발생하고 나는 한국으로 강제 추방될지도 모른다. 그리고 솔직히 말하자면 내가 깐자나부리에 숙소를 정한 또 다른 이유는 이곳의 숙소가 방콕의 숙소보다 말할 수 없을 정도로 저렴했기 때문이다. 그리고 조용히 사람들을 멀리할 수도 있고, 왜냐하면 지금은 비수기라 거의 관광객이 이곳까지 찾아들지 않기 때문인데, 여하간 수업이 끝나는 주말마다 오는 모드를 기다리며 나는 책을 읽거나 그동안 미루고 있던 소설을 차분히 쓸 생각이었다.

찾아드는 손님이 없었던 탓인지 게스트하우스의 매니저는 기대 이상으로 친절하게 대해주었다. 커피포트도 갖다 주었고, 아이보리색의 가죽으로 된 낮은 동양풍의 소파, 그리고 본래는 커피 테이블이었으나 소파의 높이에 맞추어 책상 겸용으로 갖다 준 테이블, 더불어 게스트하우스 옆에 붙은 자신의 집으로 초대해 치킨 커리와 태국식 볶음국수인 파타이, 그리고 후식으로 짜이나 라시를 대접해주기도 했다. 사실 그 숙소에 묵고 있는 손님은 나 혼자뿐이었는데, 다른 게스트하우스들과는 달리 강변에 위치해 있지 않은 입지 조건 때문인지 이런 비수기에는 거의 손님이 들지 않는 모양이었다. 대신에 작고 소담한 정원이 있는 것이 마음에 들었다. 나무로 지어진 방갈로의 덧창을 열면 자갈을 깔아 예쁘게 길을 낸 소로가 정원 사이로 시냇물처럼 흐르고 있었고, 소로 옆에는 갖가지 꽃을 심어 놓은 화단이, 그리고 앙증맞게 조그만 분수와 밤이면 불이 켜지는 키 낮은 가로등, 가로등 밑에는 통나무를 깎아 리스도 칠하지 않고 낡도록 버려둔 벤치들이 놓여 있었다. 그리고 역시 나무를 거칠게 깎아 만들어 놓은 그네도 있었는데, 앉으면 나무의 삐걱거리는 소리가 났다. 그러면서 앞으로 조금 움직였고 뒤로 조금 움직였다. 나무의 수명만큼이나 오래된 그네였다.

게스트하우스의 매니저는 인도인이었다. 10여 년 전에 태국에 와서 태국의 이슬람계 여자와 결혼했다고 한다. 지금은 딸 두 명과 막내로 아들이 한 명 있다. 아들 녀석은 이제 겨우 초등학교 3학년이 될까 싶은 나이인데도 오토바이를 타고, 뒤에는 누나 두 명까지 태우고 학교를 다닌다. 그 녀석이 타고 다니는 오토바이 말고도 매니저의 집에는 아주 낡아 빠져버린 오토바이 한 대가 더 있다. 심지어 키도 없고 그저 페달을 한 번 힘차게 밟아주며 우르릉거리며, 오래 매캐한 연기를 토해낸 끝에 시동이 걸리는 오토바이였다. 나는 낮이고 밤이고 내가 기름을 넣고 관리를 하는 조건으로 그 오토바이까지 빌려 탈 수 있었다. 신호등에 걸려 대기하고 있는 동안 액셀을 당기지 않으면 무심코 시동이

꺼져버리는 경우만 빼고는 타고 다닐 만했다. 나는 저녁이면 그 오토바이를 타고 강변의 도로를 따라 멀리까지 갔다 오곤 했다. 모드는 올해 졸업을 목표로 하고 있었기 때문에 주말이 아니면 올 수가 없었다. 대신에 내가 기차를 타고 주중에 한 번 방콕에 가기도 했지만 주로 주말에 깐자나부리에서 만나기로 했다. 나는 반년을 생각하고 태국에 왔다. 시간은 많이 있었다. 그러나 아무도 모르는 곳에서 혼자 지내는 것은 무료하고 자주 외로울 수밖에 없었다. 내가 그 생활을 간절히 한국에서 원했음에도 불구하고, 그런 이유로 성질에 맞지 않는 학원 전임 생활을 6개월이나 했음에도. 나는 늦은 오후 한 시경에 일어났고 강변에 있는 졸리프록 게스트하우스의 식당으로 가 크와이 강과 그 너머에 있는 밀림을 바라보며 점심을 먹었다. 졸리프록에는 나처럼 장기 체류하는 이스라엘 친구 두 명이 있었는데, 내가 점심을 먹고 있는 동안에 그들은 용감하게 낙하했고 탁하고 어두운 색깔의 강물에서 오래 수영을 즐기곤 했다. 그들이 자주 불렀지만 나는 엄두가 나지 않았다. 강물의 검은 색이 발목을 잡고 놓아주지 않을 것 같았고 상상만으로도 커피를 마시는 동안에 벌써 오금이 저리고 소변이 마려왔다. 그들은 심지어 수영을 해서 강 반대편 하안의 밀림지대까지 다녀오곤 했다. 강심에서 소용돌이치고 있는 위험한 지역을 용케도 피해 그들은 강 하안까지 닿았고 돌아오기 전 멀리 있는 나를 보며 손을 흔들거나, 어쩔 때는 장난기 가득한 동작으로 주먹을 쳐올리기도 했다. 그러면 나는 윗도리를 벗고 강물로 뛰어내리는 동작을 한 번, 두 번, 세 번 하다가 포기했다. 엉거주춤하고 민망한 자세로 서 있다가 돌아섰다. 밤이면 주로 책을 읽으며 소설을 쓰기 위해 노력했고, 열린 덧창으로 우기가 끝나지 않은 태국의 밤공기가 무겁고 축축해지는 것을 관찰했다. 정원에 식당 겸용으로 지어놓은 큰 정자에는 낮에도 손님이 들지 않았는데, 대신에 매일 밤 배고픈 고양이들이 출근해 거의 폐업 상태가 돼버린 식당을 누비며 쥐를 잡거나 울거나 아니면 캄캄한 어둠 속에서 어슬렁거리며 돌아다녔다. 나는 가끔 빵이나 소시지, 우유 같은 것들을 고양이들의 울음을 쫓기 위해 접시에 담아 갖다 주었다. 그리고 정말 출근하는 경비도 있었다. 그래서 손님이 나 밖에 있지 않은 게스트하우스를 밤새 지키고 있는 그에게도 새벽이면 커피를 타서 갖다 주는 수고를 해야 했다. 가끔 밤 열한 시가 지나 자갈길을 걸어오는 두 사람의 발자국 소리가 들린다. 유심히 귀를 기울이고 있으면 문을 두드리는 소리가 들리고, 호탕하게 웃고 짐짓 유쾌한 목소리로 말하는 이스라엘 친구 두 명이 창에서 나를 내려다보며 강변 공원의 클럽으로 춤을 추러 가자고,

법학을 공부하기에는 너무나 좋은 밤이지 않아? 라고 말하며 열심히도 글을 쓰려고 애쓰는 나를 부추긴다.

디스커버리라는 다소 신비한 이름을 지니고 있는 강변 공원에서 가장 유명한 클럽은 거의 매일 밤, 저녁 9시부터 밤 12시까지 라이브 공연을 했다. 현지의 젊은이들이 많이 오는 클럽이었다. 홀은 발 디딜 틈이 없을 정도였다. 가끔 외국인 관광객들도 눈에 띄었는데 대부분 털이 많고 키가 큰 유럽 남자들이었다. 이스라엘 친구 두 명은 금세 매혹적이고 귀여운 여자 두 명에게 말을 붙였다. 넉살이 좋은 친구들이다. 그들은 내게도 한 명의 여자를 소개시켜 주었다. 다리의 곡선이 드러나는 흰 바지를 입었고, 팬티선이 살짝 드러나도록 허리에는 아무런 벨트도 차고 있지 않았으며, 결이 고와 보이는 역시 하얀색의 티를 입고 있는 그녀는 이름이 닝이라 했다. 영어를 조금 말할 줄 알아서 간단한 의사소통에는 아무런 문제가 없었지만 우리는 거의 대화를 나누지 않았다. 베이스가 웅웅거리는 클럽 안은 서로의 목소리가 상대방에게 전달되기도 전에 음악 소리에 묻혀 버려서, 거의 고함을 지르는 수준이 아니라면 대화는 사실상 불가능했다. 다만 나는 뻣뻣이 서 있고 그녀는 춤을 추었는데, 대담하게도 서슴없이 내 허리를 감싸 안고 자신의 복부를 바싹 밀착시킨 채 춤을 추기도 했다. 마치 딱딱한 통나무에 기어오르려는 다람쥐처럼, 그녀의 체중이 내 몸에 실려 흔들렸다. 아득한 감촉이 맞닿은 무릎과 복부와, 그리고 살짝 닿은 가슴 사이로, 빈 공간을 메우며 아련히 다가왔다. 그리고 멀어졌다. 그녀가 화장실에 간 사이, 나는 그들에게 먼저 돌아가겠다고 말했다. 이스라엘 친구들은 웃으며 나를 놀려댔고, 빈정거리는 어조로 먼저 돌아가셔서 법학 공부를 하시지요, 라고 말했다. 그러나 공교롭게도 나가는 길에 출입문 근처에 있는 화장실에서 돌아오던 그녀와 마주쳤다. 나는 얼굴을 붉혔다. 그리고 가야 한다고 생각했지만, 고개를 숙이고 몸을 밀며 사람들을 밀치고 문을 열어야 한다고 생각했지만, 그러나 나는 움직이지 않았고 그녀 앞에서 다만 멀뚱히 서 있었다. 그러자 그녀가 잠시 기다리라는 말을 던져 놓고는, 유유한 걸음으로 사람들을 또박또박 헤치고 들어가 가방을 챙겨 나왔다. 그리고 엉뚱하게도 나는 그 길로 그녀의 차를 타고 방콕으로 갔다.

그녀는 방콕에 산다고 했다. 월드 트레이드 센터가 있는 라차프라쏭, 방콕의 중심부, 호텔과 쇼핑센터들이 몰려있는 곳이다. 방콕의 외곽인 모드가 살고 있는 람캄행 대학교 주변과는 거리도 멀었고 분위기도 다른 곳이었다. 술을 조금 마셨음에도 불구하고 그녀는 편하게 몸을 의자 쿠션에 기대고는 사무적이고 정확한 솜씨로 안전 속도를 유지하며 차를 몰았다. 비가 오려는지 검고 푸르게 하늘이 기울어져 있었다. 나는 아연한 얼굴로 운전하는 그녀의 옆얼굴을 훔쳐보았다. 가물거리는 흐린 빛이 그녀의 턱선의 예리함을 부드럽게 감싸며 주위에 퍼져 있었다. 귓바퀴가 머리카락 사이로 살짝 드러나 있었고 부드럽게 솟은 콧등은 공기와의 민감한 접촉을 시도하고 있는 듯했다. 아름다운 얼굴이었다. 그녀는 자신이 중국 혼혈이라 태국 원주민들과는 달리 흰 피부를 가지고 있다고 웃으며 말했다. 흰 피부란 태국인들에게 미녀의 첫 번째 조건이다. 나는 그 사실을 모드에게 들어서 알았다. 모드는 나를 만날 때마다 마치 아이들이 분을 갖고 장난을 친 것처럼 하얀 밀가루의 얼굴이 되어 나타나곤 했다. 그때마다 나는 웃음을 참을 수 없었는데 그러면 그녀는 이해할 수 없다는 듯이 눈을 흘기며 나를 쳐다보았다. 작고 동그란 얼굴의 심술. 그리고 까무잡잡한 피부 위에 묻은 하얀 가루 자국들. 나는 손수건을 꺼내 모드의 얼굴을 정성스럽게 닦아 주었다. 왜 얼굴에 밀가루를 바르고 왔지? 나는 짐짓 아이들을 타이르듯 웃으며 모드에게 물었다. 그러자 그녀의 대답이 가관이었다. 그것은 밀가루가 아니라 베이비 파우다인데, 항상 땀과 습기에 차는 날씨 때문에 베이비 파우다를 바르기도 하지만, 얼굴을 하얗게 보이고 싶은 생각에 바르기도 한다고 했다. 닝의 아름다운 흰 피부를 바라보는 동안 베이비 파우다를 잔뜩 발라 마치 빵을 만드는 가게에서 장난을 치다 온 것만 같은 모드의 순진한 얼굴이 떠올랐고 연민과 그리움, 죄책감으로 가슴이 아려왔다.

한국에서 돈을 벌던 지난 7개월 동안 나는 모드를 잊어본 적이 없었다. 우리는 나날이 메일을 주고받았고 사흘에 한 번 내가 태국으로 전화를 걸기도 했다. 통화는 짧았고 그때마다 전화 부스와 방콕의 핸드폰 사이에 놓인 거리는, 아주 짧은 시간 목소리로만 건널 수 있는 불가사의한 공간에 놓이곤 했다. 그녀는 내게 전화번호를 물었지만 나는 부담을 주기 싫었고, 대신에 신뢰와 위안을 주기 위해 가끔 편지를 써서 선물과 우편으로 부치기도 했다. 처음 전화를 걸었을 때 모드의 목소리는 떨렸다. 내가 약속을 지키리라 처음엔 믿을 수 없었다고, 친구의 유럽 남자들이 그러했듯이 자신을 쉽게 잊으리라 생각했었다고 그녀는 말했다. 유럽 남자들이 종종 태국에서 장기로 머물며 현지 여자들을 사귀었다가 고국으로 돌아가면 연락을 끊곤 했다는 것이다. 그러나 나는 그렇게 그녀를 약속만을 남겨 놓은 채 그곳에 둘

수 없었다. 그것은 사랑이기도 했지만 잃어버릴지도 모르는 어떤 것에 대한 지독한 두려움 때문이기도 했다. 모드는 내가 한 달간 살았던 방콕과 깐자나부리의 장소들과 결부된 존재였고, 그녀의 존재가 그곳에 있으므로 내 삶의 한 조각이 그 장소에서 여전히 나를 기다리고 있는 듯한, 돌아오기를, 축제가 다시 시작하는 시간까지 늦지 말기를 재촉하고 있는 듯했다. 꿈속에서, 혹은 거리를 걷다가도 문득 나는 자꾸만 비행기를 잘못 타 한국으로 돌아오는 이상한 꿈을 꾸었고, 갑자기 메일로 모드의 친구로부터 모드가 죽었다는 황당한 소식을 접하기도 했다. 기이한 섬망(譫妄), 먼 거리, 때때로 목소리가 건너가 확인하는 기억 속 존재의 길, 불가사의하게도, 모드가 빵을 사주었던 람캄행 대학교 시장의 떠들썩한 좌판, 깐자나부리 크와이 강변에서 캔 커피를 마시며 나눴던 대화, 멀리 가라오케의 반주를 따라 밀림으로 점점 멀어지던 보트들, 알 수 없는 길로 하여 알 수 없는 곳으로 가던 것들, 함께 했던 존재가 함께 했던 장소와 겹치는 이상한 현상, 만약 그곳에 아직도 모든 것이 그대로 있다면 나는 어떻게 이곳에 존재할 수 있는가? 그리고 우리는 어떻게 모든 것이 그대로 있다는 것을 확신할 수 있는가? 비록 한 달이지만 내가 살았던 장소가 그곳에 있으므로 나는 돌아가야만 했다. 돌아가서 다시 눈으로 확인하고 싶었다. 보트들은 아직도 술 취한 사람들을 태우고 가라오케의 반주를 웅웅거리며 검은 강 위를 흐르고 있는지, 그리고 우리가 처음 만났던 카오산의 걸리버 바와 모드가 내게 빵을 사주었던 시장의 좌판은……

방콕에 진입하자 비가 오기 시작했다. 앞을 분간할 수 없을 정도로 많은 양의 비가 내렸다. 멀리서부터 비들의 꼬리를 쫓아 천둥소리가 몰려왔고 붉고 푸른 섬광들이 보랏빛 천공에 드문드문 나타났다 사라졌다. 닝은 속도를 줄이고 앞차와의 거리를 유지했다. 그리고 라디오의 볼륨을 높였다. 송신 상태가 좋지 않은 고장 난 라디오에서 나오는 것 같은 먼 노랫소리가 지지지 거리며 흘러나왔다. 아득한 느낌이었다. 새벽 2시경이었고 깐자나부리에서 출발한 지 벌써 두 시간이 지나 있었다. 우리는 그다지 많은 말을 하지는 않았지만 나는 그녀에 대해 몇 마디로 설명할 수 있는 몇 가지를 알게 되었다. 그녀는 일본어 가이드였고 나이는 스물셋, 고향은 치앙마이였다. 친구들이 깐자나부리에 많이 있고 그래서 일이 없는 날이면 차를 몰고 와서 친구들을 만난다. 일본어는 전남편이 일본 사람이라 자연스레 배우게 되었다. 일본인 남편은 지금 자신을 폭행한 죄로 강제 추방 당했는데 그녀는 그것이 다행스런 일이라 말했다. 나는? 나에 대해서는 별로 설명할 것이 없어 그냥 학원 선생이라 말했다. 그리고 몇 분 생각한 후 난감한 목소리로 삐죽거리며 태국 여자친구가 있는데 주말마다 깐자나부리에서 만난다고 했다. 그녀는 언니같이 웃으며 내 손을 잡았다. 나는 왠지 창피하고 무안했다. 그녀는 아파트 주차장 빈 곳에 정확한 솜씨로 주차했다. 그리고 그녀의 입술이 손등에 닿았다. 알을 품듯이 그녀의 따뜻한 숨결이 내 손등을 품었다. 현기증이 아련히 몰려왔고 긴장으로 치켜든 엄지손가락 마디가 가려웠다. 그녀의 손과 입술은 간지러울 정도로 매혹적이다.

다음 날 나는 하루 종일 그녀의 아파트에서 빈둥거렸다. 닝은 오후 늦게 일을 나갔고 돌아올 때까지 나는 그녀가 빌려다 준 헐리우드 비디오 몇 편을 보며 그녀를 기다렸다. 밤 11시가 넘어 그녀가 먹을거리를 잔뜩 사 가지고 돌아왔다. 허기가 져 있던 나는 닝이 끓여준 사발면과 피자 몇 조각, 봉지에 담긴 찰밥, 닭튀김, 그리고 매콤한 맛이 일품인 태국 샐러드 솜땀을 먹었다. 닝은 빈틈없이 친절했고 상냥했으며 그리고 느닷없이 천진해지기도 했다. 주도면밀한 아기처럼 소리도 없이 내 면티 사이로 몸을 집어넣고 파고들어왔다. 간지러웠다. 마치 동굴을 탐험하는 듯 고개를 이리저리로 돌리며 간신히 구멍을 찾아 숨을 헐떡거리고 턱

아래로 갑자기 고개를 쑥 내밀며 그녀는 웃었다. 그리고 키스했고 내 손을 잡아 타월을 어깨에 걸쳐주고는 샤워실로 나를 밀어 넣었다. 내가 샤워하고 있는 동안 그녀가 들어와 옆에서 머리를 감았다. 나는 고개 숙인 그녀의 목덜미를 바라보았다. 흰 거품이 목줄기를 걸쳐 그녀의 가슴으로, 등으로, 허리로, 그리고 길게 뻗은 다리로 흘러내렸다. 비스듬히 나는 자꾸만 모드가 생각났다. 모드를 처음 안았던 깐자나부리 게스트하우스의 방이 생각났다. 그때 그녀는 자신의 몸을 수줍어했고 내 몸을 어려워했었다. 모드를 사랑하는 마음이 변한 것은 아니라고 나는 생각했다. 그럼에도 닝의 몸을 안고 있는 동안 전혀 죄책감 같은 것을 느낄 수 없었다. 나는 이상하게도 아주 평온했다. 별다른 생각 없이 금세 잠에 빠져들었는데 꿈속에서 식은땀을 흘리며 홍콩에서 비행기를 잘못 타지 않기 위해 안간힘을 쓰고 있었다. 아마도 소리를 질렀었나 보다. 감기 기운이 있었던 것 같다. 목을 조르는 듯한 뜨거운 열기와 옆에서 잠이 깬 닝이 부스럭거리며 내 몸을 천천히 쓰다듬는 손의 찬 감촉이 느껴졌다. 나는 소스라치며 눈을 떴다. 닝이 내 목을 가슴으로 안고 입을 벌려 알약 두 개를 넣어주고 있었다. 초점이 맞지 않아 닝의 얼굴이 잘 보이지 않았다. 나는 다시 누웠다. 열이 등허리로 쏟아져 내렸다. 마치 소나기처럼 웅웅거리는 소리가 멀리서 났다. 모든 것이 괜찮다. 나는 비죽 눈시울이 뜨거워졌다. 모드의 얼굴이 어렴풋이 뜨거운 창 저 너머로 떠올라 아른거렸다. 나는 무언가 말을 해야 한다고 생각했지만 혼몽했고 아침까지 깨지 않았다.

*

정실에게

한 달 전에 벌써 한국에 폭설이 내렸다는 소식을 들었어. 내가 한국을 떠나온 지 일주일 째 되던 날이었나, 이상 기후로 내렸다는 그 폭설은 내게 C.S 루이스 동화에 나오는 온통 흰 눈으로 뒤덮인 나니아 왕국을 생각나게 했어. 있잖아, 어느 날 옷장 문을 열었더니 그 건너편에 눈 내리는 저녁의 숲이 펼쳐져 있었다는 동화 말이야. 어쩌면 그럴 수가, 옷장을 사이에 두고 두 세계가 마주보고 있는 것처럼 이곳은 여름인데 그곳에서는 어떻게 폭설이 내린 거지? 방콕의 겨울은 여전히 뜨거운 여름 속에 있어. 한국처럼 무덥고 끈적거리는 기후는 아니지만 그래도 날은 제법 더워서 낮에는 땀을 흘릴 정도야. 그리고 지금은 아직도 우기여서 매일 밤이면 검은 하늘은 소나기를 퍼붓고 있어. 한 시간이

나 두 시간 정도 사위는 온통 빗소리에 젖어. 그리고 천둥소리는 멀리서부터 지축을 흔들며 몰려오지. 마치 나무로 지어진 집을 부수고 내처 달려가겠다는 듯이. 집 건너편의 또 다른 세계로. 아마 그곳에선 눈이 되어 내리겠지.

며칠 전에는 심하게 앓았어. 땀이 비 오듯 쏟아졌어. 거의 혼자서 이틀을 열에 시달리며 지냈지. 그러다가 어제 고열로 쓰러졌고 게스트하우스 매니저가 나를 오토바이에 태워서는 병원에 데려다주었어. 열이 무려 40도까지는 올랐었는데 모르고 있다가 갑자기 쓰러졌던 거야. 병원에서 매니저의 핸드폰으로 모드에게 전화를 걸었어. 그리고 나는 열에 시달리다 잠이 들었지. 잠결에 열이 몸뚱어리를 빠져나가는 소리를, 비 오듯 땀이 쏟아지는 소리를 들었어. 쇠로 만든 침대가 삐걱거리는 소리도. 소나기가 또다시 내리고 있었지. 그리고는 어지러운 가운데 내 배 위에 살짝 놓인 누군가의 팔을 느낄 수 있었어. 밤차를 타고 온 모드가 내 옆에 앉아 밤새 나를 간호하다 잠이 들어 있었어. 아침에 눈을 떴을 때 나는 몸이 많이 좋아진 것 같았어. 의사가 이제는 집에 돌아가 안정을 취하면 괜찮아질 거라고 말했어. 모드는 크게 어깨를 들었다 내려놓으며 벙어리 같은 표정이 되어 나를 쳐다보았어. 아픈 것은 난데, 나는 연민으로 가슴이 쓰라렸어. 모드의 부축을 받으며 숙소로 돌아오는 동안 폭력적이 되고 싶은 욕망을, 이상하게 치밀어 오르는 울화를 참을 수 없었어. 나는 그녀에게 따지듯 물었지. 내가 이곳에 온 것은 너를 보러 온 것인데 왜 너는 그렇게 바쁘냐구? 그러자 그녀가 당황하며 더듬거리는 목소리로 1월까지만 기다리면 졸업을 할 수 있을 거라고, 조금만 참아 달라고 말했어. 하지만 나는 그럴 수 없다고 했어. 너는 이것을 분명히 알아야 한다고 나는 소리치며 말했어. 몇 달 후에 나는 돌아가야 하고 우리에겐 시간이 그렇게 많지 않다고.

모드를 이해하지 못하는 건 아니었어. 태국에 도착하기 전에도 모드는 메일로 1월경까지는 졸업 준비로 바쁘기 때문에 매주 한 번 정도 밖에는 만날 수 없을 거라고 미안해하며 말하곤 했었어. 하지만 나는 4월경에는 경비가 다 떨어지기 때문에 한국으로 돌아가야만 한다는 사실이 난감해 견딜 수 없었어. 어릴 적 나는 할머니가 집안 문제로 어려움이 있을 때마다 자식들을 설득하기 위해 애쓰는 모습을 많이 보았어. 그때마다 나는 의아해하며 생각했었지. 어째서 저렇게 애원하듯 말씀을 하시는 걸까? 그냥 이대로 내가 죽겠다고 말씀하시면, 설마 죽겠다는데 삼촌들이 할머니 소원 하나쯤 들어주지 못할까? 그때는 어려서 사람과 사람 사이의 관계가 얼마나 복잡하고 어려운 것인가를 알 수 없었기 때문에, 죽는다는 말로도 해결될 수 없는 것이 있다는 걸 몰랐어. 나는 그 먼 바다를 건너 이곳까지 왔는데 모드가 그토록 열심히 졸업 준비를 하느라 바쁘다는 사실을 머리로는 이해할 수 있으면서도 마음으로는 이해할 수 없었어. 더욱이 모드는 점점 약속을 지키지 않기 시작했지. 심지어 전화를 받지 않을 때도 많아졌고 말이야.

너는 선배가 왜 방콕으로 출국하기 전까지도 경철과 화해를 하지 않았는지 이해할 수 없다고 말했었지. 내가 처음 인도로 여행을 갔을 때였어. 원래는 그도 나와 같이 인도로 여행을 가려고 했었단다. 그런데 돈이 없었고 결국엔 나 혼자 떠날 수밖에 없었어. 나는 인도에서 매일 좋은 것들을 볼 때마다 경철이 함께 와서 이것을 봤다면 어떻게 행동하고 말했을까 상상하곤 했었어. 인도의 서쪽 자이살메르에 갔을 때 나는 사막으로 1박 2일 낙타 사파리를 했지. 사막이라기보다는 끝도 없이 광활한, 메마르고 잔인한 초원지대였어. 그러다 갑자기 사막이 나타났지. 사막은 초원지대에 안긴 모래 호수처럼, 혹은 신이 황량한 초원에 떨어뜨린 계란 노른자인 듯, 동그랗게 모래들이 둔덕을 이룬 곳이었어. 아주 귀엽고 작은 사막이었지. 영국 여행자들과 한국 여행자들이 동행을 했었어. 모두 그날 처음 만난 사람들이었지. 그들은 서로 어울리며 캠프파이어를 하고 준비해온 술을 마시며 사막에서의 밤을 즐겼어. 나는? 나는 자꾸만 경철이 생각났어. 그래서 쏟아지는 서글픔을 참을 수 없어서 혼자 가까운 모래 능선을 따라 여기저기로 걸어 다녔어. 별이 얼마나 아름답던지, 까만 하늘은 너무나 높아서 내 생에 한 번도 본 적이 없는 하늘의 높이를 체감할 수 있었어. 밤기운은 약간 싸늘했는데 나는 준비해온 겨울 점퍼를 여미며 근처에 있는 덤불 가에서 소변을 보았어. 멀리 어둠에 잠긴 지평선이 보였어. 그 지평선 너머에 다시 지평선이, 뒤로 땅끝 그리고는 하늘의 검은 지붕이 벽도 없이 떠 있었어. 별들이 아주 낮게 그곳에도 깔려 있었어. 그때 갑자기 이런 생각이 머리를 스치고 지나갔어. 다시 일 년이 지나, 똑같은 시간, 똑같은 장소에 경철이와 함께 서서 저 지평선을 바라보며 여러 가지 서로의 생각들을 나눌 수 있을까? 그렇다면 멋진 일이 될 것이라 생각했어. 그렇잖아. 부산이나 동해도 아니고, 비행기를 타야만 올 수 있는, 거의 지구의 반대 편에 위치한 인도의 사막에서 거의 일 년 만에 같은 장소에 서서 함께 소변을 보거나, 담배를 피우는 일이 얼마나 기적 같은 일이 될지. 알고 있니? 아무리 친한 사이라 할지라도 사람과 사람의 마음이 일치한다는 것이 얼마나 어렵고 슬픈 일인지. 내가 좋아하는 음악을 친구에게 들려주었을 때 그가 그것을 강요로 생각하지 않고, 내가 느끼는 것과 똑같은 감동을 같은 선율에서 발견하고 기뻐하는 일이 얼마나 기적같이 힘겨운 일이 될 수 있는지.

한국에 돌아와서 나는 그를 설득할 수 있었어. 나는 사막에 대해 과장해서 이야기했고, 인도 음식들의 특별한 맛에 대해 이국적인 냄새의 매력까지 섞어가며 그를 안심시켰고, 무엇보다 얼핏 버려진 작은 고성처럼 보이는 바라나시의 숙소들에 대해 열변을 토하며 그를 설득했지. 그는 이번에는 꼭 돈을 모아서 함께 인도에 가기로 내게 약속했어. 그리고는 여러 우여곡절 끝에 간신히 돈을 모아 일 년이 지나 정확히 내가 출국했었던 날짜보다 삼 일 늦게 우리는 인도로 떠나는 비행기에 몸을 실었어. 나만 그러했던 것이 아니라 그도 많이 흥분하고 있었어. 처음 비행기를 타 본 그는 마치 아이처럼 신기해하며 비행기가 부상할 때의 느낌에 대해 세심하고 정확한 언어를 골라 설명하기 위해 애썼어. 그리고 우리는 준비해 둔 빈 통에 와인이며 브랜디 등을 몰래 담았지. 그것을 도착한 첫날 밤 캘커타의 한 숙소에서 거리의 지독한 매연과 19세기 영국의 풍경을 떠올리게 하는 도시의 건물들에 대해 이야기를 나누며 밤새 마셨어. 우리는 두 달간의 일정을 계획하고 왔었어. 한 도시에서 가능하면 오래 머무르며 찬찬히 보고 즐길 생각이었지. 캘커타를 시작해 잠시 밑으로 내려가 작은 해안 도시 푸리를 거쳐 다시 바라나시로 올라와 일주일을 쉬고 아그라를 거쳐 타즈마할을 본 후 델리, 다음엔 조드푸르, 마지막으로 그토록 함께 가고 싶었던 자이살메르의 사막을 여행한 후 델리로 돌아와 비행기를 타고 귀국할 생각이었어. 캘커타에서 며칠을 머문 후 푸리에 갈 때까지만 해도 아무 문제도 없었어. 그는 인도의 창고 같은 객차의 침대칸에 누워 마치 배를 타고 가듯 흔들리며 가는 기차 여행을 좋아했어. 그리고 캘커타의 음식도 그의 입에 맞았지. 캘커타는 요리로 유명한 도시이기도 해서 길거리에서 파는 볶음국수마저도 별문제 없이 맛있게 먹을 수 있었어. 근데 푸리에서 그는 전혀 식사를 하지 못하기 시작했어. 푸리에서 나는 며칠을 머물며 여유롭게 딱 두 군데만 그와 함께 보고 싶었어. 내가 느꼈던 것을 그와 함께 느끼고 싶었던 거야. 우리는 도착한 다음 날 자전거를 빌려 푸리의 한가롭고 평온한 농촌의 소로를 따라 달릴 생각이었어. 그런데 그가 설사를 하기 시작한 거야. 푸리의 물과 음식이 입에 맞지 않았던 거지. 그는 거의 치킨 볶음밥만 먹었는데 그것이 아니면 다른 것은 입에도 대지 않았어. 며칠 동안 설사를 한 후 몸이 조금 나아 졌다 싶었을 때 나는 자전거 여행을 가자고 그를 재촉했지. 그때 우리는 처음으로 다투었어. 그래도 나의 강요에 못 이겨 그는 허한 몸을 이끌고 거의 반나절이나 자전거를 타고 돌아다녔어. 그리고 그날 밤 끝내 감기 몸살에 걸려 푸리에서 아무 것도 하는 일 없이 또 며칠을 보냈지. 물과 음식 때문이라 생각하고 우리는 짐을 챙겨 바로 캘커타로 올라왔고 그는 거기서 입에 맞는 음식들을 챙겨 먹었어. 그리고 몸을 어느 정도 회복했지. 우리는 바라나시로 떠났어. 바라나시는 특별히 한국인들의 입맛에 맞는 음식을 하는 식당들이 있어서 나는 별로 걱정하지 않았어. 그런데 거기서도 그는 설사를 하기 시작한 거야. 몸살에 다시 걸리지는 않았지만 거의 매일 설사를 했지. 그리고 손이 하얗게 갈라지기 시작했어. 영양실조의 기미가 보이기 시작했던 거야. 나는 과일을 그에게 권했지만, 그는 과일을 별로 좋아하지 않았고 짜증을 내며 먹지 않았어. 심지어 내 얼굴에 과일을 집어 던지기까지 했지. 바라나시에 도착하던 날 우리는 우연히 전에 내가 알았던 인도 소년을 만났는데 그는 나를 알아보고는 무척 반가워했어. 그러고는 자신이 알고 있는 좋은 비단 가게가 있는데 함께 가지 않겠냐고 말했지. 나는 어차피 선물을 살 거면 바라나시가 비단과 면으로 유명한 도시

이니깐 그를 따라 가보자고 했어. 예상외로 반가워하는 그의 얼굴을 봐서라도 말이야. 그런데 그게 또 다툼의 화근이 되었어. 우리는 한참을 걸어가야 했지. 밤새 기차를 타고 와서 피곤한 몸으로 그는 거의 한 시간이 넘게 걸어간 끝에 도착한 비단 가게에서 제시하는 터무니없이 비싼 가격에 울화가 치민다는 듯이 마구 욕을 퍼부었어. 그리고는 매일 설사를 했고 우리는 거의 쉬지 않고 싸웠어.

우리는 바라나시에서 헤어졌어. 그는 혼자 델리로 떠나 비행기표를 앞당겨서 한국으로 돌아갔고 나는 바라나시에 남았지. 경철이 떠나기 며칠 전 나는 아픈 그를 데리고 버닝 가트에 가서 시체를 태우는 것을 보았었어. 그는 무미건조하게 아무런 특별한 의식도 없이 사람을 그저 태우기만 하는, 마치 장작을 태워 모닥불을 일으키는 듯한 그러한 풍경에 아무런 감흥도 없다고 말했어. 나는 그러지 말고 조금만 더 앉아서 바라나시의 갠지스 강과 그 너머에 황량한 벌판과 그리고 이편의 낡은 성 같은 건물들과 무심히 시체를 태우는 사람들을 오래 찬찬히 보라고 말했지. 하지만 그는 일어섰고 숙소로 돌아갔어. 그날은 금요일이었는데 저녁에 인도 음악 공연이 있었어. 음악 공연은 다른 곳에서도 매일 있었지만 내가 작년에 보았던 멤버들의 공연은 금요일에만

프로그램이 정해져 있는 것이어서 볼 시간이 그날밖에 없었지. 나는 그를 간신히 설득했고, 우리는 저녁이 강의 몽환처럼 내리는 골목을 걸어 공연장으로 갔어. 거의 두 시간 동안 그에겐 지루했을 시타르와 타블라의 공연이 이어졌어. 작고 낮고 습기 찬 방, 옹기종기 모여 앉아 공연을 보는 사람들, 그리고 쉬는 시간이면 짜이를 마실 수 있었어. 하지만 역시 그는 피곤해했고, 짜증을 부리며 혼자 돌아가 쉬고 싶다고 말했지. 그리고 우리의 여행은 거기서 끝났어. 사막은 가 보지도 못했고, 타지마할조차 보지 못하고 그는 인도를 떠났어. 나는 바라나시에 남아 새벽이면 가트를 따라 혼자 산책을 했어. 강 건너편 벌판 너머로 내가 가보지 못한 덤불들의 숲이 있었어. 거기로 현지인들이 왔다 갔다 하는 것이 보였어. 회색의 안개에 잠긴 검은 그림자로… 무엇을 말할 수 있었겠니? 일주일이 지나 거의 마음이 가라앉았을 때 경철이 메일을 보냈는데 그는 내게 미안하다며 내 안부를 물었어. 친한 친구끼리 여행을 하다 보면 다툴 수도 있고 안 좋게 여행이 끝날 수도 있는 거라고 답장을 써야 했을까?

또 일주일이 지나고 나는 한국 여행자들을 만났어. 그들은 내게 방콕에 대해 얘기해 주었어. 방콕의 맛있는 음식들이며, 치앙마이의 아름다운 클럽과 핑강의 저녁을 품은 고즈넉함, 그리고 밤공기의 관능과 현혹에 대해서도. 내 비행기표는 방콕을 경유하는 티켓이어서 방콕에서 스탑오버를 할 수 있었어. 나는 예정보다 날짜를 당겨 방콕으로 떠났어. 그리고 거기서 모드를 만났어.

정실아, 선배하고 한 약속은 잊지 않았니? 여기로 떠나오기 며칠 전 네가 아르바이트를 하는 분식집에 찾아갔었지. 그때 너는 선배가 기다리고 있을 태국에 가기 위해 돈을 모을 거라고 말했어. 모드도 보고 싶고 내가 말한 치앙마이의 낡은 성곽으로 둘러싸인 도시의 밤 풍경과 깐자나부리의 아름다운 크와이 강도 보고 싶다고 말했었지. 너는 비행기를 한 번도 타본 적이 없다고 말했어. 내가 들려준 카오산 로드의 모습을 마치 그것이 달 표면에 있는 어떤 분화구의 거리라도 된다는 듯이 신기하게 들었어. 너의 표정은 내 얼굴에 적힌 동화책을 보는 듯한 표정이었어. 어느 날 옷장 문을 열었더니 옷장의 검은 공간을 사이에 두고 하얗게 눈 내리는 나니아가 펼쳐져 있었다고.

정실아, 네가 오는 1월경이면 모드의 학기도 끝나고 하니깐 함께 치앙마이로 가자. 나는 개인적으로 치앙마이를 카페의 도시라고 부른단다. 치앙마이의 낡은 성곽을 해자의 물빛들이 둘러싸고 있고 그 옆으로 도로가 달리고 있어. 그리고 그 맞은편에는 예쁘고 작은 카페들이 즐비하게 늘어서 있지. 조금은 더럽고 시끄러운 분위기이지만 카페에 앉아 조명으로 반사되는 해자의 물빛과 명암에 노출된 성벽을 바라보고 있으면 마음이 가라앉고 편안해져. 그리고 오토바이를 빌려 성곽 도로를 따라 치앙마이의 구시가지를 한 바퀴 돌고 난 후 핑 강을 건너 맞은편의 아름다운 리버사이드 카페로 가서 라이브 공연을 보며 맥주를 마실 거야. 방콕에서는 지상 전철을 타고 마천루의 숲을 구경하고 월드트레이드 센터에서 함께 태국 영화를 본 후 쇼핑을 할 수도 있어. 그리고 밤에는 카오산 로드의 수지펍으로 가서 태국 대학생들과 어울려 춤도 추고. 깐자나부리에서는 내 방을 보여줄게. 마치 열대의 숲에 있는 나무로 지어진 탐험가의 집 같단다. 낮은 탁자가 있고 색 바랜 아이보리색 가죽으로 커버를 단 고풍스러운 의자가 있어. 그리고 덧창이 달린 창문이 다섯 개, 아! 그리고 커피포트도 있다. 네가 오는 때는 우기는 아니지만 만약 밤에 소나기가 내린다면 내 방으로 놀러와. 내가 설탕 커피를 타줄 테니깐. 너는 내가 소설을 쓰는 낮은 의자에 앉아 커피를 마시며 열린 덧창으로 비 내리는 정원과 그네를 볼 수 있을 거야. 모든 것이 다 팬찮아. 한국에 돌아가면 경철을 만나 화해를 할 거고, 그리고 모드와도 다툼 없이 잘 지낼 거야. 이해하기 위해 노력해야겠지. 세상에 이해할 수 없는 것은 없다고 모드가 말했었어.

*

졸리프록에서 두 달 가까이 머물던 이스라엘 친구들이 떠났다. 대신에 나는 인도인 매니저와 이상한 영어를 쓰는 이웃 가게 소녀와 친구가 되었다. 이스라엘 친구들이 떠나기 전날 나는 모드와 그들을 환송하는 파티를 열었다. 졸리프록의 식당에서 만찬을 즐기고 강변 공원으로 나가 맥주와 바베큐 꼬치, 과일 등을 사 가지고 앉아 새벽까지 마셨다. 일단의 한국인 여행자들이 멀리 공원 끝에 있는 한국인 수상 식당으로 몰려가는 것이 보였다. 그러자 이스라엘 친구들이 코리언, 코리언 하며 익살스럽게 웃었다. 그들은 이별을 별로 서글퍼 하지 않았다. 우리가 술을 마시고 있는 공원 맞은편에는 디스커버리 클럽이 있었다. 이주 전 내가 닝을 만난 곳이었다. 눈치 빠른 이스라엘 친구들은 그날 밤 내가 만났던 닝에 대해서는 한마디의 언급도 하지 않았다. 가끔 음흉한 미소로, 다 안다는 듯이, 비밀을 공유하는 사람들의 은밀한 웃음을 지으며 나를 쳐다보기는 했다. 나는 외면했다. 나는 닝을 사랑하지는 않았다. 닝은 아름다웠으나, 그녀와 함께 방콕의 번화가를 걸어 다닐 때면 어깨가 으쓱 펴지기도 했으나 그녀는 너무 단정하고 차갑고 배려할 줄 알았다. 닝은 태국의 중산층에 속하는 여자였다. 자주 그녀에게 연락하지는 않았지만 때로 방콕에서 그녀를 다시 만나기도 했는데 어떤 날은 약속을 지키지 않을 때도 있었다. 심지어 전화를 하면 차갑고 사무적인 어조로 일을 하고 있다고 말하거나 남자친구를 만나고 있다면서 퉁명스레 전화를 끊을 때도 있었다. 나는 자존심이 상하지 않았다. 이상하게도 고마웠고 그녀를 이해할 수 있다는 생각이 들었다. 닝은 만나는 순간에만 따뜻하고 섬세한 마음으로 보살펴 주는 사람이었다. 그것으로도 충분하다고 나는 생각했다.

이스라엘 친구들은 술을 마시면서 모드가 짚어주는 태국어 발음을 따라 하고 있었다. 컵 짜이, 수워이 막막, 나락, 폼 락 터, 마이 차이 등등. 모드는 얄긋하게 머리를 한쪽으로 살짝 기울인 채 턱을 위아래로 살며시 끄덕이면서, 차-이(그래요), 차-이 하며 열심히 따라 하려고 애쓰는 이스라엘 친구들을 보며 웃었다. 나는 모드가 차-이나, 마이 차-

이라고 발음할 때 그녀의 목소리에 실려 나오는 선율을 사랑했다. 그녀는 마치, 태국의 다른 사람들도 마찬가지지만 악보를 읽으면서 말하는 것 같았다. 처음 태국에 왔을 때 그녀와 함께 보트를 타고 짜오프라야 강을 건넌 적이 있었다. 내가 강 이름을 물었을 때 그녀는 짜오프라야- 라고 말하며 배시시 웃었다. 태국어는 언어의 악보를 지니고 있다. 모드는 마치 그 악보의 음률을 따라 소리를 굴리며 무언가 내게 장난을 거는 듯했다. 단어와 단어 사이에 음의 계곡이 놓여 있고, 그녀의 입술 위에서 짜오프라야는 그대로 흐르는 소리의 강이 되었다. 모드가 발음하는 영어마저 태국어의 음악 속에 있었다. 그녀의 영어 억양은 독특했다. 사실 그녀는 영어를 잘하지 못했다. 나 역시 온전한 영어를 구사하는 것은 아니어서 우리는 거의 틀린 문법으로, 수사와 분석은 제외한 채 간단한 표현들로 의사를 소통했었다. 수식을 하고 싶거나, 간절하게 무언가 표현하고 싶을 땐 손과 눈빛, 몸짓을 이용했다. 그러고도 우리는 모든 것을 다 이야기했다. 학문적인 것이 아니라면, 굳이 우리에게 더 이상의 뜻과 표현들은 필요하지 않았다. 기적처럼, 우리 사이에 의식하지 못하는 새 자연스런 언어에 대한 습관이 형성되어 갔다. 그것은 우리가 서로에게 보내는 암호이거나, 아니면 우리가 나누는 어떤 교신 체계인 것만 같았다. 우리는 연인들의 원시시대에 살고 있었다.

　다음 날 아침 이스라엘 친구들이 떠나고 나서 나와 모드는 오토바이를 타고 70킬로미터나 떨어진 에라완 폭포까지 다녀왔다. 하늘은 푸르름을 펼쳐 놓고 있었고 강을 따라 굽이굽이 돌아가는 도로는 풍성하고 촉촉한 바람을 안고 있었다. 모드는 내 운전이 불안하다며 자신이 운전하겠다고 자꾸만 등 뒤에서 보채며 떠들었다. 오토바이가 많이 휘청거려, 똑바로 앞을 보고 운전해야지, 자꾸 강 쪽을 보지마! 강 너머엔 솜털 같은 햇살을 피워 올리고 있는 밀림지대가 펼쳐져 있었다. 흐르는 강물 속에서 자라난 덤불들이 젖은 초록의 무성한 고성(古城)처럼 보였다. 나는 반대편 하안의 풍경을 찬찬히 관찰하기 위해 오토바이를 세우고 운전대를 모드에게 맡겼다. 모드는 신이 났다. 그러면서 자신은 꼬마였을 때부터 오토바이를 타고 다녔다며 마구 자랑을 늘어놓았다. 빨간 헬멧을 눌러쓰고 있는 그녀는 꼭 우주인 같아 보였다. 나는 그녀의 헬멧을 한 대 툭 때렸다. 그러자 그녀의 얼굴이 헬멧 속으로 사라졌다. 나는 웃음을 참을 수 없었다.

　에라완 폭포까지 가는 데 두 시간 남짓 걸렸다. 생각보다

에라완 폭포는 별로 볼 것이 없었다. 7단계로 이루어진 작은 폭포가 산 정상으로 올라가는 길목마다 하나씩 그 모습을 드러냈다. 우리는 5단계의 폭포까지만 올라갔다가 내려왔다. 모드가 수영을 잘하지 못해서 폭포의 발등처럼 보이는 얕은 개울가에서 물장구를 치며 놀았다. 물속에 잠긴 허리 옆으로 제법 큰 물고기들이 헤엄쳐 다녔다. 비현실적으로 투명한 옥색의 물빛이 출렁였다. 나는 모드에게 태국은 피피나 타오처럼 예쁜 섬들이 많고 자연 풍광이 아름답다고 말했다. 그러자 그녀가 웃으며 말했다. "태국 중부엔 산이 별로 없어. 치앙마이 같은 북부에나 가야 산을 볼 수 있지. 한국엔 산이 많다고 들었는데." 한국엔 산이 많다. 그녀는 지금껏 한 번도 내게 한국에 대해 물어본 적이 없었다. 방콕의 젊은이들은 주로 일본에 관심이 많았고 수쿰윗 로드의 프롬퐁 전철역에 있는 일본인 타운에는 약 2만여명의 일본인들이 거주하고 있었다. 곳곳에 영어 간판이 있듯, 곳곳에서 일본색이 짙은 문화 풍경을 볼 수 있는 곳이 방콕이었다. 심지어 티브이에도 일본어로 된 광고가 나올 정도였다. 모드가 한국에 대해 물어보았을 때 나는 조금 당황했다. 그럴 이유가 없었는데도 내가 마치 사기꾼이거나, 유사 한국인이거나, 한국 여권을 위조해서 다니는 사람이라도 된다는 듯이. 아니 내가 바로 한국 사람이라는 것이 나를 당황스럽게 했다. 죄책감처럼, 몇 개월이 지나면 속절없이 한국으로 돌아가야 한다는 것이 생각났다. 생각을 떨치려 해도 마치 머릿속에서 모래시계가 떨어지고 있는 것처럼, 내내 그녀와 함께 있을 수 있는 시간이 사라져가고 있다는 생각이 머리를 떠나지 않았다. 막막했다. 어떻게 해야 다시 돌아올 수 있을까? 아직 떠나지 않았는데도 나는 벌써 어떤 방법으로 돌아올지에 대해 궁리하곤 했다. 아니면 이곳에 남아야 할지를. 어떻게 해야 하는가? 아무 대책도 없이 모드를 한국으로 데리고 가야 하는 걸까? 아니면 내가 모든 꿈을 포기하고 방콕에 주저앉아 살아가는 것이 현명한 방법일까? 행복하다고 안간힘을 써가며, 그녀 곁에 있는 것만으로 모든 것이 괜찮다고 스스로를 다독여 가면서?

  돌아오는 길에 소나기가 내렸다. 검은 구름들이 급하게 하늘 저편으로 하강하더니 빗줄기가 되어 몰려왔다. 강하고 단단한 빗줄기였다. 모드는 자리를 바꿔 뒤에 앉고 내가 천천히, 조심스럽게 오토바이를 몰았다. 사위는 금세 어두워졌다. 지루할 정도로 긴 도로가 목을 축 떨구고 있는 무거운 나뭇가지들 사이로 끝없이 잇대어 있었다. 귀를 기울이고 있으면 숲이 웅성거리는 소리와 하늘을 거세게 질주하는 천둥의 고함 소리가 들렸다. 번개가 잠시 길을 비추었다 사라졌다. 다리들이 몇 번씩이나 나타났지만 도시는 보이지 않았다. 모드는 간간이 뒤를 돌아보며 차가 올 때마다 말을 해주었다. 엄청난 물보라를 일으키며 차들이 빠른 속도로 스쳐 지나갔다. 주먹을 들고 욕을 하고 싶었지만 의미가 없었고 긴장이 되어 그렇게 할 수도 없었다. 몇 번이나 눈을 닦아야만 할 정도로 많은 양의 비가 한꺼번에 내렸다. 모드의 버스 시간이 다가오고 있었기 때문에 어디서 비를 피해 쉴 수도 없었다. 한 시간 정도를 그렇게 달리자 언제 비가 왔었냐는 듯이 순간 하늘이 조용해졌다. 안개가 헤드라이트 불빛 사이로 하얗게 번져 오르기 시작했다. 나는 약간 오토바이의 속도를 높였다. 거의 두 시간이 지나도록 쉬지 않고 달렸지만 도시는 나오지 않았다. 모드의 젖은 몸이 떨면서 바짝 내 등에 기대어 왔다. 그녀의 축축한 피부가 가늘고 파리한 질감으로 느껴졌다. 저만치 검고 푸른 이내 속에 잠긴 희미한 물체가 보였다. 나는 오토바이의 균형을 유지하려 애쓰며 브레이크를 서서히 밟기 시작했다. 간신히 그 물체 앞에 멈추어 설 수 있었다. 차에 치여 죽은 개의 사체였다. 가엾게도 도로 이편에서 저편으로, 비가 내려 번질거리는 어두운 도로를 건너다 변을 당한 거였다. 개의 사체를 치워주고 싶었지만 자주 차들이 오고 있었기 때문에 그렇게 할 수가 없었다. 개가 건너가려던 도로 저편에는 강 쪽으로 집들이 몇 채 떠 있었다. 그가 가려던 곳은 어디였을까?

　막차 버스 시간이 거의 다 되어서야 우리는 도착했다. 나는 서둘러 근처의 시장으로 가서 모드가 갈아입을 옷을 샀고 모드는 방에서 샤워를 하고 젖은 몸을 말렸다. 옷을 갈아입고 간신히 막차 시간에 버스 정류장에 도착할 수 있었다. 버스가 출발하려면 몇 분의 시간이 남아 있었다. 나는 근처 편의점에서 빵과 우유를 사 그녀의 가방에 넣어주었다. 그러자 그녀가 내 손목을 잡았다. 젖은 머리카락이 눈을 찌르는지 자꾸만 눈을 깜박이며 그녀가 말했다. 내일 새벽에 일어나 가도 돼. 수업이 오전 11시에 있으니깐. 아침 차를 타고 갈 거야. 그녀는 부지런한 사람이었다. 월요일에서 금요일까지 빠지지 않고 수업을 들었고 저녁에는 친구가 경영하는 수쿰윗 로드의 바에 나가 네 시간 정도 아르바이트를 했다. 그리고 독학으로 일본어 공부를 하고 있었다. 아무래도 내일 아침에 가기에는 버스를 두 번이나 갈아타고 그녀의 대학교까지 네 시간 정도를 가야 하는데 많이 피곤할 터였다. 나는 괜찮다고, 졸업을 하는 1월이면 내 후배도 오니깐 같이 치앙마이로 여행을 떠나자고, 그때 매일 함께 있어도 좋다고 말했다. 그러나 그녀는 고집을 부렸고 버스를 타지 않았다. 그녀와 나는 대합실의 벤치에 앉아 초코 우유와 빵 하나를 나누어 먹었다. 그래도 허기가 졌다. 우리는 졸리프록의 식당으로 가 따뜻한 똠얌꿍 국물에 밥을 먹었다. 비는 새벽에 다시 내렸다.

 그날 밤 나는 또 꿈을 꾸었다. 말라리아에 걸리는 꿈이었다. 내 옆에는 모드가 자고 있었다. 갑자기 꿈속에서 숨 막히는 열기를 느꼈고, 실제 감기에 걸리지도 않았는데 온통 주변이 부옇게 연기에 휩싸이는 것을 보았다. 침대 밑으로 갑자기 축축한 노란색의 장판이 들어서기 시작했다. 나는 아버지와 어머니 사이에 누워 잠들어 있었다. 형은 아버지 곁에서 자고 있었는데 나는 꿈속에서 우리 형제를 공평하게 아버지와 어머니 사이에 정확히 눕히기 위해 애를 쓰고 있었다. 먼저 형의 몸이 붕 떠올라 어머니와 내 사이로 들어섰다. 그러자 아버지, 나, 형 그리고 어머니의 순서로 우리는 눕게 되었다. 이번에는 내 몸이 붕 떠올라 형과 아버지 사이로 비집고 들어갔다. 하지만 이번에도 아버지와 어머니 사이에 형과 내가 동시에 누워 잠들 수는 없었다. 어떻게 건너다녀도 결과는 마찬가지였다. 그렇게 몇 번 안간힘을 쓰며 자리를 바꾸어 눕는 동안 우리 몸이 붕 떠오르는 것이 아니라 방콕의 빨간 시내버스가 붕 떠올라 우리 가족위를 구름처럼 떠다녔다. 그녀와 내가 그 버스에 앉아 카오산에서 그녀의 대학교로 가고 있었다. 그녀의 대학교는 가도 가도 나오지 않았다. 숲이 수런거리는 소리를 내고 있었다. 차창으로 비가 몰아쳐 들어왔다. 나는 참기 힘든 요의를 느꼈고 버스 안내원에게 차를 세워달라고 급한 몸짓으로 소리를 질렀다. 그러자 모드가 화들짝 놀라며 벙어리 같은 표정으로 나를 쳐다보았다. 나는 요의를 참을 수 없어서 버스에서 뛰어내렸다. 그러자 홍콩 공항의 화장실이었다. 나는 환승을 하고 있었다. 나는 신중하게 게이트를 찾았고 내가 타야 할 비행기에 정확하게 탈 수 있었다. 다시 나의 몸은 깐자나부리의 숙소로 돌아와 모드의 옆에서 자고 있었다. 그런데 갑자기 다시 열이 오르기 시작했고 조용히 사람들이 나타나 웅성거렸다. 그들은 내 몸을 진단하고 있었다. 말라리아에 걸렸다는 것이었다. 그들은 내 몸을 시험하듯 차고 정확한 눈빛으로 줄자를 갖다 대며 진찰을 했다. 그들의 목소리는 검고 많은 털이 돋아나 있었다. 한국으로 돌아가라고 그들은 멍멍거렸다. 나는 몸부림쳤다. 숨이 막혔다. 그러다가 잠에서 깨어났다. 새벽 두 시였고 비가 쏟아지고 있었다. 옆에서 모드가 신음 소리를 내며 몸을 뒤척였다. 이마를 짚어보니 약간의 열이 오르고 있었다. 나는 서랍을 뒤져 약을 찾았다. 전에 병원에서 타온 약이 조금 남아 있었다. 나는 가슴으로 모드의 고개를 받치고 입을 벌려 알약 두 개와 물 한잔을 먹여주었다. 고맙다고 말하며 그녀가 내 볼을 만졌다. 벙어리처럼 내 뺨으로 그녀의 슬픔이 전이되는 듯했다. 나는 그녀를 품고 다시 이불 속으로 기어들어 갔다. 우리 둘의 몸은 뜨거웠다. 하복부가 묵직하게 차올랐다. 참기 힘들 정도로 나는 그녀의 몸에 대한 그리움이 솟구쳐 오르는 것을 느낄 수 있었다.

안개가 낀 새벽에 모드는 일어났다. 비는 그쳐 있었다. 태국의 우기는 기묘하게도 하루에 두 시간 정도만 비가 내렸다. 엄청난 양의 비가 하늘을 쓸며 내린다. 천둥이 심할 때는 목조로 지어진 게스트하우스 방이 공명되어 울리기도 한다. 폭탄이 터지듯이. 그리고 감쪽같이 공기가 맑아지고 정적이 찾아온다. 태국의 비는 그러했다. 부스스거리며 모드가 일어나는 소리에 나도 잠이 깼다. 새벽 다섯 시였다. 옷을 갈아입고 거리에 나갔지만 게스트하우스에 딸린 식당들은 다 문이 닫혀 있었다. 졸리프록 게스트하우스의 식당도 닫혀 있기는 마찬가지였다. 나는 아침을 먹여서 보내고 싶었다. 열은 많이 내려가 있었지만 그래도 모드는 지치고 피곤해 보였다. 그녀는 내가 옷장에서 꺼내 준 하얀 스웨터를 입고 있었다. 키 차이로 인해 스웨터는 거의 무릎까지 내려왔다. 그녀는 마르고 앙상한 다리에 겨울 스웨터를 걸쳐 입은 눈사람처럼 보였다. 내가 그렇게 말했더니 모드는 입술을 오므리며 대답했다.

"배고파."

버스 정류장 근처의 바자르는 새벽부터 문들을 열고 있었다. 거리에 길거리 음식을 파는 리어카의 불빛들이 가득했다. 그녀는 고기 경단을 넣은 국수를 좋아했다. 고춧가루를 잔뜩 치고 식초에 절인 고추까지 집어넣고 그녀는 이마의 땀을 닦으며 훌훌 불며 먹었다. 맞은편에 앉아 나는 새우 볶음밥을 먹었다. 우리는 서로의 음식을 사이좋게 나누어 먹었다. 나는 그녀의 국물을 먹고 그녀는 나의 새우를 다 집어 먹었다. 얄밉게도 웃었다. 지치고 피곤해 보였다.

방콕까지 따라갈까, 라고 내가 묻자 그녀는 아니라고 했다. 가서 쉬면서 글도 쓰고 책도 보라고 말했다. 이번 주말에 다시 올 거라고. 그녀는 버스 차창에 손을 대고 천천히, 마치 창에 있는 그림을 지우듯이 손을 흔들어 보였다. 나도 손을 흔들었다. 버스가 비스듬히 몸을 돌려 움직이기 시작했다. 매캐한 연기에 재채기가 났다. 고개를 들어보니 버스가 저만치 가고 있었다.

*

 인도인 매니저는 요즘 들어 부쩍 나를 자기 집에 초대했다. 그의 집은 게스트하우스 옆에 있었다. 게스트하우스 정원 앞에는 허리 높이 정도 되는 작은 쇠문이 달려 있었는데 주변으로 덤불이 담을 대신하여 정원을 감싸고 있었다. 그리고 정원을 나가면 자갈길이 오른쪽으로 일차선 도로 있는 곳까지 길게 뻗어 있었고 매니저의 집은 바로 그 자갈길 옆에 있었다. 나는 커리와 짜이 생각에 종종 그의 집에 놀러가곤 했다. 그의 인심은 후했다. 그는 치킨 커리와 그가 직접 밀가루로 만든 짜파티, 그리고 짜이를 매번 대접해주곤 했다. 그는 인도에서 젊었을 때 건너와 태국 여자와 결혼해서 살고 있었다. 아이들은 모두가 착해서 말을 잘 듣고 자기는 운이 좋아 지금 게스트하우스 사장을 만나 그의 밑에서 일을 하며 돈을 번다고 했다. 물론 그는 자기 사업도 가지고 있었다. 작은 인도 음식점을 갖고 있었는데 여기서 제법 멀어 차를 타고 한 시간이나 가야 했다. 그는 언제 한번 자기와 함께 식당에 가 보자고 말했다. 시간이 나면 가 보죠. 나는 대충 둘러댔다. 별로 가고 싶은 생각은 들지 않았다. 근래에 들어 시간에 무척 쫓기는 느낌이 들었다. 소설은 전혀 진척을 보이지 않고 있었다. 인도를 가던 한 여행자가 홍콩에 들러 우연히 자신이 열망하던 가수를 만나게 되는 이야기였다. 아니 만나는 것이 아니라, 홍콩 호텔의 화장실에서 소변을 보던 중, 등 뒤로 그 사람이 스쳐 지나가는 것을 느끼게 되는, 그래서 순간 심열로 인하여 섬망에 빠져드는 사람의 이야기였다. 그렇게 열망하던 사람의 나라에서 그가 어느 순간 그의 곁을 스쳐 갔는데도, 소변을 보느라 얼굴을 마주치지 못하게 된다는 내용이었다. 다른 공간과 먼 거리, 삶의 어처구니없는 우연성과 열망에 관한 이야기를 하고 싶었다. 그러나 문장이 풀리지 않았고 자꾸만 다른 공상에 빠져드는 것이었다. 솔직히 나는 두 가지 즐거움과 두려움에 빠져 다른 것을 생각할 겨를이 없었다. 밤마다 나는 정실이 오는 1월이면 치앙마이로 모드와 함께 여행을 떠날 계획을 짜고 또 짜느라 즐거운 상상 속에서 시간을 보내곤 했다. 그러다가도 문득 1월이 되면 2월이 올 것이고, 또 3월이 지날 터인데 그러면 한국으로 돌아가야 한다는 생각이 들었다. 주말에 모드가 오면 나는 이상하게도 신경질을 부렸다. 잘해주고 싶었으나 그럴수록 느닷없이 화가 치밀어 올랐다. 모드는 친구가 파타야로 직장을 구해 떠나게 되었다고 자신도 열흘 정도 파타야에 가 있을 거라고 말했다. 다음 주말에는 오지 못한다는 것이었다. 그러다 망설이듯 파타야에서 만나자고 그녀는 말했다. 하지만 나는 고집을 부려 가지 않겠다고 했다. 누가 더 중요한지를 따져 보아야 한다고 나는 아이들처럼 힘주어 말했다. 모드는 처음으로 내게 화를 냈다.

 오후에 내가 정원에 있는 정자에서 책을 보고 있으면 도로변에 있는 가게집 소녀가 찾아오곤 했다. 정자는 더이상 식당으로 쓰이기를 포기했고 다만 카운터에 냉장고가 있어서 음료수들을 준비해 놓고 있다가 찾아오는 손님들에게 팔곤 했다. 성수기가 다가오고 있어서 우리 게스트하우스에도 제법 간간이 손님들이 찾아오고 있었다. 까닭에 가게집 소녀는 박스에 음료수를 담아 와서 냉장고에 채워 놓곤 했다. 그녀는 깐자나부리의 시골 소녀였다. 나이는 열대여섯 정도로 보였다. 늘 사각팬티 같은 반바지를 입고 다녔고 굵고 알이 밴 다리는 상처투성이였다. 내가 부르면 그녀는 음료수를 하나 꺼내 가지고는 컵에 담아 왔다. 그러곤 내가 읽고 있는 책을 말끄러미 들여다보더니 나를 가리키며 디스 이즈 마이 북? 하고 물었다. 가게집 소녀는 1인칭과 2인칭이 혼재된 영어를 썼다. 나는 그렇다고 대답했다. 그러자 그녀가 잠시만 기다리라고 하더니 가게까지 헐레벌떡 뛰어갔다 돌아왔다. 손에는 깐자나부리의 풍경이 인쇄된 예쁜 엽서 몇 장이 들려 있었다. 그녀는 웃으면서 그것을 내게 선물했다. 그러곤 여자친구가 예쁘다고 말하며 매주 오는 키가 작고 다리가 앙상한 여자가 마이 걸프렌드가 맞는지 물었다. 내가 그 여자는 유어 걸프렌드가 아니라 마이 걸프렌드라고 말하자, 그녀가 그래, 마이 걸프렌드! 라고 대답하며 고개를 위아래로 크게 끄덕였다. 마치 칭찬을 받아 신이 난 아이처럼. 그리곤 내 주변을 폴짝폴짝 돌아다니면서 무언가를 한참 떠들어 대기 시작했다. 그러나 You와 I를 종횡무진하는 그녀의 영어를 나는 거의 알아듣지 못했다. 내가 아무런 말이 없자 그녀는 심통 난 표정으로 나를 빤히 쳐다보면서 왜 아무런 대답이 없느냐고 물었다. 그녀의 표정이 너무나 진지했기에 나는 자꾸만 웃음이 나왔다. 그러자 그녀는 다시 활기찬 표정을 되찾고는 우렁찬 목소리로 "나는 똠얌꿍이 맛있어? 너도 똠얌꿍을 참 좋아해!"라고 말하다가, 게스트하우스에 손님들이 찾아오자 매니저의 집으로 후다닥 달려가 시끄러운 목소리로 매니저를 불렀다. 그리고는 가게로 돌아갔다.

가게집 소녀와 나는 금세 친구가 되었다. 그녀는 내가 가게 앞을 지나가면 꼭 잊지 않고 어딜 가냐고 물었다. 그때마다 굳이 정하여 가는 곳이 없었기 때문에 대답하기가 난감했으나 나는 그녀의 그런 아는 척이 늘 반가웠다. 나는 인도인 매니저에게 언젠가 점심 대접을 하고 싶었고 그래서 가게집 소녀도 불러서 크와이 강의 다리에 있는 수상 레스토랑에서 함께 점심을 먹었다. 다리를 사이에 두고 강 건너에는 우거진 숲을 배경으로 하여 잘 정돈된 잔디밭과 집 한 채가 있었다. 나는 매니저에게 물었다. 저 강 건너편에 있는 건물은 게스트하우스인가요? 아니면 가정집인가요? 매니저는 둘 다 아니라고 답했다. 저 건물은 집이기는 한데, 보트를 관리하는 업체의 집이라고 말했다. 강변 공원에서 디너용으로 쓰이는 지붕 있는 보트를 타고 가라오케를 즐기는 관광객들이 크와이 강을 따라 여기까지 왔다가는 돌아간다고 했다. 주로 태국인 관광객들이 많이 이용하지만 때때로 한국인 관광객들도 온다고 매니저는 덧붙였다. 나는 이스라엘 친구들과 마지막 저녁을 보내던 날 강변 공원에서 한국인이 경영하는 수상 식당으로 몰려가던 일군의 관광객들을 보았던 것이 생각났다. 그들은 다 같이 보트를 타고 이곳까지 왔다가 다시 그곳 강변 공원으로 돌아가는가 보았다. 검은 밀림 사이로 보트를 타고 다니며, 그들은 식사를 하고 노래를 불렀던 것이다. 그러고 보니 언젠가 강 쪽에서 흘러나오던 트로트를 들은 것 같기도 했다. 바람이 불어 파도가 살며시 치며 수상 레스토랑의 바닥이 조금 출렁였다. 매니저는 크와이 강이 눈으로 보는 것보다 꽤 깊다고 말했다. 종종 유럽인들이 와서 수영을 하기도 하는 데 이년 전인가는 한 명이 빠져 죽었다고 했다. 나는 졸리프록 레스토랑 앞 강가에서 수영을 하던 이스라엘 친구들이 떠올랐다. 그때 나는 한 번, 두 번, 세 번 망설이다가 머리를 긁적이며 돌아섰었다. 이스라엘 친구들은 멀리 반대편 밀림의 하안까지 헤엄쳐 갔다가 오고는 했다. 나는 수영을 잘하지 못했다. 만약 그때 내가 뛰어들었다면 아마도 이년 전의 그 남자처럼 강물 속에서 헤어나오지 못하고 빠져 죽었을 것이다.

식사를 마치고 매니저의 차를 타고 게스트하우스로 돌아오자 정원으로 들어가는 작은 문 앞에 기가 막히게도 닝이 서 있었다. 어떻게 된 것일까? 나는 얼굴이 붉어졌다. 그녀가 내 전화에 냉랭하게 대답한 후로 한동안 서로 간에 연락이 없던 터였고 심지어 온다는 메일조차 없었다. 언젠가 그녀의 물음에 내가 숙소 이름이 그린 게스트하우스라고 말해준 적이 있었는데 닝이 설마 그것을 기억하고 있다가 이렇게 느닷없이 불쑥 찾아올 줄은 꿈에도 생각지 못했던 것이다. 가게집 소녀는 가게로 돌아가고 없었고 나와 매니저만이 차에서 내리다 그녀를 보았다. 그녀의 중국 사람 같은 모습 때문이었을까? 매니저가 방을 구하러 왔냐고 영어로 물었다. 그러자 그녀가 영어로 그렇다고 대답했다. 나는 어이가 없었다. 닝은 여권도 없이 체크인을 했고 내 방에서 두 번째로 떨어진 에어컨 방을 빌렸다. 매니저가 가고 나자 닝은 당연하다는 듯이 내게로 와서 오늘이 휴일인데 친구들을 만나러 왔다가 들렸다고 했다. 오늘은 이 게스트하우스에서 자고 갈 거라면서, 그렇게 놀란 눈으로 볼 필요는 없다는 말까지 친절하게 덧붙였다. 그러더니 자기는 친구들을 만나러 강변 공원의 디스커버리 클럽으로 갈 거라고 말했다. 내게 같이 갈 거냐고 물었을 때 나는 조금 생각한 후 먼저 인터넷 카페에 들려 메일을 확인하고 나서 밤에 가겠다고 말했다. 그리고 나는 왜 메일도 없이 왔느냐고 물었다. 몰랐구나. 나는 이메일 주소가 없어. 귀찮아서 그런 거 만들지 않아. 그렇다 해도 내 주소는 갖고 있었을 텐데? 말했잖아. 내 자신이 이메일 주소가 없다고. 그녀가 메일 주소가 없다는 것은 전혀 뜻밖이었다.

정실에게서 메일이 와 있었다. 아직도 돈을 버는 중이지만 계획한 1월에 차질 없이 갈 수 있을 것 같다고 그는 적고 있었다. 아직 부모님께 말씀드리지는 못했지만 호주에서 유학을 한 적이 있는 언니가 부모님들을 잘 설득할 것이기에 별로 걱정하지 않는다고 했다. 나는 기분이 좋아 인터넷 카페를 나와 모드에게 전화를 걸었다. 내가 얼마나 정실을 기다리고 있는지 잘 알고 있는 모드는 자신도 어서 내 친구를 보고 싶다며, 귀엽게 생겼느냐고 물었다. 나는 아직도 철없는 애들같이 생겼다고 말했다. 생긴 것이 꼭 내가 학원에서 가르치는 중학생 애들 같고 동글동글한 얼굴이라고. 모드의 웃음소리가 수화기 저편에서 들렸다. 모드도 내가 가르치는 중학생 애들처럼 보일 때가 있다. 작고 무언가 잘못한 아이처럼 머리를 긁적이며 눈을 멀뚱거릴 때는. 연민을 부르는 표정.

디스커버리에 가기 전에 매니저에게 들려 다음 달에 친구가 오는데 방을 싸게 빌려줄 수 있느냐고 물었다. 한 보름 정도 머물 거라고 했다. 그러자 매니저는 흔쾌히 디스카운트를 해주겠다며 그때는 성수기이지만 오기 전에 미리 언질을 준다면 방을 예약해 놓겠다고 말했다. 그러면서 은근한 목소리로 그 여자는 누구냐고 물었다. 무슨 여자? 내가 반문하자 그는 내 어깨를 치면서 자신은 조금 전에 온 여자가 사실은 태국 여자라는 걸 알고 있고 또 나를 만나러 온 것도 알고 있다고 했다. 나는 둘러댈 말이 없어서 솔직히 디스커버리 클럽에서 만난 여자라고 말해주었다. 그녀는 상당히 아름답다. 매니저가 웃으며 말했다.

디스커버리에는 안면이 있는 여자들이 두 명 더 있었다. 처음 닝을 만나던 날 이스라엘 친구들과 춤을 추었던 닝의 친구들이었다. 그들은 곁눈질을 하듯 내게 말을 걸었다. 과장되게 웃고 클럽을 가득 메운 베이스 소리에 묻혀 잘 들리지 않는 목소리로 다시 만나 반갑다고 말했다. 나는 맥주 두 병을 마셨다. 가끔 닝이 내 허리를 장난스레 안으며 춤을 추기도 했다. 나는 베이스 소리에 머리가 아파서 밖으로 나왔다. 관자놀이에 구슬이 끼어있는 듯했다. 나는 닝에게 공원 벤치에 앉아 있겠다고 말했다. 새벽 1시경이었고 태국의 젊은 남자들이 공원 주변에 오토바이를 잔뜩 세워두고 앉아 여자들과 이야기를 하고 있었다. 한 시간 정도가 지나자 닝이 혼자 나왔다. 그녀는 내 고물 오토바이를 보고 웃음을 터뜨렸다. 그러더니 드라이브를 하고 싶다며 시내를 한 바퀴 돌자고 말했다. 나는 닝을 뒤에 태우고 깐자나부리 시내를 삼십 분 정도 돌아다녔다. 시내는 조용했고 군데군데 불 밝힌 식당들이 아직도 문을 열고 있었다. 그녀는 편의점에 들어가 담배를 두 갑 샀다. 한 갑은 내게 주었고 볼에 키스했다. 또 손가락 관절 사이로 간지러움이 일었다. 세 겹의 단을 이루어 물결치고 있는 보라색 치마의 얇은 천이 그녀의 하얀 무릎 위에 살짝 손가락을 대듯 놓여 있었다. 약간의 둔덕을 이룬 아름다운 무릎이었다. 우리가 절제

해야 하는 순간은 언제인가.

 숙소로 돌아와서 나는 혼자 방으로 들어갔다. 조금 있다가 닝이 덧창을 두들기며 얼굴을 내밀었다. 환하고 절제된 표정으로 웃고 있었다. 나는 닝에게 설탕 커피를 타주었다. 닝이 내게 물었다. 왜 프림은 없지? 나는 주로 설탕 커피만 마셔. 프림을 먹으면 속이 안 좋아서 배가 아프거든. 닝은 내 배를 쓰다듬어 주었다. 그녀의 찬 손가락이 갈비뼈 하나하나 사이의 계곡을 더듬었다. 커피 향이 조명처럼 은은한 색감으로 방안을 떠다녔다. 문 앞에서 고양이들이 날카로운 소리로 울었다. 빵 부스러기를 갖다 주어야 할 시간이었다. 그녀가 침대에 누웠다. 나는 망설이며 잠시 그녀를 내려다보다가 탁자 위에 놓인 과자 봉지를 들고 문을 열어 고양이들에게 주었다. 그러고는 머뭇거리며 말했다. 너의 방으로 가고 싶어… 그녀가 물끄러미 침대를, 그리고 나를 번갈아 쳐다보았다. 슬픈 기색도 없이 꼿꼿하게 고개를 들고. 좋아! 그러지. 지금 가자. 그녀는 세 마디를 던지고 밖으로 나갔다. 정원에서 나는 성급하게 닝의 손을 잡았다. 서투른 아이처럼. 그리고 나는 그녀에게 고개를 저었다. 고개를 저어 보였다. 닝은 말없이 나를 물끄러미 쳐다보다가 그녀의 방으로 돌아갔다.

다음 날 아침에 눈을 떴을 때 닝은 돌아가고 없었다. 연락하라는 말을 종이에 적어 내 문 앞에 두고는 말없이 방콕으로 떠났다. 내가 문을 열고 나왔을 때 청소를 하는 아주머니가 정원을 쓸고 있었다. 햇살이 눈부신 먼지처럼 쏟아지고 있었다. 나는 왠지 마음이 허전했지만, 다시 방으로 들어가 그날 오후 늦게까지 성실하게 잠을 잤다. 어지러운 생각들이 꿈속으로 분해되었다. 닝을 사랑하지는 않았다. 그리고 그녀와 연인 사이가 될 수 있는 것도 아니었다. 그것으로 충분하다고, 더 모드에게 충실해야 한다고 나는 꿈속에서 더듬거렸다.

비가 오지 않는 날들이 계속되었다. 12월 중순에 들어서면서 깐자나부리는 거의 우기를 벗어나고 있었다. 우기라고 해봐야 축제 날 밤의 즐거운 공포처럼 내리는 비였다. 두 시간 내렸고 문 꼬리를 남겨두지 않고 사라지는 소나기였다. 바라나시엔 비가 오면 강이 범람하여 3층 높이까지 물이 차오른다고 인도인 친구가 말해준 적이 있었다. 깐자나부리에도 강이 있다. 그러나 우기 동안 강은 범람하지 않았고 강변에 바싹 붙어 있는 졸리프록을 위시한 게스트하우스들은 피해를 입지 않았다. 물론 강변에 있지 않은 내 게스트하우스는 말할 것도 없었다. 대신에 깐자나부리엔 빛이 범람하였다. 비가 그치고 나면 갑자기 천공이 내려앉았다. 지면 위가 하늘이었다. 빛은 무성했지만 날은 덥지 않았고 시원한 바람이 서편에서 불어오기도 했다. 가게 집 여자아이는 매일 즐거운 표정이었다. 나는 주로 졸리프록 옆에 있는 편의점에서 물건을 샀지만 낮에는 그녀의 가게에서 초코 우유를 사 먹기도 했다. 그녀는 자기 가게에서 만든 밀크 쉐이크라며 냉동 박스에 담긴 찬 음료를 꺼내기도 했다. 몇 번 마셔 보았는데 맛은 별로 없었다. 인도인 매니저는 친구가 1월에 올 거면 미리 예약을 해두는 것이 어떻겠냐고 말했다. 계약금 조로 돈을 걸어두라는 거였다. 500바트짜리 지폐를 꺼내 그에게 주고 영수증을 받아 두었다. 모드는 파타야를 다녀왔고 나는 따라가지 않았다. 대신에 그다음 주에 방콕에 가서 이틀 동안 머물며 모드를 만났다. 나는 이제 거의 소설을 쓰지 않았다. 밤마다 설탕 커피를 두 잔 타서 한 잔은 정자에 앉아 꾸벅꾸벅 졸고 있는 경비에게 갖다 주었고 한 잔은 내가 마셨다. 태국의 커피는 향이 진했다. 나는 밤새 갖고 온 책들을 보고 또 보았다. 자갈길을 밟아 다가오는 사람의 소리는 들리지 않았다. 고양이들은 빵 부스러기를 먹고는 다른 곳으로 이사를 가듯 떠났다. 손에 침을 묻혀 책을 넘길 때마다 책장(册張)에 커피 향이 내려앉았다. 나는 냄새를 맡듯 글자들을 읽었다. 아이

보리색의 가죽을 댄 낮은 동양풍의 의자에 몸을 깊숙이 기댄채. 밤이 무수히 지나갔다.

 크리스마스이브 날 오전 나는 정실에게서 온 메일을 확인했다. 그는 계획에 차질이 생겨 1월 말경에 출발할 거라고 적고 있었다. 돈을 거의 다 모았다고, 특별한 일이 없는 한 꼭 태국에 갈 건데 조금 늦어지는 것뿐이라고 했다. 나는 정실이 오면 해주고 싶은 일들을 생각하느라, 그리고 모드에게 처음으로 내 친구를 소개시켜 줄 수 있다는 생각에 가슴이 부풀러 올라 몇 번이고 방콕의 공항으로 모드와 함께 정실을 마중 나가는 상상을 하곤 했다. 깐자나부리의 침대에 앉아 모드와 내가 수런거리고 있으면 정실이 똑똑 노크를 하는 상상을, 그러면 우리는 천천히 문을 열고 어서 들어와, 라고 자연스럽게 말할 것이다.

 인터넷 카페에서 나와 점심을 먹고 낮잠을 한숨 자고 나자 저녁에 모드가 왔다. 손에는 선물을 들고 있었다. 나는 미처 선물을 준비하지 못했다. 모드에게 잠시 방에서 기다리라고 말한 후 저녁 나이트 바자르가 열리고 있는 시장으로 갔다. 오토바이를 천천히 몰며 번잡한 거리를 찬찬히 둘러보았다. 크리스마스 대목을 노리고 열린 간이 상점들이 즐비했고 길거리 식당들은 축제 분위기에 어수선한 활기를 불어넣고 있었다. 갖가지 물건들이 많이 있었지만 딱히 마음에 드는 것은 없었다. 나는 간이 상점과 식당들이 있는 광장을 벗어나 골목 사이로 접어들었다. 근처의 여대생들이 교복을 입고 몰려다니고 있었다. 색색의 장식을 한 수많은 오토바이들이 거미줄을 치듯 길을 이리저리로 비켜 지나다녔다. 여름 속의 완연한 크리스마스였다. 불빛이 닿지 않는 어두운 골목 저 끝에 상점이 하나 있었다. 그것은 놀랍게도 완구점이었다. 나는 잠시 그 앞에 서서 한 번, 두 번, 세 번을 망설이다 들어가 보았다. 대부분 어린 자녀들을 데리고 온 태국의 부모들이 장난감을 고르고 있었다. 여러 가지 게임기와 완구들이 한쪽 진열장에 가지런히 정리되어 있었다. 한국의 장난감들과는 사뭇 그 모양이 달라 보였다. 어린 시절에 나는 자주 선물로 받은 장난감을 일주일도 되지 않아 망가뜨리곤 했었다. 그리고는 밤새 울었다. 이틀 정도를 울고 나서야 나는 망가진 장난감에 대한 미련을 버릴 수 있었다. 아버지는 가난하여 장난감을 두 번 사줄 수 없었다. 까닭에 장난감을 다시 갖기 위해서는 무수한 밤을 기다려야만 했다. 갑자기 상점 주인이 영어로 무엇이 필요하냐고 물어왔다. 나는 머뭇거리며 대답을 하지 못했다. 한참을 망설인 끝에, 손을 대면 기적처럼 울음을 터뜨리는 강아지 인형을 하나 사서 나는 모드가 기다리고 있는 방으로 돌아왔다.

모드는 내가 급하게 사 온 선물을 좋아했다. 아이처럼 즐거워하며 강아지의 털을 쓰다듬었고, 그때마다 강아지는 충실한 하인처럼 고개를 끄덕이며 울었다. 그녀는 응응! 따라 하면서 인형을 침대에 올려놓고 바라보았다. 그녀는 고동색의 운동화를 선물했다. 나는 맨발에 운동화를 신어 보았다. 부드러운 운동화의 감촉이 낯설고 간지러웠다. 나는 새 운동화를 신고 그녀는 가슴에 인형을 안고, 우린 피자를 파는 터미널 근처의 식당으로 갔다. 그녀는 피자가 나오는 동안 테이블에 인형을 올려놓고 한참을 바라보았다. 그러다 잠깐 내가 한눈을 파는 사이 인형을 마구 울리더니, 내 귀에 바짝 갖다 대며 강아지가 구슬프게 울어. 배고픈가 봐요, 하면서 짐짓 시무룩한 표정을 띠며 웃었다. 처음 깐자나부리에 머물던 무렵 나는 강 건너 밀림지대에 무엇이 있을까? 상상을 하곤 했었다. 내가 그런 말을 할 때마다 모드는 나의 그런 상상을 비웃었다. 밀림이라니? 그녀는 유쾌하게 킥킥대며 웃음을 참지 못했다. 내가 아이들처럼 폼나는 칼을 차고 숲으로 간다면, 사람들은 나를 이상하게 생각할 것이고 아마 모드처럼 참지 못하고 웃음을 터트릴 것이다. 그리고 힘들게 가서 무엇하겠는가? 그곳에 정말 밀림이, 그리고 밀림 너머에 그 무엇이 있기는 한 것인가? 어느 날 내가 매니저에게 물어보았을 때, 그는 밀림은 버스를 타고 가야 하는 먼 곳에 있고 강변 맞은 편에 있는 숲은 밀림이 아니라 그냥 나무와 덤불로 우거진 숲인데, 그 너머에는 낮은 언덕이 있고 그 언덕 한복판에 작은 사원이 있다고 말해주었다. 그리고 나는 그곳에 오토바이를 타고 다녀온 적이 있다. 보잘것없고 평범한 태국식 사원이었다. 태국인들에게 유명한 기도 동굴이 있어 들어가 보았지만 그다지 마음을 끄는 것은 없었다. 모드가 웃는 데는 일리가 있다. 도대체 밀림이라니? 관광객들이 이토록 많이 몰려오는 도시에, 밤마다 클럽들의 시끄러운 음악 소리가 울려 퍼지는 밤공기에, 수영으로도 갈 수 있는 강 건너 저편에 독사와 독충이 우글거리는 정글이 펼쳐져 있다니. 그럴 리가? 강아지 인형은 손을 대면 기적적으로 울음을 터뜨리곤 했다. 정말로 배가 고프다는 듯이. 근래 우리는 자주 다투었지만, 그날 모드는 기분이 무척 좋아 보였다. 우리는 피자를 두 판이나 먹었고 한여름의 무더위 속으로 쏟아지는 캐롤송을 들었다. 반 팔을 입고 땀을 흘리는 산타클로스의 노래들이었다. 조용하고 걸음이 느린 크리스마스이브가 지나고 있었다.

*

 1월이 되었다. 무비자 체류가 아직 한 달이나 남아 있었지만 나는 체류 기간 연장을 위해 미리 국경을 넘어갔다가 올 생각이었다. 1월 말에 정실이 오는 데 그때서야 기간을 연장하기 위해 국경을 넘을 수는 없는 일이었다. 그리고 너무 한곳에 오래 있었다는 생각도 들었다. 나는 잠시 라오스로 여행을 다녀와야겠다는 생각을 했다. 방콕에 가서 비자 신청을 했다. 여행사를 거쳐서 했기 때문에 일주일이 걸릴 예정이었다.

 하지만 정작 1월 말경에 온다는 정실은 아직도 비행기 표를 예약하지 않고 있었다. 나는 메일로 몇 번이나 항공권을 예약하고 발권하는 법을 자세히 적어주며 재촉했다. 정실에게선 한동안 답장이 없었다. 그러다가 알았다고, 돈을 다 모았는데 조금 문제가 생겼다면서 다음 주 안으로 비행기 표를 사겠다는 답장을 보내왔다. 그런데 이번엔 모드가 문제였다. 모드는 치앙마이로 여행을 못 갈 것 같다고 말해왔다. 졸업 논문을 패스하지 못한 것이었다. 람캄행 대학교는 졸업하는 학기가 정해져 있는 것도 아니고 또한 쉽지도 않다고 했다. 애를 쓰고는 있었지만 그녀는 매주 내게 시간을 내는 것과 밤에 하는 아르바이트로 공부에 집중할 수 없었고, 1월 초에 있던 시험을 망치고 나서는 조금 신경질적이 되어있었다. 몇 번 심한 말다툼이 있었다. 전화론 자꾸 성마른 소리를 내게 되어 메일로 하고 싶은 말들을 며칠간 주고받았다. 그녀는 세상에 이해할 수 없는 것은 없다고 말했다. 그녀는 내게 미안하다며 자신이 잘해주지 못하는 것 같다고 했다. 그러면서 내 잘못도 꼼꼼하게 지적했다. 나는 말할 때마다 자꾸 몇 달 후에는 볼 수 없다는 말을 무기처럼 강조한다는 것이었다. 나는 그러지 않겠다고 답장을 써서 보냈다. 우리는 다시 전화 통화를 했고 그녀가 깐자나부리에 오는 대신 졸업 준비에 전념할 수 있도록 주말이면 내가 방콕에 가기로 했다. 1월 말까지는. 정실이 오면 치앙마이로 먼저 가는 대신 방콕에서 일주일간 머물며 도시 구경을 시켜주기로 나는 계획을 조금 변경했다.

방콕의 여행사에서 비자가 나왔다고 매니저의 전화로 연락을 해왔다. 나는 일요일 저녁에 라오스로 출발할 생각이었다. 토요일에 방콕으로 출발해서 모드와 시간을 보낸 후 일요일 밤 버스를 타고 국경 지대인 농카이로 가서 라오스의 수도인 비엔티안으로 들어갈 생각이었다.

금요일 저녁 나는 간단한 짐을 챙겨 가방에 넣어두었다.

나는 모드가 선물해 준 운동화를 신고 가기로 했다. 매니저에게는 비자를 연장하기 위해 라오스에 갔다 온다고 말해 두었다. 매니저는 라오스는 조용하고 아름다운 곳이라면서 루앙프라방을 추천했다. 가이드북에 나오는, 백만 마리 코끼리의 나라 란쌍의 수도였던 곳으로 유명한 고도였다. 하지만 나는 비엔티엔으로 들어가 거의 라오스의 북쪽 끝에 있는 루앙프라방까지 다녀올 만한 시간적 여유도 없었고 경비도 부족했다. 대신 중국의 계림을 연상시키는 아름다운 자연 풍광을 자랑하는 방비엔까지 다녀오는 것으로 만족할 생각이었다. 새로운 나라를 경험한다는 생각에 가슴이 조금 설레었다. 그리고 라오스에서 돌아와 몇 주가 지나면 모드의 공부도 얼추 끝날 것이고 그녀와 함께 정실을 마중하러 공항에 갈 수 있을 것이다.

토요일 저녁 나는 방콕에서 모드를 만났다. 모드가 일하고 있는 아속 역 근처의 밀집한 바 거리에서였다. 그녀는 공부를 위해 월요일부터 금요일까지 바에서 일하는 것을 그만두고, 골목 맞은편에 그녀의 친구가 새롭게 연 인터넷 카페에서 주말마다 가게를 봐주고 있었다. 아주 작은 가게였다. 컴퓨터가 다섯대 밖에 없었고 선풍기가 돌아가고 있었다. 모드는 구석진 의자에 앉아서 친구와 함께 시험공부를 하고 있었다. 나는 땀을 많이 흘렸고 할 일이 없었다. 자주 인터넷 카페 문을 드르륵 열고 왔다 갔다 하며 담배를 피웠다. 모드가 내게 자주 눈치를 주었지만 나는 고집스럽게 안절부절못하며 출입을 반복했다. 그녀에게 카오산의 게스트하우스에서 함께 오늘 밤을 보낼 수 있느냐고 물었을 때 그녀는 안 된다고 했다. 우돈타니에서 어머니가 올라오셨다고 했다. 그런 경우가 이제껏 한 번도 없었기 때문에 나는 그녀가 거짓말을 하고 있다고 생각했다. 그날 우리는 심하게 다투었다. 나는 내일 내가 라오스로 가는 걸 도대체 알고는 있느냐고 따져 물었다. 그리고 내가 누구를 만나러 여기에 왔는지도. 거의 서로의 감정을 제어할 수 없을 정도로 거칠어졌을 때, 그녀는 느닷없이 내게 이렇게 말했다. "왜 내가 네 친구하고 함께 치앙마이로 일주일이나 여행을 가야 하지? 너는 한 번도 내 사정을 이해하려고 한 적이 없어. 너는 항상 네 생각대로 내가 움직여 주기를 바라지. 1월 말이면 모든 게 끝난다고 몇 번이나 말했잖아. 왜 이해 못 하지?" 우리는 충실하게 자신의 입장에 서서 서로를 비난하느라 거의 한 시간이나 다투었다. 그녀의 친구가 인터넷 카페에서 나와 몇 번 우리에게 말을 걸었지만 나도 그녀도 듣지 않았다. 흥분이 되자 나는 전혀 영어가 되지 않았고 한국어로, 쇳소리가 나는 고음으로 거칠게 막말을 뱉어

냈다. 그녀가 잠시 겁먹고 당황하는 표정으로 나를 쳐다보았다.

"한국인들은 무서워. 그들은 오만하고 다혈질이야. 사람들을 불편하게 해."

그녀는 또박또박 가르치듯 말했다. 지나가는 태국인들이 키득키득 웃었다. 내가 여기서 무엇을 하고 있는 거지? 모드는 친절하지 않다. 모드는 내게 무심하고 나는 여기서 허송세월로 시간을 보내고 있다. 도대체 모드는 무슨 생각을 하고 있는 걸까? 처음으로 나는 그녀를 모르고 있다는 생각이 들었다. 우리는 겨우 석 달 정도를 그것도 주말만 얼굴을 보았을 뿐인데 내가 어떻게 그녀를 믿고 이해할 수 있지. 그리고 이해할 수 없다면 어떻게 사랑한다고 말할 수 있지. 나는 참담한 표정으로 모드를 쳐다보았다. 생각만으로 사랑할 수 있다면, 나는 그녀를 충분히 이해할 수 있고 심지어 어른처럼 관용을 베푸는 사랑을 할 수도 있다. 성인(聖人)이 될 수도 있으리라. 세상에 이해할 수 없는 것은 없다고 그녀는 말했었다. 그녀가 잘못한 것이 무엇이 있는가? 그녀가 졸업을 해야 하는 것이 틀렸는가? 그것이 이 시점이 된 것이 그녀가 나에 대해 음흉하고 즐거운 음모를 품었기 때문인가? 만화처럼 나를 골탕 먹이기 위해? 혹은 내가 누구인지 알고 싶어서? 만약 내가 중요한 얘기를 할 때

공교롭게도 그녀의 신체에 피로가 누적되어 그녀가 꾸벅꾸벅 존다면 나는 그녀의 졸음을 무심하다고 탓해야 하는가? 만약 가장 친한 친구가 설사를 많이 해서 내가 좋아하는 음악회를 즐기지 못했다면? 그의 눈이 내가 본 아름다운 풍경을 공감하지 못하고 실망스런 표정을 짓는다면? 아마도 나는 그의 망막이 고장 났으니 수리를 할 필요가 있다고 정중하게 말해줘야 할 것이다. 그리고 나는 준엄한 분노로 그의 허약한 위장에다 대고 비난을 퍼부을 것이다. 공교롭게도 우리가 매번 서로를 거스를 수 있는 충분한 사정들을 가지고 있으므로, 우리는 조심스럽게 수긍하고 고개를 끄덕여 줘야 할 것이다. 그래서 나는 느리고 조금씩 고조되는 목소리로 그녀에게 말했다.

"태국인들은 게으르고 약속을 안 지키지. 그리고 주위 사람들을 전혀 배려하지 않아. 깐짜나부리에서 만난 한 태국인은 내가 일본어를 못 한다고 나를 멍청하다고 비웃었어. 그러면서 비가 온다고 약속을 지키지 않았지. 모드! 너도 마찬가지야. 넌 한 번이라도 제대로 약속을 지킨 적이 있니? 매번 내일 온다고 하면서 보름이 넘도록 오지 않을 때도 있었어. 전화도 받지 않고 말이야. 태국인들은 다 그래. 게으르고 책임감이 없어. 그리고 너무 폭력적이야. 별 이유도 없이 자존심을 건드렸다고 외국인 여행자들을 집단으로 몰려가서 두들겨 패곤 하지. 태국이 뭐, 미소와 천사의 나라라고? 다 거짓말이야. 퍽킹 타일랜드!"

 베이비 파우다, 가무스레한 얼굴, 인중과 코와 눈썹 주위로 몰려드는 긴장. 그리고 당혹감…… 오히, 그녀의 입술에서 한숨처럼 탄식이 새어 나왔다. 오히, 태국 사람들은 화가 나서 말을 잇지 못할 때 음악의 짧은 여운처럼 이 말을 토해내곤 했다. 내가 뜻을 모르는, 그러나 모드를 창피를 당해서 얼굴이 붉어진 아이처럼 보이게 하는. 이상하게도 나는 이 말을 사랑했다.
 "나는 내 나라를 사랑해. 내 나라를 모욕하지마. 태국에서 태국인을 욕하거나 왕족을 욕하는 것은 대단한 실례야. 그러면 좋은 여행하기를 바래. 나는 너를 사랑할 자격이 없는 것 같아. 아니, 한국인들은 그렇게 훌륭하니? 매번 너는 몇 달 후면 돌아가야 한다고 무기처럼 말했어. 그러면 마치 내가 모든 것을 포기할 수 있다는 듯이. 왜 내가 너의 후배와 여행을 하지 않으면 안 되지? 나도 네 후배를 보고 싶어. 하지만 무기처럼 네가 여기에 혼자 있다고 내가 네 친구를 꼭 사랑해야 하는 것은 아니야."
 조리 있게 그녀는 말했다. 또박또박 음절마다 긴 휴지를 주며, 마치 세상에 이해할 수 없는 것은 없다고 생각하는 사람의 관대한 표정을 지으면서. 겸손하게도 그녀는 내게 미안하다고, 자신은 나를 사랑할 자격이 없다고 말하며 인터넷 카페 문을 드르륵 열고 안으로 들어갔다.

태국에서 왕족을 욕하거나 태국을 비하하는 발언은 자칫 감당할 수 없는 문제를 초래할 수도 있다. 그들은 자존심이 강하다. 거리에는 물론 유럽이나 일본 남자와 결혼해서 그들의 나라로 가고 싶어 하는 태국 여자들이 있다. 무분별한 유럽의 문화에 태국 고유의 정체성이 무엇인지 알 수 없는 경우도 있다. 혼란스럽게 타국의 문화를 받아들이면서도 자존심은 고집스럽게 강한 사람들. 내가 이해할 수 없는 모순이 있다 할지라도, 태국에서 그들을 비하하는 것은 문제를 일으킬 수 있고 사람들은 나를 이상하게 쳐다볼 것이다. 나는 소심한 사람이었다. 나는 그들을 이해할 수 있었다. 그들은 그들의 사회에서 오래 살아왔으니깐. 내가 수긍해야 하는 그들만의 경우가 있을 수 있으므로. 나는 맥주를 마셨다. 좁은 골목을 사이에 두고 인터넷 카페와 마주 보고 있는 바에 앉아 나는 세 병이나 마셨다. 모드의 친구가 인터넷 카페에서 나와 내 옆에 앉아 주었다. 나는 바보처럼 거의 고맙다는 말이 튀어나올 뻔했다. 머뭇머뭇 나는 말했다. 그녀를 진심으로 사랑했다고. 그래서 힘들게 이곳까지 다시 올 수 있었다고. 더 얘기하기 전에 나는 잠시 말을 멈추고, 먼저 나를 이해할 수 있느냐고 그녀에게 물어보았다. 그녀가 고개를 끄덕였다. 나는 맥주 한 모금을 삼키고 나서 담배를 한 대 피워 물고 계속 말했다. 그러니깐 나는 태국인을 욕할 생각은 없었다고. 화가 너무 치밀어 올라 실수로 튀어나온 말이라고. 나는 그녀를 이해할 수 있다. 하지만 이상하게도 지금 그녀가 원망스럽고 사랑은 어디로 갔는지 모르겠다. 나는 말하고 나서 뒤를 돌아보았다. 모드와 눈빛이 마주쳤다. 그녀가 얼굴을 피하면서 어깨를 들었다 내리며 한숨을 쉬었다. "오히"하는 그녀의, 아망부리는 계집아이의 표정을 연상시키는, 쓸쓸한 목소리가 들리는 듯했다.

나는 모드에게 미안하다는 말을 전해 달라고 부탁했다. 그리고 자리를 털고 일어섰다. 마음이 알 수 없이 가벼웠다. 모드를 보지 않고 나는 몸을 돌려 똑바로 혼잡한 바들의 골목을 빠져나왔다. 그리고선 곧장 육교를 향해 걸었고, 무슨 생각인가에 깊이 잠겨 다리를 건넜고 버스 정류장에 도착해서 카오산으로 가는 2번 버스를 기다렸다. 버스는 바로 왔다. 붉은색의 선풍기 버스였고 앉을 만한 자리는 없었다. 나는 손잡이에 손목을 걸쳐 놓고 멍하니 서서 창밖을 쳐다보았다. 그때까지 내가 무슨 생각을 하고 있었는진 모르겠다. 그저 나는 아무 생각 없이, 한 가지 기분에 사로잡혀 있었던 것 같다. 머리가 몸속으로 깊숙이 거북이처럼 들어가는 듯한, 온전히 잠겨 드는 무중력의 감정 상태. 그러다가 나는 창밖으로 누가 뛰어오는 것을 보았다. 모드가 이제 막 정류장을 출발한 버스를 잡기 위해 손을 흔들며 달려오고 있었다. 그러더니 그녀가 힘없이 멈추어 섰다. 나는 정확하게 그녀의 표정을 볼 수 있었다. 반사적으로 나는 버스를 세워 달라고 안내원에게 부탁했다. 그리고 문이 열리자 뛰어내렸다. 보도 위에서 하마터면 발을 잘못 디뎌 앞으로 넘어질 뻔했다. 간신히 몸에 균형을 잡고 고개를 들었을 때 그녀가 내 앞에 서서 숨을 헐떡이며 웃고 있었다. 다행이라고 끊어지는 목소리로 말하고 있었다. 두 손을 무릎에 대고 몸을 반쯤 숙인 채, 숨을 고르기 위해 애쓰는 표정으로 나를 올려다보며. 비스듬히 그녀의 슬픔이 전이되는 것 같았다.

나는 농카이에서 국경을 넘었다. 방콕에서 버스를 타고 국경 도시 농카이에 도착했을 때 메콩강 건너 라오스의 벌판이 펼쳐져 있었다. 띄엄띄엄 집들이 보였고, 그 너머에 수도 비엔티안이 있다고 했다. 나는 적이 당황하지 않을 수 없었다. 일국의 수도가 저 텅 빈 들판 뒤에 자리하고 있다는 것이. 방콕의 작은 국경 도시 농카이만 해도 도로가 잘 정비되어 있고 곳곳에 제대로 지어진 낮은 건물들이 길게 잇대어 있는데, 바로 강 건너 라오스엔 거의 아무것도 보이지 않았다. 나는 국경을 건너 다른 나라로 가는 것이 아니라, 아주 낙후된 태국의 농촌으로 들어서고 있는 듯한 착각이 들었다.

국경을 건너기 위해 출입국 관리 사무소에서 비자를 확인하고 스탬프를 받았다. 그리고 버스를 타고 다리를 건넜다. 태국과 라오스 간의 평화와 교류를 위해 우정의 다리라는 이름을 지었다고 안내원이 이야기 해주었다. 다리는 꽤 길고 아래로는 메콩강이 흐르고 있었다. 다리를 거의 다 건너서야 나는 문득 내가 태국을 떠나고 있다는 것을 알 수 있었다. 크게 실감은 나지 않았다. 도무지 다른 나라로 들어서고 있다는 생각이 들지 않았던 것이다. 나는 모드가 사준 운동화를 신고 있었는데, 운동화 속에서 무료하게 발을 움직거리는 동안, 그제야 내가 모드의 나라를 떠나고 있다는 사실을 희미하게 느낄 수 있었다. 지난번 처음 태국에 왔다가 한국으로 돌아갈 때 비행기 안에서 영상으로 보여주는 항공 지도를 본 적이 있었다. 그때 그림으로 그려진 지도 위에서, 작은 비행기가 천천히 태국 땅을 벗어나 바다로 가고 있는 것을 보았었다. 내 몸을 실은 기체가 모드가 있는 저

지도의 어느 지점을 빠르게 벗어나고 있는 것을, 다른 공간으로 차원을 이동하는 것처럼, 하늘에 떠서 조금씩 이동하고 있는 비행기의 그림을. 고작 강을 건넜을 뿐인데 내가 모드의 나라를 떠나버렸다는 것이 믿기지 않았다. 다시 그녀를 만나기 위해선 출입국 관리 사무소를 지나야 한다는 것이, 나라와 나라 사이의 접경지대를 무사히 건너가야 한다는 것이 비현실적으로 느껴졌다. 겨우 강 하나를 사이에 두고 서로 다른 두 세계가 마주 보고 있다는 것이… 저 너머가 내가 가 보지 못한 밀림처럼 느껴졌다.

*

정실에게

나흘 전에 비자를 연장하기 위해 라오스에 왔어. 지금은 수도 비엔티엔을 거쳐 버스를 타고 다섯 시간, 조용하고 소박한 시골 도시 방비엔에 와 있어. 창을 열면 작고 고즈넉한 강이 보여. 가벼운 나무다리가 강 위에 낡은 불빛처럼 떠 있어. 그 위로 새벽이면 안개가 피어오르는 것을 볼 수 있어. 안개는 병풍처럼 둘러선 산들을 멀리 있는 거인들처럼 보이게 만들어. 바위처럼 서로 허리를 맞대고 있는 높은 산들이 안개에 살짝 가린 채, 덩치 큰 착한 아이들처럼 서 있는 거야. 곧 고개를 숙이고 인사할 것처럼, 다가와서 심부름을 하려는 램프 속의 거인처럼. 이곳에서 종잡을 수 없는 지루함이 아주 느리게 나를 지나가고 있어. 나는 아무것도 할 일이 없단다.

신비하고, 넉넉하고, 관능적인 형상으로 서 있는 산들 말고는, 그리고 마을을 가로지르는 고요하고 게으른 강물 말고는, 십여 개의 여행자 식당들과 게스트하우스와 먼지 이는 신작로, 마을 어귀에 큰 천막을 치고 좌판을 벌인 시장 말고는, 나는 여기서 아무런 흥미를 끌 만한 것도 발견하지 못했어. 오후 늦게 잠에서 깨어나 기껏해야 십여 분이면 돌아보는 마을을 한 바퀴 둘러보고, 강가에 나가 검게 탄 아이들이 물장구를 치는 것을 보거나, 아니면 시장에 나가 국수를 사 먹고 나면 이윽고 저녁이 왔어. 나는 근처의 술집에서 맥주 세 병을 마셨어. 이탈리아식으로 구운 피자를 먹으면서 옆자리에 무리 지어 앉은 유럽인들이 하는 얘기에 귀를 기울였어. 마치 유령처럼 그들의 옆에 형상도 없이 앉아 그들의 삶을 관찰하고 있는 것만 같았어. 중국의 계림을 연상시킨다는 말에 기대를 품고 이곳까지 왔는데 왜 이토록 무료하고 심심한 걸까? 여기에 도착한 후 사흘 동안 나는 제대로 잠을 자지 못했어. 골목에서 짖어대는 개소리 때문에. 개들은 새벽이면 늘 멀리 있는 다른 개들과 함께 주거니 받거니 하면서 긴 울음을 토해냈어. 이편에 있는 개들이 먼저 울음을 토하고 나면 잠시 시간이 흐른 후 저편에 있는 개들이 울었어. 마치 울음소리가 저편에 닿는 데 딱 그 정도의 시간이 흘렀다는 듯이. 나는 개들이 어둠을 향해 컹컹 짖어대는 동안 한 번도 들어보지 못한, 그러나 종종 책에서는 본 적이 있던 늑대들의 울음을 생각하고 있었고, 그러는 동안 긴 밤이 견딜 수 없을 정도로 나를 압박해오는 것을 느낄 수 있었어. 나는 어린 시절 자주 들었던 양치기 소년의 동화가 생각이 났어. 양치기 소년은 늘 마을을 향해 오지도 않은 늑대가 왔다고 소리를 질러댔고 그때마다 사람들은 손에 도끼와 몽둥이, 갈퀴가 달린 막대기 같은 것을 들고 허겁지겁 올라왔어. 양들은 한 마리도 죽지 않았단다. 늑대는 오지 않았으니깐. 양치기 소년은 사람들이 자신의 장난에 놀라고 허둥거리는 모습을 보며 즐거운 웃음을 지었어. 그렇게 몇 번 사람들은 양치기의 장난에 속아 산을 올라왔고 어쩔 줄 몰라 하며 늑대를 잡기 위해 이리저리 뛰어다녔어. 그러던 어느 날 진짜 늑대가 나타났어. 양치기 소년은 다급한 리듬으로 북을 울려댔지. 애타게 말을 찾고 있는 벙어리처럼 둥둥거렸어. 그러나 아무도 북소리를 듣지 못했어···· 소년은, 그저 누군가와 장난을 치고 싶었던 걸까? 절실한 사정이 있는 것처럼 보이고 싶었던 걸까? 밤하늘에 둥둥 물 먹은 천막과도 같은 북소리가 퍼지는데, 나는 갑자기 문 앞을 찾아온 늑대들의 울음소리에 밤새 불안해하며 모드를 생각했어. 공포에 가까울 정도로 모드에 대한 그리움이 밀려왔어. 서글프게도 입을 벌리고 있었는데 아무 소리도 나오지 않았어!

마치 슬퍼하는 거짓말처럼.

생각해 보면, 내가 태국에 온 건 이토록 먼 물리적 거리가 삶의 거리일 수도 있다는 사실을, 도무지 이해할 수 없었기 때문이었어. 그 먼 거리를 건너고 나면 더는 물리적 거리가 우리의 삶을 멀어지게 할 순 없을 거라고, 노력한다면 그 거리쯤은 충분히 건널 수 있을 거라고, 우리가 조금만 더 노력한다면 세상에 머리로 이해할 수 없는 건 없을 테니깐, 고개를 끄덕이며 수긍할 수 있을 거라고 믿었어. 생각해 봐! 우리는 언제나 서로를 거스를 수 있는 충분한 사정들이 있잖아. 또 이토록 우아하게 속물적으로 절실한 구실들을 지니고 있고, 그래서 아름다운 양치기 소년처럼 늑대가 오고 있다고 애타게 거짓말을 할 수도 있지. 그러니 어쩌면 그날 밤 모드에게 괜찮다고, 이해할 수 있다고 말해야 했을까? 모드를… 아니면 본의 아니게 늑대가 온다고 소리를 쳐야만 했던 나의 로맨틱한 거짓말을····

그러니 괜찮아.
세상에 이해하고자 노력한다면, 이해할 수 없는 것은 없다고 모드가 말했었어.
마치 우리가 슬퍼하는 거짓말인 것처럼····

ngao [나우]

- 태국어로 ngao(나우)는 외롭다는 뜻이고,
naou(나우)는 춥다는 뜻이다.

왜 외롭다는 건 고양이 울음소리처럼 들리는가? 창가에 고양이 한 마리를 심는다. 그리고 매일 들으며 생각한다. 이 소리들은 어디에서 나오는가? 그리고 어디에 있는가? 때로는 분명히 느껴지지만 발음되어지지 않는 것들이 있다. 우리가 느끼는 것이 있다면 그 느낌을 소리로 표현한 발음도 있어야 할 터인데, 우리가 느끼고 분명히 발음한 것들이 그러나 세상에 존재하지 않는 소리라면 도대체 그 소리는 어디에서 나온 소리인가? 창가에 있는 고양이가 밤새 ngao(나우)라고 운다. 하지만 내 방엔 naou(나우)란 울음이 떠돌아다닌다. 고양이가 운 ngao는 어디로 갔으며, 내가 들은 naou는 누가 운 소리인가? 만약 내 방에 태국 사람이 있다면 그는 분명 고양이가 울 때 ngao란 소리를 들을 것이다. 나 혼자 그가 듣는 것을 못 듣고 있으며 내 방에 한 번도 울린 적이 없던, 그 누구도 말하지 않았던 소리를 듣고 있다. 누가 내게 춥다고 말했는가?

창턱 화분에 심어놓은 고양이가 축축한 목소리로 길게 ngao라고 운다. 나는 자판을 두들기던 손을 잠시 멈추고 고양이를 바라본다. 방콕에서부터 나를 따라온 고양이를. 난 고양이가 내 등 뒤를 따라왔다는 것도 모르고 있었는데, 어느 날부터인가 고양이는 창턱 화분에서 자라고 있었다.

매일 밤 고양이는 울었다. 파도 소리처럼, 길게 위로 당겨졌다가 뚝 떨어지는 리듬으로 방에 고양이의 울음소리가 넘실거렸다. 나는 손이 간지러웠다. 손가락으로 무언가를 치지 않으면 두려웠다. 나는 자주 고개를 들고 고양이를 바라보았다. 고양이는 웅크리고 앉아 한 손에 턱을 괴고는 나를 마주보고 있었다. 그리고 입술을 달싹이며 노래를 부르는 중이다. 긴 리듬으로, 쉬지 않고, ngao를 반복해 부른다. 검은 긴 머리가 등 뒤까지, 단아하게 꼬리가 있는 천골에 닿는다. 머리카락이 꼬리인지, 꼬리가 머리카락인지 구분이 가지 않는다. 머리카락처럼 고양이의 울음소리가 풀어진다. 고양이의 긴 머리털이 울음인지, 울음이 고양이의 머리털인지 방 안에 울음들이 나부낀다. 열어둔 창으로 초겨울의 찬 바람이 불어온다. 나는 창문을 닫기 위해 의자에서 허리를 펴고 일어선다. 그러나 창문은 닫지 않고 어두컴컴한 산을 등지고 서 있는 작은 도시를 바라본다. 창밖은 춥다.

이곳으로 이사 온 지 세 달이 지나도록 이 도시는 낯설어지지 않는다. 서울 변두리의 이 작은 도시는 내가 방콕으로 떠나기 전 오래 살았던 또 다른 서울 변두리의 작은 도시와 닮았다. 마치 내가 모르는 사이에 두 도시가 공모한 것만 같았다. 의논하고 서로 어렵게 이견을 조율해 가며 비슷

한 모양의 건물들, 별로 달라 보이지 않는 식당과 상점들, 그리고 마침내 거리의 풍경까지 동일하게 맞추기로 합의를 보았다는 듯이. 그러니깐 그 사이에 놓인 방콕에서의 생활은 꿈이거나 그건 그냥 내가 지나쳐 온 길의 풍경인지도 모른다. 식은 커피를 버리고 나는 커피메이트에서 다시 뜨거운 커피를 받았다. 그리고 여전히 고양이가 화분에서 긴 목을 빼고 끊임없이 ngao라고 우는 소리를 들었다. 내가 이해할 수 없는 소리로 그건 나우라고 들리거나 능아오라고 들린다. 어쩌면, 그것이 무슨 소리인지 정확히 아는 일은 불가능하겠지만 무슨 뜻인지는 안다. 그건 외롭다는 뜻이다. 독감에 걸려 잠이 들었을 때 혼미해지는 몸속으로 파고드는 꿈같은 소리. 그건 내 몸을 지배하지만 존재하지 않는 음(音)들의 세계이다. 입을 벌리면 물방울처럼 터지는 세계, 혈관을 돌며 뜨거운 기운으로 몰려다니지만 잠에서 깨어나는 순간 입술의 언저리에만 머무는 꿈. 마치 음치가 부르는 노래가 세상에 존재하지 않는 음들인 것처럼.

*

본래 솜에겐 두 가지 이름이 있었다. 그녀의 본래 이름은 나릴란 켐비차였다. 태국인들은 태어날 때부터 부모들이 닉네임을 지어주고 출생 신고를 할 때도 본명과 닉네임을 동시에 기록한다. 본명은 공식적인 자리가 아니면 거의 쓰이지 않는다. 태국의 유명한 가수인 수니타 같은 경우에도 닉네임과 본명을 같이 써서 보 수니타라고 부른다. 그들은 성을 거의 사용하지 않는다. 나는 나릴란이란 이름의 어감을 좋아했다. 평상시에는 솜이라고 불렀지만 잠이 들기 전이나 차분하고 쓸쓸한 공기가 마음을 적실 때면 나는 그녀를 나릴란이라고 불렀다. 하지만 솜은 자신을 나릴란이라고 부르는 걸 별로 좋아하지 않았다. 그건 듣기에 좋은 발음이 아니며, 흔한 이름이고, 살가운 느낌이 들지 않는다고 했다. 어째서? 사람마다 다르겠지만, 나릴란을 발음할 때 혀에 살며시 얹어지는 세 개의 유성음은 날아갈 듯 가볍고, 정말 그건 날개를 달고 있는 것만 같아서, 혀에서 살며시 날아오른 소리들은 손톱만 한 날갯짓을 하며 둥글게 귀 언저리의 공기를 물들였다. 저녁에, 내가 나릴란 하고 부르면 그녀는 미간을 찌푸리며 내 코를 쥐어 잡고 흔들었다. 탁한 비음 속에서 그녀의 이름은 장난스럽게 들리곤 했다. 그녀를 나릴란이라고 부르는 사람은, 그녀의 가까운 사람들 중에서 나밖에 없었다. 나는 솜이라고 불렀고, 그리고 자주 나릴란이라고 불렀다. 그러면 내게 더 가까워지는 느낌이었다. 밤에, 그녀는 자장가를 불러 달라고 말했다. 나는 클레멘타인과 해바라기의 노래를 불러주었다. 저음으로, 모든 노래를 단조로운 리듬과 거의 구별이 가지 않는 음정으로. 그녀는 클레멘타인이란 노래를 몰랐다. 그래서 나는 후렴구의 클레멘타인을 꼭 나릴란이라고 바꿔서 불렀다. 그러면 음정이 본래의 곡에서 더 멀어지곤 했다. 하지만 그녀는 내가 음치란 사실을 알지 못했다. 나는 어느 노래도 정확하게 부르지 못했으므로, 내가 그녀에게 불러주는 음들은 사실 세상에 존재하지 않는 노래였다. 까닭에 나는 그녀가 모르는 노래들만을 부를 수 있었다. 긴장한 목소리로 어제 부른 음과 오늘 부른 음이 정확히 일치하도록 노력하는 동안 그녀는 편하게 고개를 기대고 듣는다. 다 틀린 음정의 노래를, 그녀는 그런 노래라고 생각하고 듣는다. 전혀 어색하거나 민망하지 않고 얼굴이 붉어지지도 않는다. 거짓말처럼 사위는 이윽고 조용해진다. 솜은 벽 쪽으로 고개를 돌리고 잠이 든다. 방 안에 정확하지 못한 음들이 둥둥 떠다닌다. 구름처럼 벽에 음들의 그림자가 진다.

이불에서 풀썩 떠오르는 잠꼬대, 몸속엔 열이 있다. 몸의 온도는 대략 36.5도이다. 몸의 경계에 어른거리는 끈적이는 온도는 약 34도이다. 내내 대기에 무성한 가지를 드리우고 있는 건, 뉴스에 의하자면 32도이다. 밤에는 예의껏 온도가 조금 떨어진다. 깊이 잠든 솜이 뒤척이면서 고개를 돌린다. 눈을 뜬다. 이불이 들썩인다. 시큼한 우리들의 땀 냄새가 쿨렁인다. 아파트 베란다 창으로 뒷마당의 가로등 불빛이 들어온다. 뭉쳐진 쓰레기처럼 보이는 나무들의 둔탁한 그림자도 들어와 반대편 벽에 어눌하게 흔들리고, 병자처럼 약한 바람이 간신히 창턱을 넘어온다. 바람도 송골송골 땀을 흘리고 있는 것 같다. 잠이 들면 물에 가라앉듯 꿈에 가라앉는다. 꿈의 음악은 푸르고 광대한 웅웅거림이다. 꿈은 지독한 무더위 속에서 꿈과 꿈의 경계를 잇는다. 모호한 내용들이 웅웅거리는 소리를 내며 악수를 나눈다. 고개를 숙인다. 나를 바라본다. 창백한 환자처럼 보이는 눈썹, 여윈 속눈썹, 검고 짙은 밤색 눈동자, 땀에 젖은 두 볼의 앙상함, 거칠한 내 턱을 쓰다듬는 차갑고 축축한 손, 벽이 울리고 있다. 옆방의 씨로는 또 기타를 두들긴다. 그는 술을 마시지 않을 때면, 혹은 친구들과 술을 마실 때도 늘 저녁 아홉 시부터 열한 시까지 무언가를 찢고 있다는 듯이 기타를 학대한다. 그는 클럽에서 기타리스트로 일한다. 나는 그곳에 솜과 함께 자주 놀러 간다. 우리는, 그러니깐 솜과 나와 씨로와 그의 동료들은 모두 친구이다. 그들은 오늘 밤 클럽에 나와 솜을 초대했다. 나는 음악을 잘 모르기 때문에, 그들이 연주하는 음악은 시끄럽고 무질서하고 난폭했다. 하지만 그들의 동작은 무용수처럼 유연하고 부드러웠다. 그들은 박자를 타며 고개를 끄덕거리다가 한순간 강한 힘을 발휘했고, 이윽고 그 강한 힘은 응축된 낭만을 무대 위에 풀어헤쳤다. 그들이 격렬하게 움직일 때마다 그들의 손에 들린 사물에서 파열음이 터져 나왔고, 이해할 수 없는 음들이 진동했고, 빛의 입자들 사이로 그들의 손가락이, 불손한 어깨가, 푸르고 창백한 입술이 떠다녔다. 그리고 담배 연기와 술 냄새로 어둡고 탁한 공간이 울렁거렸다. 사람들은 유쾌하게 비명을 질렀다. 박수를 치고 몸을 들썩이며 맥주잔을 높이 쳐들었다. 솜은 조용히 리듬을 타며 고개를 끄덕거리고 있었다. 마치 의자 위에 앉아 정신을 잃어버린 하얀 도자기 인형처럼.

여전히 씨로는 기타를 연습하고 있다. 벽이 웅웅거리고 있다. 벽 속에 숨어서 흐르는 물의 소리, 물에 젖는 기타 소리, 솜이 이불을 들썩이며 몸을 돌린다. 축축한 손으로 내 턱을 쓰다듬으며 묻는다.

– 원장에겐 물어봤어?

– 응, 아직 물어보지 못했어.

천천히 솜의 손바닥이 가슴으로 내려온다. 시선이 손바닥을 따라간다. 한동안 말이 없던 그녀가 다시 묻는다.

- 정말, 내년에도 계속 일할 수 있는 거야?
- 그럴 것 같아. 아직 시간이 있는데 조급하게 생각하지 말자.

내년에도 방콕에서 일을 하며 지낼 수 있을까? 나는 친구의 소개로 방콕에 있는 한국어 학원과 1년 계약으로 태국에 왔다. 원장은 내게 여러 번 코리아타운에 있는 원룸들을 소개해주었지만, 나는 한국인들과 어울려 살고 싶은 생각이 없었다. 나는 태국 현지인들과 사귀고 싶었다. 처음 나는 아파트 옆방의 씨로와 친구가 되었고, 씨로를 통해서 씨로의 밴드 사람들과 친구가 되었고, 씨로는 내게 솜을 소개해주었다. 우리는 아파트 앞에서 만났다. 씨로는 솜과 거리를 지나가는 척하면서 나를 불렀고, 나는 우연을 가장하며 씨로에게 아는 척했다. 그때는 우기였고 하루에 두 차례씩 비가 내렸다. 지독한 굉음이 울고 하늘에 거대한 구름 떼가 빠르게 지나가며 비를 쏟아부었다. 그리고 숨어 있던 하늘이 다시 나타나 거리에 눈부신 빛을 뿌려 공기 중에 가득했던 습기를 몰아갔다. 유쾌하고 건강한 날씨였다. 다만 하루에 몇 시간 내리는 비만 피할 수 있다면. 사람들은 우산을 들고 다니지 않았다. 나도 우산을 들고 다니지 않았다. 나는 달콤하고 유쾌한 나른함에 젖어 살았다. 사람들은 친절했고 씨로는 항상 내 불완전한 태국어 발음을 고려하여 귀를 열고 침착하게 말을 관찰하듯 들어주었다. 그리고 한 무리의 이야기가 끝나고 나면 그는 동의한다는 듯 고개를 끄덕였다. 그리고 킷 므언깐이라고 말했다. 킷 므언깐, 나도 그래, 나도 똑같이 생각해. 내가 정확한 단어를 생각하기 위해 머리를 굴리고 있거나, 이야기가 산만하게 중심을 잃을 때면 그는 또 내가 미처 무언가를 설명하기도 전에 카오짜이 래우라고 말했다. 카오짜이 래우, 이미 알고 있어, 혹은 말하지 않아도 이해해. 씨로가 무엇을 이해했든 간에, 그의 무게를 덜어내서 가벼워진 듯한 이해와 공감은 나를 편하게 했다. 그건 내 어깨를 살며시 들어 올려 주는 듯한 느낌이었다. 햇살이 몸을 간지럽히는 것처럼. 내가 정말 우연히 씨로와 함께 있는 솜을 처음 보았을 때, 나는 가슴이 설레었고 며칠 후 더듬더듬 그녀에 대해 물어보았다. 씨로는 다 이해한다는 듯이 내 어깨를 치며 웃었다. 그리고 아파트 앞에서 나는 그녀를 다시 만났다. 거리에 물웅덩이 몇 점이 고여 있었다. 하늘의 몇 조각이 거리를 떠다니고 있었다. 탁한 덩어리의 단어들이 난감한 표정으로 자신의 손바닥을 쳐다보았다. 씨로가 그 말들을 수습해 정리해 주었다. 솜은 고개를 끄덕이며 카오짜이 래우라고 말했다. 무슨 말을 하는지 다 알아듣고 있다고, 태국어를 잘한다고 웃으며 말했다. 나는 선생님에게 호감을 사기 위해 애쓰는 꼬마처럼 노력했다. 내가 얼마나 태국을 좋아하는지에 대해 설명했다. 그녀는 차분하게 내 말들을 어루만져 주었다. 나는 그녀의 침착하고 과장된 칭찬이 좋았다. 솜은 어깨가 작고, 쇄골이 한쪽으로 드러난 면티를 입고 있었다. 곧 그녀의 어깨에서 한 장의 종이처럼 흘러내릴 듯했다. 그녀의 머리는 검고 길었다. 팔꿈치에 닿을 정도로. 나는 한 마디로 태국은 친절과 미소의 나라라고 말하며 엄지손가락을 들었다. 들어 보였다. 그녀가 웃었다.

그해 6월에서 10월까지 비들이 지나갔다. 비들이 지나가지 않는 날이, 비들이 지나가는 날보다 적었다. 매일 비였다. 천둥소리는 요란하게 고함을 지르며 사람들에게 지붕 밑으로 피할 것을 명했다. 그러면 빠른 속도로 바닥에 웅덩이가 고였다. 비가 수풀을 이루었다. 도시에 물의 혼란이 몰아닥쳤다. 거친 물의 줄기들이 자라고 굵은 비의 잎사귀들이 떠다녔다. 사람들은 유쾌한 표정으로 서서 비가 내리는 것을 바라보았다. 더위에 찌들었던 사람들의 표정이 물처럼 흘러내렸다. 나와 솜의 표정도 물처럼 흘러 내렸다. 우리는 조금씩 입술의 모양이 닮아갔다. 나는 그녀로부터 태국어를 배웠고 그녀는 나로부터 한국어를 배웠다. 하지만 솜은 오래 배우진 않았다. 당장에 배워야할 필요가 있는 건 나였기 때문에, 우리는 주로 태국어로 이야기 했고 자연히 그녀가 내게 태국어를 가르쳐주는 시간이 더 많아졌다. 솜은 내 입술 모양을 관찰하며 정확한 발음을 가르쳐주기 위해 애썼다. 태국어는 문법이 쉬운 대신 발음이 어려웠다. 태국어는 어형이 전혀 변하지 않는 고립어이고, 단음절의 단어가 많은 까닭에 동음이의어들이 수두룩하다. 각 단어에 지시되어 있는 성조를 정확히 발음하지 못한다면, 똑같지만 서로 다른 의미들 사이에서 길을 잃을 수도 있다. 그래서 태국어는 음악을 닮았다. 그들의 목소리는 노래를 부르지 않아도 노래처럼 들린다. 단순하고 정갈한 다섯 개의 음으로 이루어진 무수한 노래들이 매번 그들의 대화에서 연주된다. 솜은 내게 다섯 개의 음들이 어떻게 조화를 이루어 하나의 노래가 되는지를 가르쳐주었다. 나는 느리게 배워나갔다. 아주 간단하게 설명할 수 있는 것도 나는 여러 가지 길로 빙 돌아서 가야 했고, 그녀 역시 내가 모르는 단어들을 고려하여 이런저런 예를 들며 천천히 말을 해야만 했다. 어쩔 때는 몇십 분씩이나 똑같은 걸 반복해서 설명해야 할 때도 있었다. 하지만 우리는 즐거웠다. 마치 지도 위의 보물섬을 느릿느릿 찾아가는 아이들인 것만 같았다. 우리는 말의 끝에서 기다리고 있을 이해와 공감을 향해 천천히 다가갔다. 언어의 **뼈**대만으로 이루어진 표현들을 가지고. 그해 비의 계절이 지나가는 동안 우리는 언어의 원시시대에 살았다.

  아파트엔 베란다가 있었다. 베란다엔 푸른색 난간이 있었다. 난간 너머엔 허공에 그물을 친 가지들이 있었다. 나무들은 아파트의 뒷마당에 심어져 있었다. 그곳은 더럽고 지저분했다. 밤이면 가끔 털썩 소리를 내며 검은 비닐봉지들이 떨어지는 소리가 들렸다. 위층에서 사람들은 쓰레기를 뒷마당에 버리곤 했다. 수북이 쌓인 쓰레기의 언덕, 아래로 도둑고양이들이 어슬렁거렸다. 고양이들은 밤이면 개들처럼 울었다. 이곳의 고양이가 울면, 저곳의 고양이가 마치 대답이라도 하는 듯 울었다. 새가 포르르 날아와 검은 비닐봉지의 열매들이 열린 나뭇가지에 집을 지었다. 새끼들을 낳았다. 새끼들이 어미를 향해 입을 벌렸다. 고양이가 울었다. 고양이는 3층 나뭇가지까지 올라오지 못했다. 나는 어묵이나 소시지 같은 것을 먹다가 조금 떼어 밑으로 던져주었다. 그러면 고양이가 탄력 있는 도약으로 담장을 넘어 도망갔다. 그리고 어슬렁어슬링 다시 기어온다. 담장을 넘어서 뒷마당으로 소리 없이 착지한 그것은 쓰레기를 뒤지지 않고, 내가 버린 소시지를 먹는다. 그리고 운다. 저편의 고양이가 대답한다. 나는 그들이 무슨 이야기를 하는 것인지 알 수가 없다. 그들이 무슨 이야기를 하는진 알 수가 없지만, 가끔 꿈에 그들의 울음소리가 들리곤 했다. 나는 꿈에서 태국어로 솜과 이야기를 하고 있었다. 나는 태국어를 잘했다. 비의 계절이 지나고, 하루에 두 차례 엄습하던 먹구름이 사라지고 나자 나는 능숙하게 더듬거리지 않고, 마치 기적적으로 입을 열게 된 벙어리처럼 기쁨과 환희와 자랑스러움을 가지고 유창한 문장들을, 공기 중에 걸린 언어의 악보를 따라 소리를 낼 수 있었다. 솜은 기뻐했다. 솜은 자기 전이면 침대 벽에 걸어둔 작은 불상 조각을 향해 몸을 엎드리고 기도를 하곤 했다. 그녀는 가족의 안녕과 내가 어서 빨리 태국어에 능숙해지고 방콕에 어렵지 않게 정착할 수 있기를 소원했다. 그녀의 소원 중 하나는 이루어진 셈이었다. 나는 노력했고, 가끔 태국어로 혼잣말을 할 정도로 능숙해졌다. 나는 자다가 헛소리를 했다. 식은땀을 흘리고 있었다. 솜이 나를 깨웠다. 그녀가 내게 약을 먹여 주었다. 기울인 컵에서 흐른 물이 내 가슴에 몇 방울 떨어졌다. 몸에 차가운 소름이 돋았다. 고양이가 부슬부슬 울었다. 그녀가 말했다. 네가 무슨 생각을 하는지 다 이해한다고, 애써 말할 필요 없다고. 나는 가끔 무언가를 설명하고 싶을 때가 있었다. 무언가 조곤조곤 해명해야 할 것들이 있었다. 사소한 오해들, 사실은 그게 아니지만 그런 걸로 생각되는 조금 더 비중 있는 오해들, 그리고 섬세하고 정확한 단어들을 필요로 하는 조금 더 심각한 오해들, 아니면 그저 마음속에서 부글부글 일어나 출구를 찾기 위해 헤매고 다니는 언어들, 가끔 가슴 속에서 바람이 불고 말들이 나부꼈다. 그러니깐 말하자면 나는 태국인들의 이러저러한 문화가 싫다. 하지만 그것이 문화의 차이란 걸 안다. 그러면서도 어떤 부분에선 그건 문화의 차이라고 긍정해야 할 것들이 아니라, 지적하고 고쳐야 할 문제라고 생각한다. 아! 그렇다고 내가 한국과 태국을 비교하여 말하는 건 아니다, 나는 한국의 이러저러한 문화들도 싫어하고 반성해야 한다고 생각한다, 그리고 나는 태국인을 싫어하는 게 아니다. 나는 태국을 좋아하고 태국에 남고 싶다, 하지만 어제 씨로가 나를 두 시간이나 거리에서 기다리게 한 것, 단지 어제만이 아니라 걸핏하면 시간 약속을 지키지 않은 것, 자신이 좋아하는 것 외에는 시큰둥한 반응을 보이는 것, 그리고 기타 등등, 기타 등등에 대해, 내가 하고 싶은 말들은 내가 이해받고 싶은 말들이 아니라, 내가 솜과 함께 얘기하고 싶은 것들이었다. 나는 자주 거리에서 태국인들이 집단으로 한 두 사람을 두들겨 패는 걸 보곤 했었다. 물론 태국 사람들은 천성이 상냥하고 평소엔 인내심이 많지만, 그들은 한 번 싸우게 되면 무서울 정도의 집요함과 잔인한 폭력성을 드러내곤 했다. 한국 사람들처럼 너 죽을래, 등의 과장된 경고성 문구를 떠들지도 않았고, 그들은 갑자기 몸 안에서 경련이 일어났다는 듯 튀어 올랐고 거칠어졌으며 주변의 병이나 의자 같은 것을 들고 상대의 머리를 내리쳤다. 솜과 씨로는 모든 사람들이 그런 건 아니고, 내가 본 건 몇몇 폭력적인 사람들의 싸움이라고 얘기했지만, 몇몇 폭력적인 사람들이 그러기에는 너무 자주 나는 그들이 싸우는 걸 보았던 것이다. 그때마다 나는 몸을 부르르 떨었다. 여기까지 이야기 했을 때 솜의 표정은 조금 침울해져 있었다. 그리고 내 손을 잡고는 이해한다고, 나도 그렇게 생각한다고 말했다. 솜은 우는 조카를 달래는 이모와 같은 난감한 표정을 짓고 있었다. 나는 조금 미안한 마음이 들었다. 나는 한국 사람들도 마찬가지라고 말했다. 한국 사람들은 술을 마시면 호전적이 되고 쓸데없는 일에 자존심을 부리지만, 정작 나서서 자존심을 지켜야 할 때는 꼬리를 사린다고, 그러니 마찬가지라고, 마찬가지지만⋯ 복도에서 사람들이 지나가고 있다. 웅성거리고 있다. 누군가 저벅저벅 슬리퍼를 끌고 돌아다닌다. 한 사람이 부른다. 다른 한 사람이 복도의 끝에서 대답한다. 사이에, 벽 속에서 기타가 줄을 튕기는 소리. 열어둔 뒷문으로 가지들이 들어와 방 안에 그물을 치고, 고양이 울음소리가 봉지처럼 매달려 있다. 툭툭 울음들이 떨어진다. 솜이 팔을 괴고 가만히 나를 쳐다본다. 약 기운이 몸속으로 퍼지고 있다. 몸이 뜨겁다. 이불 위로 말이 중얼중얼 걸어 다닌다…… 그건 춥다는 뜻 아니야? 아니, 나우가 아니라 나우야. 그러니깐 나우, 똑같은 발음이잖아? 똑같은 발음이 아니야. 찬 나우는 나는 춥다는 뜻이고, 나는 외롭다는 찬 나우야. 천천히 다시 따라 해 봐, 찬 나우… 그래, 나우. 찬 나우[1]……"

열대의 폭양이 불에 타버린 축제처럼 쏟아져 내린다. 아른거리는 열기 속에서 모든 것이 더운, 땀 흘리는 추상이 된다. 도시는 석회질이 많아 지하를 파지 못한다. 건물들엔 지하 주차장이 없다. 대신에 이 거대한 열대의 도시를 거미줄처럼 공중에 뜬 다리들이 덮고 있다. 그늘 아래는 무중력 상태다. 무더위가 버려진 짐 더미처럼 쌓여 있다. 그리고 움직이는 차들의 길고 지루한 주차장. 사람들이 느릿느릿 걸어 다닌다. 먼지가 날리는 도로에서 람캄행 대학교 교정

---

[1] "찬 나우"란 문장에서 '찬'은 주로 여성이 쓰는 일인칭 대명사이다. 하지만 문어에서는 남녀 상관없이 '찬'을 일인칭 대명사로 쓰기도 한다. 두 사람이 연인인 것을 고려했을 때, '라오'나 '카오' 같은 보다 친근한 인칭 대명사를 쓸 수도 있었을 것이다. 하지만 인물들의 삶의 신체가 문어(文語)의 세계에 있다는 점과, 한국어로 읽었을 때 그 발음이 빚어내는 심미성을 고려하여 '찬'으로 썼음을 밝혀 둔다.

의 담벼락을 따라 걸어가면 작은 골목들이 나오고, 세 번째 골목으로 들어서면 대학생들이 모여 사는 허름한 아파트 건물이 나온다. 아파트 건물 맞은편에 세븐일레븐, 그 옆에 대학생들이 주로 이용하는 식당과 미용실, 노래방, 그리고 작고 조촐한 공간의 커피숍이 있다. 솜은 불편한 자세로 의자에 앉아 발을 꼼지락거린다. 테이블에 바둑판무늬가 선명한 밤색과 검은색으로 모자이크 되어 있다. 그녀가 커피를 마시며 볼펜을 만지작거린다.

- 한국어는 공부 안 할 거야?
- 해야지. 일본어 공부 먼저 하고.

그녀는 졸업 후 취직자리를 준비하고 있다. 일본어는 태국인들에게 영어만큼 인기가 있어서 어디를 가든 일본어 학원은 많다. 우리가 사는 람캄행 대학교 근처에도 일본어 학원이 두 군데나 있다. 한국어 학원은? 한국어 학원은 내가 가르치는 수쿰윗 로드에 하나, 라차다와 실롬에 각각 두 개가 있고, 대학생들이 많이 거주하는 람캄행 로드에는 영어 학원이 서너 개, 프랑스어 학원이 하나, 중국어 학원이 둘 있지만, 한국어 학원은 없다. 생각하면 그녀가 취직을 위해 일본어를 준비하는 건 자연스럽고 현명한 일이다. 현실은 그러하니깐. 그녀는 처음에 한국어에 관심이 있었지만, 그래서 내가 퇴근하고 나면 함께 공부하기도 했지만,

한국어를 잘한다고 취직자리가 많은 건 아니었다. 그러니 나는 이해할 수 있다. 이해할 수 있고, 충분히 그녀의 공부를 도와주고 격려해 줄 마음도 있다. 그래서 나는 관대하고 조용한 목소리로 말했다.

- 듣고 있니? 난 한국 사람이야. 난 너를 위해 태국어를 공부했잖아!

고개를 들지 않고 그녀가 대답한다.

- 네가 태국에 사니깐, 당연히 태국어는 네게 필요하니깐. 내가 한국어를 배우지 않겠다는 건 아니잖아.

- 물론 그렇지만, 내가 직업이 한국어 강사잖아. 저녁에 한 시간씩만 공부하자.

- 한 시간씩 공부해서 언제 일본어를 잘해!

창가로 사람들이 지나가고 있다. 더위에 어깨를 늘어뜨리고 걸어가는 모습들이 보인다. 처진 어깨 하나가 지나갔다. 이어서 처진 어깨들이 나타나서 이야기를 나누었다. 테이블 위에 올려 진 그녀의 손에 그림자가 어른거렸다. 그림자는 스멀거리는 안개처럼 움직였다. 창밖의 세상은 이글거리는 황색이었다. 먼지들이 떠다녔다. 솜은 가끔 고개를 들고 나를 쳐다보았다. 나는 웃어주었다. 그녀는 지루하냐고 물었다. 나는 지루하지 않다고, 열심히 공부하라고 대답해주었다. 에어컨이 쿨렁거리는 소리를 내며 맥빠진 바람을 토해내고 있었다. 나는 그녀를 이해할 수 있었다. 내가 한국인이란 이유로 현실적으로 더 필요한 일본어를 배우지 않고 한국어를 공부하는 건 바보 같은 짓일 테니깐. 우리가 함께 사는데 태국어 하나만으로 충분하지 않겠는가. 모든 걸 다 말할 순 없지만, 다 말한다고 해서 좋은 건 아닐 테지만, 한국어를 배운다고 해서 우리가 더듬거리지 않고 서로를 이해할 수 있는 건 아닐 테니깐. 하지만 똑같다고 생각한 것들이 사실은 길고 복잡한 설명이 지나간 후에나 똑같아지는 것이라면. 간단하게 발음할 수 있는 것이란 없다.

밤 열한 시. 크고 둔중한 음악 소리가 짙은 안개처럼 클럽 안을 채우고 있다. 여러 가지 악기 소리들이 한데 뭉쳐 둥글게 굴러다닌다. 사람들은 춤을 추거나 테이블에 앉아 고개를 끄덕거리며 음악을 듣고 있다. 그들의 연주는 한 시간이 지나서야 시작했다. 씨로가 늦었기 때문이었다. 클럽의 매니저는 화를 내고 욕을 했지만 사람들은 술을 마시며 느긋하게 기다렸다. 밴드의 첫 연주 음이 울렸다. 사람들이 주섬주섬 고개를 돌리기 시작했다. 몇몇 사람만이 일관되게 어깨를 늘어뜨리고 맥주를 마시고 있었다. 목청을 높여 테이블을 오가는 말들이 간간이 들리기도 했다. 나는 연주에 관심이 없었다. 나는 팝콘 바구니에 손가락을 파묻었다가 빼서 손가락에 묻어나오는 소금의 맛을 핥았다. 손가락이 젖었다. 다시 팝콘 바구니에 손가락을 파묻으면 팝콘 가루들이 어지럽게 달라붙었다. 나는 바지에 손가락을 문질렀다. 솜이 지저분하다고 말했다. 그녀는 곁눈질로 보면서 눈살을 찌푸렸다. 솜은 몸의 관절들을 풀어놓고 느긋하게 앉아 있었다. 느긋하게 미소를 짓거나 간간이 눈살을 찌푸렸다. 나는 자주 화장실에 왔다 갔다 했다. 에어컨을 켜 놓은 공간 안에서는 담배를 피울 수 없었다. 나는 화장실에서 담배를 빼어 물고 거울을 쳐다보았다. 안마를 해주고 팁을 받는 사람이 어깨 위에 뜨거운 수건을 올려놓았다. 나는 괜찮다고, 피곤하지 않다고 말했다. 그는 더운 김이 나는 수건을 내 어깨 위에서 치우지 않았다. 그리고 그의 강한 손가락의 힘이 어깨를 주물렀다. 나는 손을 들어 가볍게 그의 손을 쳤다. 그러곤 영어로 노 땡큐 라고 말했다. 노 땡규, 피곤하지 않고 마사지를 받을 기분이 아니며, 그러니 그만해 주었으며 좋겠다고 태국어로 말했다. 그는 묵묵하게 고개를 끄덕이며 목을 주물렀고 세면대의 물을 틀어 내 손을 닦아주려 했다. 나는 큰 소리를 냈다. 목청에서 불쾌한 소리가 터져 나왔다. 화장실 밖에서 사람들이 두리번거리는 흉내를 내며 쳐다보고 있었다. 묵묵하게 손을 내밀고 팁을 요구하는 남자에게 나는 한국어로 욕을 했다. 그는 알아듣지 못했다. 알아듣지 못했지만 그다지 유쾌하지 못한 표정이 꿈틀거리며 얼굴에 드러나 있었다. 다른 사람을 마사지하고 있던 그의 동료들 몇 명이 웃으며 이십 바트만 주라고 말했다. 원하지도 않은 마사지를 받고 무슨 돈을 주냐고 나는 대답했다. 마치 관대하게 용서한다는 듯이 남자가 가볍게 내 어깨를 치며 그냥 나가라고 말했다. 그는 얼굴이 붉어지지 않았는데 나 혼자 얼굴이 붉어졌다. 그는 당당하면서도 너그러웠고, 나는 떳떳했지만 민망했다. 돈을 주기 싫은 게 아니었다. 한국엔 팁 문화가 거의 없지만 태국은 장소에 따라 팁을 줘야 하는 문화가 있다. 하지만 원하지 않을 경우 굳이 서비스를 받아가며 팁을 줘야 하는 건 아니다. 그건 정당하지 않다. 혼자 있고 싶은 기분인 사람도 있고, 화장실에서 마사지를 받는 걸 꺼림칙하게 생각하는 사람도 있을 수 있다. 모두가 상냥하게 친절한 표정을 지어가며 싫어하는 걸 좋다고 말해야 하는 건 아니다. 그건 이해도 아니고 서로를 위한 노력도 아니니깐. 그리고 내가 원하지도 않았으니깐. 나는 돈을 안 줄 권리가 있고 얼굴을 붉혀도 민망한 것이 아니며, 굳이 화해를 하지 않아도 잘못된 것은 아무것도 없는데, 그냥 무심히 나가면 되는데 나는 주절이 떠들어댔다. 사람들이 웅성웅성 모여들었다. 어지러웠다. 목청에서 소리들이 터져 나왔다. 나는 그에게 우리는 서로 잘못한 것이 없다고 설명하기 위해 애를 썼다. 당신은 싫어해도 마사지를 해주지 않으면 돈을 벌 수 없고, 나는 마사지를 받을 기분이 아니었을 뿐, 우리는 서로 잘못한 게 없다고. 하지만 나는 목소리가 컸고 무례하게 보였으며 정확하지 못한 어휘들이 난무했다. 나는 그와 싸우려는 것이 아니었다. 다만 무언가 해명해야 한다고 생각했으며, 기분이 불쾌했던 건 사실이었지만 그를 무시한 건 아니었다고, 나는 그런 사람이 아니라고 말하고 싶었다. 나는 그렇게 말했지만 그의 얼굴엔 어리둥절한 불쾌함이 역력해져 갔다. 무슨 소리를 하느냐고 그가 내게 물었다. 묵묵하지만 거친 목소리였다. 나는 그의 말에 또 뭐라고 말했지만 설명이 되지 않는 말들이 이어졌고 나는 더 난감해져 갔다. 간간이 쇳소리가 섞인 욕설이 주위에서 들려오기도 했다. 나에게 하는 것인지, 그에게 하는 것인지, 아무것도 모르는데 그저 떠들어대는 것인지, 나는 어지러웠다. 누군가 갑자기 내 어깨를 밀었다. 강한 힘에 밀려 몸이 비틀거리며 쓰러질 뻔했다. 간신히 다리의 중심을 잡고 일어서려 할 때 누군가 내 손을 잡았다. 씨로가 의아한 표정을 짓고 서 있었다. 솜이 걱정스런 얼굴로 내 곁에 다가와 있었다. 씨로가 상대방 남자에게 걸어가 차분히 웃으며 이야기했다. 그러면서 그의 어깨를 가볍게 두들겼다. 그리고 주위 사람들을 돌아보며 별일 아니라고 큰 목소리로 말했다. 이제 괜찮아! 이해한다는 눈빛으로 그가 내게 고개를 끄덕여주었다. 이해한다고, 그러니깐 괜찮다고. 나는 여기서 무엇을 하고 있는 걸까? 솜이 내 팔목을 잡았다.

언어는, 심연을 건널 수 없다는 생각이 들 때가 있다. 그리고 며칠이 지났을 때 나는 아파트 앞 편의점에서 소시지와 빵을 사 가지고 방으로 들어갔다. 솜은 한 시간 후에 왔다. 세 시간 후에는 씨로와 친구들을 만나기로 했다. 솜은 방문을 열고 신발을 벗은 후 옷장으로 걸어가 책과 가방들을 바닥에 놓고 옷을 갈아입었다. 나는 빵 봉지를 열고 부스러기를 털어낸 후 조각조각 뜯어 베란다 밖으로 던졌다. 소시지는 세 토막으로 잘라 던져주었다. 담장을 뛰어넘어 도망가는 고양이 소리, 몇 분이 지나면 돌아와 밥을 먹을 것이다. 솜이 밖에서 사 온 도시락 봉지들을 열었다. 태국 사람들은 거의 집에서 밥을 해 먹지 않는다. 비닐봉지에 담긴 밥, 역시 비닐봉지에 담긴 얌운센, 일회용 젓가락, 소금을 얹고 불에 비늘을 살짝 태운 두꺼운 생선 한 마리, 김치 맛이 나는 국, 솜이 웃었다. 웃어 보였다. 천천히 입을 오물거리며 꼭꼭 씹어서 밥을 먹었다. 길게 젓가락이 밥상 위를 더듬었다. 생선의 비늘들이 바둑판 모양의 밥상에 점점이 손톱 같은 무늬를 남겼다. 그리고 얌운센 몇 가닥, 나는 머리를 만졌다. 머리가 간지러웠다. 솜이 물었다.

- 원장에게 물어봤어?
- 응, 물어봤어. 조금 생각해보고 대답해 준다고.
- 내년에도 일할 수 있겠지?

아마도 그럴 수 있을 거라고 나는 대답해주었다. 젓가락으로 밥을 뒤적이며 솜이 고개를 끄덕였다. 그리고 내가 벙어리라는 듯이 내 입술을 쳐다보았다. 흐릿한, 차곡차곡 쌓이는 먼지와 같은 눈빛으로. 그녀가 더이상 아무 말도 하지 않았기 때문에 나도 별달리 할 말이 없었다. 무언가 더 말을 해야 한다고 생각했지만, 게으르고 완강한 고집이 거대한 손바닥으로 내 입술을 누르고 있는 것만 같았다. 하지만 이상하게도, 나는 초조하지 않았고 마음은 더없이 무기력하고 평온했다. 마치 달리고 있는 꿈을 꾸는 것처럼, 걷는 속도보다 더 느리게, 다리마저 꿈속에서 잠이 들고 있다는 듯이… 내가 말을 얼버무리고 있는 동안에, 눈을 끔벅하고 코를 씰룩이며 먼 베데엔하의 눈빛으로, 그녀가 춥다고 말했다. 어째서? 날이 이렇게 더운데……

몸속엔 소리가 있다. 귀가 몸속을 떠다니고 있다. 귀에 잠긴 소리들이 몸속에서 풀어지고 있다. ngao(나우)라고 말했으나 naou(나우)라고 들리는 소리들, 내가 분명히 들었으나 입을 열면 조금 다르게 발음되어지는, 혹은 전혀 다른 음으로 나오는 소리들, 나는 밤이면 그녀에게 자장가를 들려주곤 했었다. 그녀는 클레멘타인이란 노래를 좋아했다. 본래 그녀의 이름은 솜이었으나, 그래서 사람들은 모두 그녀의 이름을 솜이라고 불렀지만, 정확히 말하자면 그녀의 본명은 나릴란 켐비차였다. 사람들은 공식적인 자리가 아니면 그녀를 나릴란이라고 부르지 않았다. 잠이 들기 전 그녀가 내 팔을 베고 누워 있으면, 나는 그녀의 귀에 세상엔 존재하지 않지만 내 몸속엔 존재하는 음들을 불러주곤 했었다. 후렴구의 클레멘타인을 나릴란이라고 바꿔서, 어제 부른 음과 오늘 부른 음이 정확히 일치하는지를 생각하며. 내가 솜과 헤어지고 씨로를 만났을 때, 그는 친구들의 근황을 말해주었지만 솜의 이야기는 거의 하지 않았다. 나도 솜에 대해서 굳이 물어보지 않았다. 내가 특별한 이유도 없이 솜과 헤어졌기 때문에 무책임하다고 생각하고 있을 것만 같았다. 하지만 씨로는 평소와 같은 표정이었고, 내가 머뭇거리며 말을 꺼내려고 하자 웃으며 카오짜이 래우라고 말했다. 카오짜이 래우. 무엇을 이미, 말하기도 전에, 이해하고 있다는 것일까? 씨로는 한국에 돌아가고 나서도 메일과 편지들을 주고받자고 말했다. 그는 클럽의 매니저와 사이가 좋지 않아서 다른 클럽으로 직장을 옮겼는데 그곳은 보수가 좋다고 했다. 그리고 다음에 방콕에 또 올 수 있으면 꼭 놀러 오라고 말하며 웃었다. 그는 나를 배려했고 내가 상처받지 않기를 원했다. 그는 내내 끝까지 솜에 대해선 말하지 않았다. 그가 솜에 대해서 말한 것이라곤 내가 원장의 집으로 이사를 가고 며칠 후 솜도 이사를 갔다는 것뿐이다. 어디로 이사를 갔는지, 졸업 시험은 잘 봤는지, 일본어 학원은 여전히 다니는지 등에 대해선 말하지 않았다. 아마도 졸업 시험은 잘 봤을 것이라고, 성실하고 부지런하니깐 일본어 실력도 많이 늘었을 거라고 나는 혼자 생각했다. 졸업해서 취직하고 난 후 여유가 생기면 한국어도 공부할 것이고, 돈을 조금 모아서 한국에 놀러 올 수도 있으리라. 물론 그녀가 언제, 어디로 올 것인지 나는 알 수 없겠지만. 그리고 방안에 정확하지 못한 음들이 계속 떠다닐 것이다. 구름처럼 조각조각 벽에 음들의 그림자를 남기며. ngao이거나 naou이거나 ungao이거나. 도이거나 솔이거나, 아니면 한 옥타브 더 높은 도이거나.

*

화분에 심어놓은 고양이가 울고 있다. 축축한 목소리로

길게 ngao라고 운다. 나는 자판을 두들기던 손을 잠시 멈추고 고양이를 바라본다. 고양이는 자신의 울음소리를 방 안에 풀어놓고 무책임한 표정으로 앉아 나를 가만히 쳐다본다. 고양이의 울음소리가 차곡차곡 몸속에 쌓이는 걸 느낄 수 있다. 몸이 뜨거워지는 것도. 그건 내가 이해할 수 있으나 이해시킬 순 없는, 내 몸의 바닥으로부터 우물처럼 차오르지만 입의 경계에서 머무는, 내 안엔 존재하지만 세상엔 부재하는 음의 세계이다. 내가 세상으로부터 들었으나, 그래서 내 몸 안에 똑같은 소리로 쌓여 있지만 몸의 경계를 다시 벗어날 순 없는.

어째서 고양이 울음소리는 때로 춥다고 들리는 것일까? 지난겨울 나는 방콕에 있었는데, 돌아와 보니 한국은 여름이었다. 그리고 몇 달이 지나자 겨울이 왔다. 나는 창턱에 화분을 갖다 두고 거기다 고양이 한 마리를 심었다. 밤마다 그가 운다. naou라고. 그는 사실 ngao라고 울었지만 이상하게도 내 방엔 naou란 울음소리가 떠다닌다.

잠자리가 지나간 길

- 동희야. 예전에 네 별명이 잠자리였잖아.
  우린 네가 지나간 들판이야.
  슬퍼하지마, 동희야. 시간이 지나도 우리의 몸은 널 잊지
  않을 거야.
  너의 삶이 우리의 몸을 지나 날아갔을 테니.

저녁부터 진눈깨비가 내리더군요. 나는 창문을 열고 뒷마당을 바라보았죠. 자욱한 가로등 불빛에 드러난 밤나무 가지들의 검푸른 허공으로 쏟아지는 진눈깨비들을. 그리고 당신에게 이 편지를 써야겠다는 생각을 했습니다. 내일이면 이삿짐 차에 짐을 싣고 이 방을 떠나야 하니까요. 다시 부모님의 집으로 들어가 한동안 머물게 될 것 같습니다. 당신은 받지 않겠다고 했지만 전세금 중 당신이 보탠 돈은 이 편지를 부칠 때 당신의 농협 계좌에 넣을 생각입니다. 아직 그 계좌번호를 쓰고 있겠지요. 좀처럼 뭔가를 바꾸는 걸 좋아하지 않던 당신이고 보면요. 그건 우리가 서로 닮은 점이기도 했습니다.

처음 이 방에 이사 왔을 때가, 그러니깐 작년 가을이었지요, 그때가 생각납니다. 당신과 사귀고 나서 두 달이 지났을 무렵이었습니다. 당신은 내게 다른 사람들도 드나들 수 있는 여관이 아니라, 우리 둘만이 지낼 수 있는 그런 공간이 있었으면 좋겠다고 말했지요. 그래서 내가 이 방을 잡았고, 일종의 선물이라고 말하면서 이 방에 데리고 왔을 때, 깜짝 놀라던 당신의 얼굴이 생각납니다. 그럴 필요가 없는데 전세금을 보태고 싶다고 고집을 부렸던 일도. 그건 일종의 공간에 대한 예의 같은 거야, 라고 말하며 웃던 당신의 얼굴도. 어른 흉내를 내는 도도한 계집아이처럼 양볼 가득 짐짓 심통 난 미소를 지으면서. 창문을 열면 가을빛에 물든 뒷마당이 보였습니다. 담황색 열매가 익어가는 감나무가 한 그루, 검붉은 넝쿨은 담장을 뒤덮었고 담장 너머엔 전봇대에 매달린 가로등이 모자를 쓴 작은 행성처럼 떠 있었지요. 밤이 되면 그 행성의 불빛이 슬그머니 담장을 넘어오고, 뒷마당은 신비한 마법에 빠진 것처럼 요요한 빛살에 잠기곤 했습니다. 그건 마치 뒷마당이 꿈을 꾸고 있는 것만 같았죠. 아니 우리가 뒷마당이 꾸는 꿈속으로 들어와 있는 것만 같았습니다. 밤의 미풍에 가만히 흔들리는 감나무가 있고, 호흡을 멈추고 땅을 더듬는 어슴푸레한 잡초들이 있는, 고즈넉한 한지 같은 불빛이 가물가물 번지는 뒷마당의 정지된 몽환 속으로. 우리는 창가에 테이블을 갖다 놓고 저녁이면 따스한 커피를 마시곤 했습니다. 창문을 열어 방안에 가득 찬 음악의 선율을 뒷마당으로 흘려보내기도 했지요. 그걸 우린 풍경에 음(音)들을 수혈하는 일이라고 불렀습니다. 바람에 창가를 날아가는 누런 낙엽들이 어느덧 하얀 눈송이가 되어 날리는 겨울을 지나, 메마른 잡풀 위로 아이의 손톱처럼 연붉은 잔꽃들이 피어나던 봄까지, 우린 뒷마당에서 놀았습니다. 김밥을 싸서 열 걸음 떨어진 감나무 아래로 소풍을 가기도 했으며, 한겨울 매서운 바람 속에서 치열하게 눈싸움을 벌이기도 했지요. 봄볕이 쏟아지는 시멘트 담장에 손바닥을 올려놓고 함께 이어폰으로 음악을 듣던 일들이 생각납니다. 눈을 감고 있으면 담장 속에서 음악들이 흘러나오는 것 같았지요. 그건 손바닥으로 듣는 시멘트 담장 속의 음(音)들이라고, 우린 담장 속에 묻힌 음들을 듣고 있는 거라고, 생각했었습니다. 그렇게 반년이 넘도록 우린 뒷마당을 떠나지 않았습니다. 마치 방을 전세 낸 것이 아니라 뒷마당을 전세 낸 사람들처럼. 가끔 성가셨을 법도 한데 주인집은 한 번도 뭐라고 안 했지요. 그 뒷마당은 우리 방에서만 출입할 수 있는 구조로 따로 독립되어 있었으니까요. 그래서 우리에겐 앞마당이기도 했습니다. 집에서 보면 뒷마당이지만, 우리의 문으로 보면 앞마당이었지요. 당신, 지금 그 마당으로 저녁부터 진눈깨비가 내리고 있습니다. 쉬지 않고, 눈으로 변하거나 비로 내리지 않고. 그것들은 가로등의 불빛 속에서 젖은 살비듬처럼 보이기도 합니다. 누군가 저 불빛 아래에서 부옇게 번지고 있다는 듯이. 아른아른 사라지고 있다는 듯이 말이죠.

어쩌면 당신의 창(窓)에도 지금 진눈깨비가 내리고 있겠지요. 이 풍경이 바람에 실려 너울너울 그곳까지 날아가는지도 모르겠습니다. 물론 그 창은 너무 작고 높이 달려있어

바깥을 볼 수 없다고 했지만요. 가끔 당신이 살고 있는 마을에 버스를 타고 다녀오기도 했습니다. 한두 시간 당신의 집이 있는 오래된 상가 건물 주위를 서성이다 돌아오곤 했지요. 우리가 헤어지고 약 한 달간은 그랬던 것 같네요. 당신의 창문이 어떻게 생겼는지 무척 궁금해서 갔었는데, 바깥에서 보니 그건 그냥 건물 외벽에 달린 작은 창문에 지나지 않더군요. 아니 보다 솔직하게 말하면 당신의 창문이 궁금했던 게 아니라 당신의 창문 안으로 바라보이는 풍경, 천장에 가까운 벽에 달린 창으로 아침이면 햇살이 비스듬하게 들어와 부연 먼지 속을 안개처럼 떠돈다는 그 방안이 보고 싶었습니다. 참 이상한 일이지요. 당신과 사귀고 있을 땐 그 방의 모습이 전혀 궁금하지 않았는데, 어째서 당신과 헤어지고 나서 그 방의 풍경이 그리워지게 된 것일까요? 그건 아마 내가 한 번도 그 방을 본 적이 없기 때문이겠죠. 당신은 어렸을 때부터 줄곧 그 방에서만 살았다고 했습니다. 언제 한 번 당신의 가족들이 집에 없을 때 함께 그 방을 구경하러 갈 생각이었지요. 매번 깜박 잊어버리고 말았지만요. 사실 그때는 언제든 당신의 집에 놀러 갈 수 있다고 생각했었으니까요. 그래서일까요? 가끔 당신의 방이 어떤 모습일까 궁금하곤 했습니다. 당신이 쪼그려 앉아 책을 보곤 했다는 방구석이며, 오래된 참나무 옷장과 풀빛이 우중충하게 시들어 버린 연두색 벽지, 당신이 종종 말하곤 했던 고양이 울음소리를 낸다는 녹슨 문손잡이까지. 예전에 그 방은 그저 작고 평범한 방에 지나지 않았는데, 당신과 헤어지고 나자 서글프게도 그건 내가 잃어버린 삶의 풍경이, 한때 내가 살았지만 이젠 더이상 살 수 없는 그런 공간이 된 것만 같습니다. 그래서 가끔 당신의 동네까지 다녀오곤 했지요. 우리가 전세방을 얻기 전 자주 타곤 했던 그 3번 마을버스를 타고 말이죠. 그러고 보니 이제 곧 당신도 그 방을 떠나겠군요. 문화 유적 답사 커뮤니티 게시판에 있는 글을 읽고 알았습니다. 당신이 다음 달에 결혼을 하고 남편을 따라 영국 런던으로 떠난다는 얘기를 누군가 써 놓았더군요. 당신의 결혼식 장소도 있었지만 나는 가보지 않기로 했습니다. 당신이 불편하게 생각할 테니까요. 하지만 그 전에 한 번쯤 만나고 싶다는 생각은 했었지요. 그래서 지난주 답사에 나갔던 겁니다. 아무래도 많은 사람들과 섞여 있다 보면 몇 마디 말을 건네도 자연스럽지 않을까 생각했습니다. 예를 들어 안부나 결혼 축하 인사 정도는 말이지요.

글쎄요, 그날 당신이 오지 않을 거라곤 미처 생각을 못했던 것 같습니다. 언제나 매달 잊지 않고 답사를 나가던 당신이었으니까요. 나하고 헤어지고도 당신은 줄곧 답사를 다닌 걸로 알고 있습니다. 아마 게시판에 참석 의사를 밝힌 사람들의 명단에서 내 이름을 발견했겠지요. 당신이 오지 않는다는 걸 알았을 때 난 그냥 버스에서 내리고 싶었습니다. 이젠 별로 흥미도 없는 답사 모임에 참석해서, 그다지 친하지도 않은 사람들과 부여까지 내려가 하룻밤을 자고 온다는 게 갑자기 끔찍하게 느껴지더군요. 솔직히 당신이 아니라면 내가 인터넷 모임에 가입할 이유 같은 건 없었을 겁니다. 순전히 당신의 성화에 못 이겨 울며 겨자 먹기로 활동을 시작한 커뮤니티였으니까요. 그래도 당신과 함께 유적지를 돌아다닐 땐, 주변에 언제나 사람들이 북적이고 있었지만, 둘이 소풍을 가는 듯해서 좋았습니다. 생각해보니 정말 많은 장소들을 당신과 함께 다녔더군요. 좋았던 장소는 나중에 우리 둘이 따로 간 적도 있었습니다. 당신은 주로 신라 시대 유적과 탑 양식을 좋아했지요. 경주의 산속에 숨은 불상들을 뒤지고 다니던 날들이 떠오릅니다. 천천히, 한 포기 한 포기 걸음을 땅바닥에 심으며 가을 햇살 속을 아른거리던 일들도, 신라 예술의 아름다움에 대해 진지하게 설명을 해주던 당신의 얼굴도.

부여까지 가는 길은 길고 지루했습니다. 충혈된 안구가 아팠고 자주 입을 벌리고 졸았습니다. 간밤에 제대로 잠을 자지 못한 탓이지요. 당신을 한 번 정도는 보고 싶었지만 막상 갈 생각을 하니 용기가 나지 않더군요. 날은 또 어찌나 춥던지 햇살은 바짝 야위었고 바람은 살을 에는 듯했습니다. 서울역 광장의 아침은 쓸쓸하더군요. 도로가에 주차된 버스 주변에 사람들이 모여 있었습니다. 오랜만에 보는 얼굴들은 사교적인 친절로 무뚝뚝했습니다. 나는 멀찌감치 떨어져 당신이 오기를 기다렸지요. 사람들은 다소 호들갑스럽게 그들의 연대감을 과장하듯 얼어붙은 날씨에도 수다를 떨며 씩씩해 보이더군요. 그들은 모두 금세 나를 잊어버린 것 같았습니다. 나는 왠지 뻘쭘하고 민망해져 그냥 집에 돌아갈까 생각하다가 갑자기 요의가 느껴져 서울역 화장실에 들어가 소변을 보았습니다. 그리고 돌아왔을 때 버스가 출발하려 했고 나는 허둥지둥 올라탔지요. 그렇게 버스가 출발하고 나서야 당신이 오지 않았다는 걸 알았습니다. 까페지기가 답사 일정을 얘기하면서 당신은 결혼 준비로 참석하지 못했다는 말을 덧붙이더군요. 순간 짜증이 치밀어오르며 버스에서 내리고 싶은 마음이 굴뚝같았습니다. 내가 덜 소심했다면 아마 버스를 세워달라고 했겠지만, 그러지 못했고 침울한 얼굴로 창밖만 쳐다보았지요. 고속도로는 언제나 비슷한 풍경을 지니고 있어서 작년 겨울 당신과 함께 답사를 다니던 날들과 다를 바 없는 풍경 속을 달렸습니다. 기만적으로 아름다운 풍경이었습니다. 차갑고, 꽁꽁 얼어붙은, 을씨년스럽게 쏟아지던 정오의 눈부신 햇살. 그리고 몸을 움츠린 채 시들어버린 고적한 들판과 산들의 황폐한 우수. 나는 창턱에 고개를 대고 창문의 차가운 풍경 속에서 꾸벅꾸벅 졸았습니다. 그러다 문득 당신을 처음 만났던 때가 떠올랐지요. 여름이었고 잠비가 내리곤 하던 무렵이었습니다. 그 학원에 다니기 시작한 지 불과 한 달도 되지 않았을 때 나는 자전거를 타고 출근하다가 엄청난 소나기를 만났습니다. 우린 둘 다 파트타임 강사라서 수요일에만 서로 얼굴을 볼 수 있었는데 하필이면 그날 오후 내가 온몸이 젖은 채로 학원에 들어섰지요. 자전거를 타고 집 밖을 나설 때만 해도 해가 쨍쨍했었는데, 학원에 거의 도착해서 갑자기 쏟아진 비로 어쩔 도리가 없었습니다. 축 젖은 바지를 털면서 들어오는 나의 모습을 보고 선생들과 학생들은 신난 얼굴로 경악했지요. 어떤 녀석들은 자신도 옷을 적시고 오겠다며 학원 문밖을 나서기도 했습니다. 덕분에 원장 선생에게 호되게 욕을 먹었던 일이 생각납니다. 그날 경악한 선생들 중에 당신도 있었습니다. 정말 그날의 모습은 내가 봐도 초라하고 궁상맞기 그지없었는데, 글쎄 나중에 시간이 지나고 당신이 한 얘기는 달랐지요. 당신은 그날 처음으로 내게 반했다고 했습니다. 다른 여선생들은 모두 궁상맞은 인간이라고 생각했는데 말이죠. 사실 그날 화장실에서 수학과 영어 선생이 비 맞은 내 몰골에 대해 뒷담화를 하는 걸 들었었거든요. 그런데 어째서 당신은 그렇게 생각하지 않았던 것일까요. 어떻게 다른 여선생들과 다르게 보았던 것일까요. 내가 아무래도 바보 같은 생각을 하고 있는 거겠지요. 당연히 사랑에 빠지면 다르게 보이는 것일 테니까요. 그런데도 난 우리가 헤어지고 나서 한동안 그 일이 이해가 되지 않았습니다. 우리가 헤어질 무렵 당신은 내게 이런 말을 한 적이 있지요. 아무래도 내가 처음에 생각했던 사람과 많이 다른 사람인 것 같아. 당신은 비에 젖은 내 모습을 좋아할 무렵 내가 수염을 깎지 않고 다니는 모습도 좋아했습니다. 그게 일부러 수염을 기르기 위해 그런다고 생각한 것이지요. 나중에 당신은 내가 수염을 깎지 않고 있으면 버럭 짜증을 내면서 좀 사람이 궁상맞아 보이니깐 깔끔하게 면도 좀 하라고 성화를 부리곤 했습니다. 우산을 갖고 나가지 않았다가 비를 맞고 돌아와도 똑같은 소리를 했지요. 이미 우리가 헤어질 때 충분히 서로를 할퀴었으니 당신에게 이제 와서 뭐라고 하려는 건 아닙니다. 그날 비가 내렸을 때 우리가 만나지 않았다면 아마 우린 연인이 되는 일도 없었겠지요. 그날 내가 젖지 않았다면, 그래서 당신이 내 비에 젖은 얼굴이 매력적이라고 생각하지 않았다면, 혹시 다른 선생들처럼 평범한 추레함을 볼 수 있었다면… 그날 내 몰골은 누가 봐도 초라하고 궁상맞은 것이었습니다. 입성 또한 촌스럽고 누추했지요. 그러니 거기에 비에 젖은 로맨틱한 남자 따위는 없었던 겁니다. 사실 다른 선생들이 본 내 모습이 보다 객관적인, 이렇게 말할 수 있다면요, 그다지 틀리지 않은 모습이었을 겁니다. 하지만 어째서 당신은 보지 못했던 것일까요? 무엇이 그들이 본 것과 다른 모습을 보게 했던 것일까요? 그리고 시간이 지난 후에 당신은 어떻게 결국 다른 선생들과 똑같은 모습을 보게 된 것일까요? 어쩌면 그 발견의 여정이 사랑이 시작해서 소멸해 가는 과정이겠지요. 그러나 엄밀히 말하면 당신이 비에 젖은 모습을 보던 그 순간이 바로 사랑이 시작한 순간이었으므로, 사랑이 다른 걸 보게 했던 그 직접적인 원인은 아니었을 겁니다. 그리고 결국 같은 모습을 싫어하게 되었으므로 어쩌면 취향의 문제도 아닐지 모릅니다. 우린 약 십 개월을 사랑했습니다. 당신, 그들과 같은 모습을 보기까지 어째서 그리 긴 시간이 걸렸나요? 사람들은 말하지요. 고작 십 개월이라니. 너무 빨리 사랑이 식었다고. 그건 너무 짧은 시간이라고. 하지만 우리가 서로에게서 다른 사람들이 보는 것 같은 무미건조한 얼굴을 발견하기까지 걸린 시간이라면, 십 개월은 충분히 긴 시간이었습니다. 너무 오랜 시간이었습니다.

여정은 갑사에서 시작되었습니다. 가을 단풍이 아름답다는 갑사. 꿈에 금빛으로 반짝이는 사람과 우유처럼 하얀 말이 나타나 천축의 신표를 건네주면서 창건되었다는 계룡산 자락에 깊이 숨어 있는 고찰. 졸린 눈을 비벼 뜨니 갑사 매표소 앞 공터였습니다. 사람들은 기지개를 켜며 내렸습니다. 겨울 햇살이 바람에 날리고 있었습니다. 일주문을 지나 대웅전으로 들어가는 길은 뭐라고 할까요, 태고의 고통스런 몽환으로 들어가는 입구인 것만 같았습니다. 대개의 유명한 사찰에는 또한 가람으로 들어가는 유명한 길들이 있지요. 이를테면 부석사의 은행나무 길, 월정사의 단아한 전나무길, 그리고 쌍계사의 화려하고 아리따운 벚꽃 길 같은. 그런데 갑사의 길은 많이 달랐습니다. 한 마디로 멋대로 자라난 나무숲이 정교한 무질서로 길게 뻗은 보도를 감싸고 있었지요. 기괴한 형상으로 하늘을 뒤덮고 있는 나뭇가지들의 광활한 천장, 마치 고통을 받고 있다는 듯이, 오랫동안 벌을 받아서 팔이 굽고 또 굽었다는 듯이, 온갖 수종의 나무들은 비틀린 줄기와 가지를 뻗어 하늘을 더듬고 있었습니다. 언젠가 당신은 말했었지요. 생각만으로 이해하자면 세상에 이해할 수 없는 건 없다고. 생각만으로 살아간다면 성인이 될 수도 있을 거라고. 다만 용납할 수 없어 서글픈 것뿐이라고.

갑사로 들어가는 길은 내내 제멋대로 자라난 어지러운 나무숲이 펼쳐져 있었습니다. 한참을 사람들의 꽁무니를 쫓아, 나는 그 길을 걸어갔습니다. 노력하자면, 세상에 결코 이해할 수 없는 건 없다고 중얼거리면서.

일주일 전이었던가요. 동희 어머니에게서 전화가 왔었습니다. 제가 가끔 동희 얘기를 한 적이 있지요. 삼 년 전에 죽은 대학 시절 친구라고요. 나이 서른 중반이 되도록 시를 썼지만 등단을 하지 못하고 죽었습니다. 까맣게 잊고 있었는데 기일이라고 하시더군요. 다른 친구들은 어쨌는지 모르지만 저는 가지 못했습니다. 아니 가기 싫었다고 말해야 옳겠군요. 무슨 특별한 이유가 있었던 건 아닙니다. 그날 학원 강의가 있었고, 물론 사정을 말하고 빠질 수도 있었지만, 왠지 인천까지 가는 길이 번거롭고 귀찮아서 가지 않았을 뿐이지요. 우린 인천에서 대학을 다녔습니다. 그는 동인천 출신이었지요. 대학 시절 그 누구보다 시를 열심히 쓰던 친구였습니다. 그리고 학문에 대한 열정이 대단해서 하루 종일 도서관에 파묻혀 오만가지 책들을 읽곤 했지요. 철학부터 난해하기 그지없는 경제학을 지나 생물학에 이르기까지. 동희는 꼬박꼬박 도서관을 헤매고 다니며 호들갑스러운 희열에 차서 책장을 정성스레 넘기곤 했습니다. 그러곤 밤이 되면 뿌듯한 표정으로 신이 나서 어깨를 들썩이며 술자리에 나타나서는, 무척 대단한 노동을 하고 왔다는 듯이 맥주를 벌컥벌컥 들이키곤 했지요. 하늘을 향해 두 팔을 활짝 벌렸다가 아이처럼 양손을 가슴에 모으곤 짝짝짝 박수를 치며 세상엔 너무 천재들이 많아! 라고 감탄사를 연발하기도 했습니다. 곰처럼 산만한 덩치를 요란스럽게 흔들어대면서. 그러다가 갑자기 무슨 숭고한 비밀을 잔뜩 머릿속에 담아 두어 간지럽다는 듯이 마구 비듬을 털어댔습니다. 그리고 그걸 꼼꼼하게 모아 친구들에게 후후 정신의 양식이라며 골고루 불어주곤 했지요. 천진하게, 아주 천진난만하게 웃으면서. 언젠가 동희가 도서관을 빵집이라고 불렀던 게 생각납니다. 서가에 가득 차 있는 책들을 둘러보며 이건 단팥빵, 크림빵, 설탕 꽈배기, 밤식빵, 응, 그건 슈크림 빵이야, 저기 있는 크고 두툼한 양장을 하고 있는 건 음…… 그러니깐 저건 말하자면 삼단 케이크!

졸업을 하고도 동희는 도서관을 오가며 책을 보고 시를 썼습니다. 집안 형편이 그다지 어렵지 않았기 때문에 간간이 막노동을 나가 용돈 벌이를 하는 것만으로 한동안 그렇게 살 수 있었지요. 순수하게 철학을 공부하고 싶은 마음에 대학원에 들어가기도 했습니다. 석사 학위를 따고선 막스 베버에 대한 열정에 빠져 다른 대학원에 들어가 사회학을 배우기도 했지요. 또 주말에는 미술사나 건축사를 배운다며 무슨 사설강좌 같은 데를 다니기도 했습니다. 그리고 밤이 되면 머리를 긁적이며 새벽까지 책상에 앉아 시를 썼습니다. 무려 십오 년간 한 치의 흔들림도 없이 그런 생활을 했지요. 하지만 그럼에도 결국 등단은 하지 못하고 죽었습니다. 여러 차례 문학잡지에 본선까지 올라간 적은 있으나 매번 시적 형식에 대한 이해가 부족하다는 평을 듣고 떨어졌습니다. 신춘은 단 한 번도 예선 자체를 통과해본 적이 없었습니다. 처음엔 그다지 등단에 대해 연연해 하는 것 같지도 않았습니다. 하지만 서른 살이 되던 무렵 아버지가 지병을 앓다가 돌아가시고, 갑자기 집안 형편이 어려워지자 동희는 등단에 대한 초조한 열망에 빠지기 시작했습니다. 그렇게 오래 시를 써 왔는데도 생전 보지 않던 신춘문예 등단 선집을 찾아보질 않나, 여름부터 신춘용 시를 맞춰 쓴다고 근 일 년 간을 호들갑을 떨며 다니기도 했지요. 아마 그 무렵부터였을 겁니다. 동희가 낯선 사람들이 있는 자리에 좀처럼 나타나지 않기 시작한 것이. 이유는 간단했습니다. 자신은 분명 시인이라고 생각하며 살아왔는데, 어느 날 문득 사회적으로는 결코 시인이 아니란 사실을 깨달은 것이지요. 새로운 사람을 만나는 자리에서 무슨 일을 하세요? 란 질문을 받으면 동희는 좀처럼 융통성을 발휘해서 대충 둘러대지를 못했습니다. 항상 고집스럽게 시인입니다, 라고 말했지요. 하지만 그러고선 상대방이 등단에 대해 물어보지나 않을까 죄를 지은 사람처럼 노심초사하며 얼굴을 붉히곤 했습니다. 자신은 결코 사기를 친 게 아닌데 왠지 거짓말을 하고 사기를 친 것만 같은, 어리둥절하고 굴욕적인 자의식에 빠져 불안해했던 것이지요. 그러다가 정말 상대방이 언제 등단하셨어요? 라고 물어보면 애써 자존심을 지키려는 듯 짐짓 태연하게 아직 등단은 하지 못했습니다, 라고 말하고선 주눅 든 미소를 지어 보이며 슬그머니 상대방의 눈치를 살피곤 했습니다. 결국 자신은 사회적으로 아무런 효용성도 없는 인간이란 생각이 자꾸 든다고 하더군요. 어쩔 땐 지식으로 가득 찬 벌레가 되어 하릴없이 꿈틀거리고 다닌다는 생각에 자괴감이 느껴진다고 했습니다. 예전엔 한 번도 그런 생각을 한 적이 없는데, 시를 쓴다고 새벽까지 책상에 앉아 있다 보면 늙으신 어머니가 일어나 밥 짓는 소리가 들려온다고, 무릎이 편치 않으셔서 절뚝거리며 걷는 소리가 쿵쿵 울리며 자신의 발바닥을 시리게 한다고요. 동희는 늦둥이 외아들이었습니다. 그가 대학교에 들어갔을 때 어머니는 이미 환갑을 넘기셨죠. 일생을 농사밖에 모르고 사신 분이었습니다. 아들에 대한 믿음이 대단

하셔서 아들이 곧 박사가 될 거라며 무척 좋아하셨지요. 어머닌 대학원을 나오면 다 박사가 되는 줄 알고 계셨습니다. 그리곤 좋은 데에 금세 취직할 거라고 굳게 믿고 계셨지요. 아버지가 병원비로 재산을 탕진하고 돌아가시고 나자 동희는 취직을 하지 않을 수 없었습니다. 그런데 차마 도서관을 다니며 책을 읽고 시를 쓰는 생활을 포기할 순 없었나 봅니다. 그래서 나와 함께 학원에서 파트타임으로 강사 생활을 시작했는데 몇 달이 지나지 않아 그만 잘리고 말았습니다. 다른 학원들을 전전해 봐도 결과는 늘 마찬가지였지요. 지나치게 감상에 빠지기 쉬운 성격이 문제였습니다. 수업 시간에 국어를 가르치다가 뜬금없이 프루스트의 문장을 읽어주거나, 베르그송의 철학을 쉽게 풀어 설명해 준다고 쓸데없이 진땀을 빼곤 했습니다. 그러다 자신의 어이없는 행동에 충격을 받았다는 듯이 갑자기 아이들에 대한 수치심과 미안함에 사로잡혀서는 사실 자신은 경력이 없는 선생이라고 고백을 하고 말았지요. 너희가 배우는 이런 건 진짜 교육이 아니지만, 이런 무한 경쟁의 사회에서 진짜 교육이 꼭 필요한진 모르겠다고, 하지만 고생하는 너희들을 보고 있으니 연민이 느껴진다구, 어쩌구 하다가 아이들에게 바보 취급을 받고 왕따를 당하기 일쑤였습니다. 학부모들에게 전화가 빗발치고 원장은 혀를 끌끌 차며 동희를 내쫓았지요. 아이들이 종종 내게 와서 말하더군요. 선생님도 가끔 느끼한 소리를 하는데, 동희 선생님이 분위기를 잡고 이상한 소리를 하면 완전 버터가 줄줄 흐른다고 말이지요. 그렇다고 동희가 자신만의 세계에 갇혀 사는 그런 독선적인 몽상가인 건 아니었습니다. 오히려 지나칠 정도로 신중하고 합리적인 사고방식에 집착하는 사람이었지요. 그래서 함부로 타인의 삶을 비판하는 경우가 없었습니다. 언제나 주눅에 가까운 공손한 예의와 연민을 지니고 있어서 도리어 손해를 보는 경우가 많았지요. 공부를 하면 할수록 사회를 비판하긴 쉬워도 피와 살로 내 앞에 존재하는 인간의 삶을 비판하긴 어렵다고, 삶은 너무 복합적이어서 알고 보면 도대체 모든 인간들 각자에겐 우리가 존중하지 않을 수 없는 가치란 게 있다고, 그게 살아가는 데 있어 가장 슬프고 무서운 일이라고, 적어도 자신에겐 그렇다고 말했던 게 생각납니다. 그러고 보니 그는 단순히 용기가 없는 무기력한 사람이었는지도 모르겠습니다. 어떤 결단도 제대로 내리지 못하는 그런 사람 말이지요. 그리고 정말 지독하게 현실 감각이 없었던 것인지도요. 매번 그가 학원에서 잘렸다고 원장이나 학부모를 탓할 수 있겠습니까? 내가 원장이었어도 동희를 자를 수밖에 없었을 겁니다. 그리고 내가 동희의 친구가 아니었다면 나 역시 그를 바보라고 생각했겠지요. 그러니 사실 내가 바보라고 생각하지 않은 건 동희가 아니라 동희의 삶이었는지도 모르겠습니다. 연민을 지니고 찬찬히 들여다본다면, 세상에 삶 자체가 바보인 사람은 없을 테니까요.

  동희는 2년 동안 학원을 전전하고 다녔습니다. 그러다 결국 다시 막노동을 나가는 생활로 돌아갔지요. 그나마 다행히 집이 있고 출가를 한 누님들이 가끔 생활비를 보태 주어 그럭저럭 입에 풀칠은 할 수 있었습니다. 때로 새벽에 내게 전화를 해서 넋두리를 하는 고약한 버릇이 생기긴 했지만, 특별히 옛날과 달라진 건 없었습니다. 여전히 열심히 도서관을 다녔고 때때로 주말이면 서울에 올라와 친구들을 만나 여관에서 새벽까지 함께 술을 먹었습니다. 언제나 여관 바닥을 탕탕 두들겨대며 연극적인 어조로 준엄하게 잔소리를 늘어놓았죠. 거창하게 무슨 몽상이 합리를 부정하지 않고, 합리가 몽상을 해치지 않는 정신들을 지니고 살아라! 어쩌구 하다가, 안 그래도 사는 게 피곤해 죽겠는데 속편한 소리 한다고 친구들에게 욕을 바가지로 얻어먹기도 했습니다. 그러면 갑자기 깜짝 놀란 얼굴로 주위를 두리번거리며 어째서 아직까지 안 자고들 있냐고, 얼른얼른 자라고 술에 취해 엉뚱한 소리를 해댔지요. 게슴츠레한 눈빛으로 관대하게 고개를 끄덕이며 괜찮다고, 여전히 자기 곁에 남아 있어줘서 고맙다고, 그러니 다 이해할 수 있다고 중얼거리며, 술병이 널린 방바닥을 한 번 쓸어내고는 둔해 빠진 곰처럼 철버덕 엎드려 잠이 들곤 했습니다. 동희가 죽던 날도 그런 날들 중 하루였습니다. 다음 날 아침에 수업이 있어서 나는 그날 술자리에 가지 못했었지요. 새벽에 동희에게서 전화가 걸려왔습니다. 우린 두 시간 정도 통화를 했는데 그게 우리가 나눈 마지막 대화였습니다. 수화기에서 바람 소리가 흘러나왔고 간간이 개 짖는 소리가 들리더군요. 동희는 추위에 벌벌 떨며, 거의 격분해서 비통한 어조로 횡설수설 말했습니다. 자신은 지금 히말라야에서 내려오는 중이라고, 사랑하는 친구들과 히말라야에 놀러 갔다가 자신만 살아남아 내려오고 있다고. 나는 미간을 찌푸렸습니다. 매번 술만 먹으면 감상에 젖어 치기 어린 넋두리를 늘어놓곤 했으니까요. 그날 새벽 동희는 친구들과 싸우고 여관을 나와 피씨방을 찾아 봉천동 골목길을 헤매고 다녔습니다. 그런데 히말라야라니, 무슨 난데없는 히말라야란 말입니까. 전화를 끊고 동희는 히말라야가 아닌, 신림동 관악산에 올라갔습니다. 그리고 거기서 얼어 죽었습니다.

밤이 내리자 계룡산 기슭에 자리 잡은 민박집은 캄캄한 적막에 빠졌습니다. 그 두터운 적막 속에서 사람들은 둥글게 모여 앉아 술을 마셨습니다. 당신 없이 그들과 함께 하는 술자리는 불편하고 우울하더군요. 낮에 답사를 다닐 때는 그런대로 어색하지 않게 시간을 보낼 수 있었습니다. 그저 아무 말 하지 않고 묵묵히 일행을 쫓아다니기만 하면 됐으니까요. 사실 답사 일정도 제대로 모르고 무작정 따라온지라 부여로 가는 줄만 알았는데 일행이 그날 둘러본 곳은 공주 일대였습니다. 부여는 다음 날 간다고 하더군요. 갑사 인근 계룡산 자락에 위치한 민박집에 여장을 푼 후 일행은 바로 공주 시내로 이동했습니다. 백제 중기 웅진시대의 유적들을 둘러보기 위해서였죠. 당시엔 웅진성이라고 불렸다던 공산성을 둘러보고 공주 박물관을 거쳐 무령왕릉 등지로 돌아다녔습니다. 백제가 부여로 마지막 천도를 하기 전 두 번째로 터를 잡았다던 공주, 하지만 당시의 흔적은 전혀 남아 있지 않고 공주는 한국의 여느 도시와 다를 바 없이 시멘트 건물과 아파트 단지, 그리고 요란한 간판들뿐이었습니다. 얼핏 보면 시내 한복판에 자리 잡은 공산성처럼 백제 시대로 돌아가는 성벽이 남아 있는 듯하지만, 엄밀하게 말하자면 공산성은 수십 차례 보수하고 개축한, 심지어 시대적 상황에 따라 여러 번 이름이 바뀌었던 성이지요. 백제 땐 웅진성으로 불리다가, 고려 시대에 들어 처음 공산성으로 불리기 시작했고 조선 시대 병자호란 이후로 쌍수산성이 되었다가, 현대에 들어 다시 공산성으로 불리기 시작했습니다. 그러니 공산성은 백제의 공간이라기보다는, 그 시절 한때 백제가 존재했었던 공간인 것이지요. 어쩌면 성벽이 시간 속을 유목하고 있다는 듯이, 천오백 년 전 백제를 떠나 수없이 많은 세월을 유랑하고 있다는 듯이, 지금은 여행자들이 한가롭게 거니는 역사 공원의 얼굴을 하고 있는 것처럼, 한때는 전쟁이, 또 한 때는 폐허가, 그리고 또한 사람들의 삶이 이곳에 머물다 갔을 것입니다. 우린 해가 질 때까지 공주를 돌아다녔습니다. 백제는 떠나고, 백제가 머물렀던 공간에 쏟아지는 겨울 햇살 속을… 땅 밑에 숨어 있었다는 듯이 갑자기 바람이 길바닥을 쓸며 불어오곤 했습니다. 사람들은 어깨를 움츠리고 걸어 다녔지요. 고개를 두리번거리며 차갑게 얼어붙은 백제의 환영을 보고 다녔습니다. 그리고 어둑해지는 국도를 따라 다시 갑사 인근 민박집으로 돌아왔지요. 조를 나눠 저녁을 지어 먹고 둥그렇게 모여 앉아 술을 마셨습니다. 그때부터 마음이 다시 불편해지기 시작하더군요. 솔직히 그냥 돌아갈 수도 있었습니다. 좀 뻔뻔한 행동이지만, 갑자기 사정이 생겼다고 말하고 언제든지 짐을 챙겨 서울로 떠날 수도 있었습니다. 하지만 그러지 못했죠. 좀처럼 직설적으로 대놓고 말을 하지 못하는 성격 탓이기도 했지만, 왠지 떠나고 싶지 않았습니다. 전혀

정이 들지 않은 곳임에도, 어쨌든 문화유적 답사회는 한때 내가 당신과 함께 했던 곳이니까요. 이제 이곳을 떠나면 다시 돌아올 수 없을 테니까요. 그리고 사람들 역시 그다지 나를 불편하게 대하는 것 같진 않았습니다. 지난 1년간 모습을 보이지 않다가 당신이 결혼을 곧 앞둔 시점에 불쑥 나타난 내가 충분히 불편했을 텐데도, 그들은 별반 다른 회원들과 다를 바 없이 내게 사무적인 친절과 상냥함을 보여주었습니다. 그리고 한동안 모습을 보이지 않았더니 새로 보는 얼굴들도 꽤 있더군요. 심지어 운영진들도 많이 바뀌어 있었습니다. 그래서 그나마 조금 어색함을 덜 수 있었습니다. 방은 여덟 평 남짓한 평범한 방이었는데, 사위가 적막해서 그런지 유난히 사람들 목소리가 명백한 환청처럼 방 안에 울리더군요. 방이 어둠에 파묻혀 악기의 공명통이 되었다는 듯이. 그래서 지금 사람들의 이야기가 캄캄한 산속으로 메아리처럼 퍼지고 있다는 듯이. 나는 입술에 종이컵을 대고 잘근잘근 씹으며 미지근한 맥주를 마셨습니다. 무심결에 당신이 무척이나 싫어하던 버릇이란 게 생각나서 마음이 쓸쓸하더군요. 그러곤 사람들의 이야기를 들었습니다. 그날 오후에 둘러본 백제 문화에 대해서 말들을 하더군요. 마치 교회에서 하는 간증을 듣고 있는 것만 같았습니다. 그전까진 백제 문화가 초라하고 볼품없다고 생각했는데, 결코 그렇지 않고 섬세함과 소박함이 어우러진 세련된 문화란 걸 알게 되었다고, 신입회원으로 보이는 한 여자가 다소 겸손한 어조로 말하자 사람들이 모두 고개를 끄덕였고, 운영진 중 한 명이 그에 대한 답례라도 하듯 백제 문화의 우수성에 대해 몇 마디 말을 덧붙였습니다. 그러다가 백제가 일본 문화의 뿌리가 아니냐는 이야기도 나왔지요. 일본 문화가 오래전부터 유럽에서 각광을 받아 왔지만 사실 알고 보면 백제가 일본 문화의 진정한 원류라는 게 대체로 사람들의 공통적인 생각인 듯했습니다. 낮에 공주박물관에서 까페지기가 백제는 중국 남북조 시대의 영향을 받았지만 그걸 더 아름답게 독창적으로 승화시켰다고 말했던 게 생각나더군요. 한 마디로 좀 어이가 없었습니다. 어째서 일본은 그렇지 않은데, 백제만 더 아름답게 승화시킨 것이냐고 따져 묻고 싶었지만, 당연히 그럴 수 없었고 나는 고개를 숙인 채 몇 번 눈썹만 찌푸렸습니다. 당신은 말하겠지요. 그건 내가 너무 오만하기 때문이라고, 자기만 옳은 줄 알고 다른 사람들은 다 무시하는 성격 때문에 모든 걸 삐딱하게 받아들이는 거라고. 처음 우리가 만나던 무렵 당신은 내가 답사를 가길 원했던 만큼이나 당신이 사랑하는 사람들과 친해지길 바랐습니다. 그러나 나는 그러지 못했지요. 내가 특별히 사람들을 싫어했기 때문은 아닙니다. 사실 내가 그들을 싫어할 이유 같은 건 없었으니까요. 다만 그들의 어떤 면이 불편했고 받아들일 수 없었을 뿐이지요. 특히 그들의 과장된 민족애와 문화유산에 대한 호들갑스런 감탄은 늘 나를 거북하게 만들었습니다. 일단 그들과 원만하게 답사를 하기 위해선 우리 문화유적에 대한 예비된 공감과 당연한 감동이 필요한 것만 같았습니다. 우리 문화유산은 마땅히 위대하다란 생각에 암묵적으로 동의해야할 것만 같았구요. 사실 당신에게 이미 숱하게 말한 적이 있었지요. 매번 답사를 하고 돌아올 때마다 속 좁게 짜증을 내며 불만을 털어놓곤 했었으니까요. 그때마다 당신은 원망스런 눈빛으로 나를 돌아보며 서운한 기색을 감추지 않았습니다. 그들은 단지 우리 문화를 사랑하는 착하고 소박한 사람들일 뿐이라고 주저하며 말하기도 했지요. 자기만 혼자 고상하고 다른 사람들은 다 속물이냐고 언성을 높이며 화를 낼 때도 있었습니다. 지금 생각해 보면, 당신이 그토록 오래 알고 지낸 사람들인데, 내가 굳이 그렇게까지 비판할 필요는 없었다는 생각이 듭니다. 참으로 눈치 없이 당신의 기분은 전혀 생각지도 않고서 말이죠. 하지만 당신, 어떻게 해도 나는 결국 그들과 친해질 수 없었을 겁니다. 아무리 애를 써도 어울릴 수 없는 사람들이 있는 법이니까요. 그냥 함께 있는 것만으로 어색하고 불편한 그런 관계가 말이죠. 당신이 말했던 것처럼 머리로 이해할 수 있어도 마음으론 받아들일 수 없는 일들이 있으니까요. 당신 역시 속으론 내 친구들을 그다지 좋아하지 않았던 것처럼. 아마도 철없는 사람들이라고 생각했을 테지요. 일견 그런 면들이 없었던 건 아니니깐, 나이를 먹고도 여전히 괄괄한 성격으로 자기주장이 강한 모습들을 보면서 당신은 눈살을 찌푸리곤 했습니다. 물론 이제 와서 이런 기억들이나 들추자고 편지를 쓰는 건 아닙니다. 이제는 모두 돌이킬 수 없는 일들이 되었으니까요. 하지만 어째서일까요? 어째서 우린 머리론 이해할 수 있는데, 마음으론 용납할 수 없는 것일까요? 마치 우리가 전혀 다른 자연계에 속해 있어서 상대방을 겨우 납득할 순 있지만, 그곳에서 함께 어울려 살아갈 순 없는 것처럼, 우린 서로의 삶에 속한 사람들을 이해할 순 있어도 그들이 살아가는 방식이 아름답다고 느낄 순 없었습니다. 지난 몇 년간 당신은 문화 유적회 사람들과 살다시피 어울려 다녔다고 했지요. 매달 그들과 함께 숱한 유적지를 돌아다녔고 주말이면 만나 영화를 보고 술을 마셨습니다. 그 사이에 나는 이해할 수 없는 많은 시간들이 당신의 삶으로 스며들어가 농염한 사리처럼 맑고 단단한 기억의 결정을 이루어겠지요. 나도 그랬다면, 나도 일찍 당신을 만나 그들과 함께 시간을 보낼 수 있었다면, 당신처럼 그 시간들이 내 몸속으로 들어와 아름다운 사리가 되었을까요. 나도 그들을 아름답다고 생각할 수 있었을까요. 당신, 동희는 삼년 전에 죽었습니다. 당신은 동희를 한 번도 만난 적이 없지요. 아마 당신은 동희를 좋아하지 않았을 겁니다. 철없고 무능한 사람이라, 노력해도 좀처럼 이해할 수 없었을지도 모르지요. 하지만 당신이 동희를 대학 시절 만날 수 있었다면, 어쩌면 그때 내가 그와 함께 한 시간들을 당신이 보낼 수 있었다면, 지금 나처럼 동희는 아름다운 사람이었다고 생각할 수 있었을까요? 아마 그렇지 않았을 겁니다. 오래전에도 동희는 다른 사람이었던 적이 없었으니까요. 당신이 그 시절 동희를 만났다 해도, 전혀 이질적인 사람들이 한자리에 어울려 있는 것처럼, 그건 전혀 다른 삶의 공간들이 어색하게 공존해 있는 것에 지나지 않았을 테니까요. 그러니 내가 조금 일찍 당신의 친구들을 알았다 해도, 그들은 여전히 내게 낯선 사람으로 남아 있겠지요. 내가 당신처럼 그들을 아름답게 생각할 수 있는 가능성이란, 아예 처음부터 없었던 것인지도 모릅니다. 그런데 어째서일까요? 당신이 만난 그들의 아름다움은 도대체 어디에서 왔고, 나는 어디에서 동희의 아름다운 얼굴을 보았던 것일까요? 우린 어디로 가야 서로가 사랑하는 세계의 아름다움을 만날 수 있는 것일까요? 당신, 그날 새벽 동희는 전화를 끊고 관악산에 올라갔습니다. 내게 피씨방을 찾았다고, 이젠 따뜻한 피씨방에 앉아 있다가 첫차를 타고 내려갈 거라고, 근데 배가 고프니 잠시 밥을 먹어야겠다고 말하고선, 그는 술에 취해 관악산으로 갔고, 서리가 이내처럼 흐르는 호수 공원을 지나갔습니다. 호수 공원에 서서 보면 계곡 저편으로 안개에 젖은 무너미 고개가 보이지요. 동희는 그 고개를 향해 산길을 올라갔습니다.

사실 그날 동희는 본래 신촌에 갔어야 했습니다. 주말이면 친구들은 언제나 신촌에서 만나곤 했었으니까요. 보통 술집에서 1차를 하고 맥주를 잔뜩 사서 일찍감치 여관에 들어가는 게 순서였습니다. 그러곤 새벽에 함께 널브러져 잠이 들었지요. 대학 시절 친구들 자취방에 몰려가 새벽까지 요란하게 떠들며 술을 먹던 추억을 좀처럼 잊지 못하는 녀석들이었습니다. 하지만 웬만한 여관들은 보통 그런 손님들을 받으려 하지 않습니다. 그것도 주말에 술에 취해 단체로 몰려간다면 말이지요. 까닭에 우린 언제나 가는 단골 여관이 있었습니다. 신촌에서 술을 먹고 택시를 타고 몰려가던 아현동 골목길에 자리 잡은 거의 여인숙에 가까운 여관이지요. 그런데 그날 그들은 그곳으로 가지 않았습니다. 이젠 더이상 그곳에 여관이 없었기 때문이지요. 여관이었던 건물은 아무도 살지 않는 텅 빈 폐가가 되어 버렸습니다. 곧 그 일대를 재건축한다는 말이 돌았지요. 그래서 친구들은 그날 새로운 장소를 찾았던 겁니다. 당신도 알고 있지만 은상이는 봉천역 근처에 살고 있지요. 까닭에 은상이가 새로 물색한 여관 또한 봉천역 근방에 있었습니다. 걸어서 십 분 거리에 신림역 먹자골목이 있고, 여관비 또한 아현동보다 비싸지 않았습니다. 그래서 그날 그들은 신촌으로 가지 않고 한강을 건너 신림으로 갔던 겁니다. 처음으로 잠자리를 옮긴 날이었습니다.

그때까지 동희는 아마 신림동은 근처도 가보지 않았을 겁니다. 육중한 덩치를 주체하지 못해 웬만하면 어딜 돌아다니는 걸 별로 좋아하지 않았으니까요. 대학 시절엔 주로 인천에서 친구들을 만났고, 졸업을 하고 나자 투덜거리며 종로나 신촌으로 올라와 두 팔을 벌리고 친구들에게 버럭 지식의 은사를 내리곤 했지요. 그래서 그날 신촌이 아닌 신림에서 만난다고 했을 때, 신림이 도대체 어디에 붙어 있냐고 동희는 은상에게 전화로 짜증을 부렸습니다. 안 올라간다고, 너희끼리 잘 먹고 잘 놀라고 심통까지 부렸다고 하더군요. 하지만 결국 그는 약속 시간에 맞춰 신림역으로 나왔습니다. 그들은 모두 은상이가 물색해 둔 갈매기집으로 우르르 몰려갔습니다. 첫 테이프를 잘 끊어야 한다며 경호가 난데없이 케이크를 들고 오기도 했다더군요. 하지만 동희는 케이크를 먹어보지도 못했습니다. 평소와 달리 그날 동희는 일찍 술에 취했고 꾸벅꾸벅 헛소리를 하다가 테이블에 엎어져 잠이 들었으니까요. 친구들은 그때 동희가 아침까지 잘 것이라고 생각했다고 하더군요. 여관까지 들쳐업고 가느라 요란을 떠는 동안에도 주정을 부리며 깨어나지 않는 걸 보니 아주 골아 떨어졌다고 생각한 것이지요. 하지만 동희는 아침까지 잠을 자지 않았습니다. 갑자기 한기를 느끼고 잠에서 깨어났지요. 새벽 한 시경이었습니다. 눈을 떠 보니 캄캄했고 방안엔 찬 바람이 불었습니다. 자신이 어디에 누워 있는지, 어째서 방안이 이렇게 추운지 알 수가 없었습니다. 고개를 돌려 보니 창문이 열려 있었고 커튼이 바람에 뒤척이고 있었습니다. 그래서 불을 켜보려고 몸을 일으키다 그만 먹다 남은 케이크에 발이 미끄러져 자빠지고 말았죠. 누군가 뺨을 후려갈긴 것처럼 그는 정신이 번쩍 들었습니다. 그리고 어리둥절한 분노와 슬픔, 굴욕적인 통증에 몸을 떨었죠. 자신이 방안에 혼자 있다는 것, 친구들이 자신을 여기에 버려두고 갔다는 것, 창문에서 미친 듯이 바람이 불어오는데 자신은 술에 취해 관자놀이가 찌를 듯이 아프다는 것, 울컥 구역질이 몰려와 동희는 배를 잡고 꾸역꾸역 방바닥에 먹은 걸 게워냈습니다. 형광등 불빛에 드러난 방안의 몰골은 처참했다고 하더군요. 여기저기 널브러진 맥주병과 검은 죽같이 쏟아져 있는 담배꽁초들, 포탄에 맞아 터져버린 살점처럼 먹다 남은 족발 찌꺼기들이 방안을 뒹굴고 있었습니다. 걸쭉한 갈색 크림 덩어리가 바지에 짓눌린 똥처럼 묻어 있었구요. 사실 평소 친구들과 자다가 아침에 일어났을 때와 별반 다를 바 없는 풍경과 몰골이었지요. 하지만 그날은 달랐습니다. 아닌 밤중에 혼자 여관방에서 자다 일어났으니까요. 목이 아팠고, 퀴퀴한 담배 연기에 눈이 따가웠습니다. 그리고 무참했습니다. 친구들이 자신을 여관방에 팽개쳐 두고 도대체 어디로 간 것인지 알 수가 없었습니다.

그때 친구들은 피씨방에서 게임을 하고 있었죠. 동희가 전화를 걸었을 때 은상이 심드렁한 목소리로 그렇게 말했다고 하더군요. 그날 친구들은 동희를 들쳐업고 여관에 왔습니다. 그리고 대자로 자빠져 자는 동희 옆에서 맥주를 마셨지요. 그러다 경호가 갑자기 게임을 하러 가자고 말한 게 자정이 넘었을 무렵입니다. 친구들은 동희를 깨우지 않았습니다. 어차피 동희는 인터넷 게임엔 관심도 없고 전혀 할 줄도 몰랐으니까요. 그러니 사실 친구들이 동희를 혼자 버려두고 여관을 나간 건 아니었습니다. 동희는 그걸 잘 알았지요. 하지만 한 번 터진 울화통은 좀처럼 가라앉지 않았습니다. 동희는 친구들에게 당장 오라고 고래고래 소리를 질렀죠. 후에 은상이가 말해주더군요. 마치 미친 사람처럼 발광했다고. 다짜고짜 욕설을 뱉으며 온갖 저주와 비난을 퍼부었다고. 동희는 우리와 알고 지낸 15년 동안 단 한 번도 그런 적이 없었습니다. 당연히 은상이는 놀랐고 잠깐 가볼까도 생각했지만, 그때 편을 짜서 한참 게임에 열중해 있었기 때문에 그럴 수 없었다고 했습니다. 그래서 은상인 네가 찾아오라고 오는 길을 전화로 가르쳐주었다고 했습니다. 하지만 동희는 듣지 않고 무턱대고 욕만 했다고 하더군요. 사실 가고 싶어도 자존심이 허락지 않았을 지도 모르죠. 결국 은상이는 짜증을 내며 전화를 끊었고, 동희는 그 길로 여관을 뛰쳐나갔습니다. 알아서들 하라고, 나 여기 길도 모르니깐 다 너희들 책임이라고 말하면서. 아마 동희는 자신이 진짜 나가면 친구들이 미안해서 곧 전화를 할 거라고 생각했을 겁니다. 자신이 혼자 밤거리를 추위에 떨며 돌아다니는 모습을 생각하며 걱정할 거라고. 서럽고 쓸쓸하게 얼어붙은 얼굴을 생각할 거라고. 하지만 친구들은 전화를 하지 않았습니다. 대신에 내가 친구들에게 전화를 걸어 보았죠. 하지만 녀석들은 무뚝뚝했고 그렇게 걱정되면 네가 가보라고 말하곤 전화를 끊었습니다. 친구들을 이해 못하는 건 아닙니다. 그날 밤 일이 무슨 대수로운 일은 아니었으니까요. 설마 동희가 그렇게 밤새 거리를 헤매고 다니게 될 줄은 아무도 생각하지 못했으니까요.

처음에 동희는 여관 근처를 돌아다니다 친구들에게 전화가 걸려오면 다시 돌아갈 생각이었습니다. 하지만 정작 추위를 견딜 수 없어 다시 돌아가려고 했을 때는 길을 잃어버리고 말았죠. 그래서 되는 대로 일단 피씨방을 찾아갈 생각이었습니다. 내가 택시를 타고 집에 가라고 말했지만 동인천까지 택시비가 얼만데 무슨 소릴 하냐고 동희는 짜증을 냈습니다. 그렇게 신경질적으로 말을 한 적이 없었는데 그날은 유독 한 시간이 넘도록 내게 화풀이를 하더군요. 피씨방은 보이지 않았습니다. 동희는 봉천동엔 피씨방 씨가 말랐냐고 추위에 벌벌 떨며 성질을 부렸죠. 하지만 당연하게도 피씨방이 보일 리가 없었습니다. 그가 헤매고 다닌 곳은 대로가 아니라 봉천동 주택가 골목이었으니까요. 그가 어째서 도로로 나가 가까운 봉천역이나 신림역 쪽으로 가지 않고, 하다못해 근방에 서울대역도 있는데 하필이면 엉뚱하게 봉천동 주택가로 들어섰는지 모르겠습니다. 동희는 여관에서 나왔을 땐 제정신이 아니었다고 하더군요. 너무 화가 나서, 이대로 콱 죽어버리고 싶은 심정이었다고. 사실 자신도 왜 그렇게 화가 났는지 모르겠다고, 한참이나 추위에 떨며 화를 내다가 그렇게 말했습니다. 봉천동에서 신림동으로 넘어가는 언덕바지엔 집들이 덕지덕지 거미줄처럼 엉켜있지요. 그 미로 같은 골목을 동희는 두 시간이 넘도록 헤매고 다녔습니다. 그건 마치 집들로 이루어진 깊은 숲 같아 보인다고 동희는 말했습니다. 세상에 뭔 놈의 사람들이 이렇게 집들을 많이 짓고 살고 있는지 깜짝 놀랐다고 하더군요. 중간에 아파트가 보여서 드디어 대로로 나갈 수 있겠구나 싶었지만 아파트는 달랑 두 동이었고, 아파트 주변은 온통 연립의 숲이었습니다. 거기서 동희는 다시 한 번 울화가 치밀었고 친구들 욕을 했습니다. 치사한 놈들 정말 걱정도 안 하는 것 같아. 내가 이렇게 추위에 떨며 꽁꽁 얼어가고 있는데. 정말 손이고 발이고 다 얼어붙을 것 같은데. 그리고 동희는 다시 언덕바지를 올라갔습니다. 멀리 교회 십자가 불빛이 보였고 동희는 그쪽으로 가서 일단 예배당에라도 들어가 몸을 녹일 생각이었죠. 하지만 예배당 문은 닫혀 있었고, 주위에서 미친 듯이 개가 짖어대자 한 아줌마가 창문을 열고 내려다보았습니다. 동희는 조심스럽게 어디로 가야 역전이 나오냐고 물어보았습니다. 하지만 아주머니는 기겁한 얼굴로 요란스럽게 창문을 쾅 닫았다고 하더군요. 마치 짐승을 보았다는 듯이, 두터운 오리털 파카를 입고 골목길을 어슬렁거리는 곰이라도 보았다는 듯이. 발가락에 고통이 찾아왔고 얼굴이 하얗게 얼어붙었죠. 한동안 멀거니 창문을 올려다보다가 동희는 갑자기 뛰기 시작했습니다. 미친 듯이 골목을 내달리는 소리가, 헐떡이는 발자국 소리가, 수화기에 대고 장난을 치는 것처럼 깔깔대는 바람 소리가 들리더군요. 너무 시끄럽게 울어대서 개들이 쫓아오기라도 하는 것 같았습니다. 아니면 정말 개들이 쫓아왔던 것일까요? 모습은 보이지 않고 수풀처럼 개의 울음 소리만 자라 있는 연립의 숲속에서, 그 캄캄한 골목길을 쫓기듯이 달려가는 동안, 동희는 아무 말도 하지 않았습니다. 그리고 거기서 한 번 전화가 끊겼습니다. 새벽 세 시경이었고, 창밖에는 싯푸른 밤하늘이 얼어붙은 머리카락처럼 펼쳐져 있었습니다.

그리고 동희에게 다시 전화가 걸려온 건 이십 여분이 지났을 때였습니다. 몇 번 전화를 걸었지만 받지 않았고 그래서 그만 잘 생각을 하고 있을 때였죠. 피씨방을 찾았냐고 물었지만 동희는 침울한 목소리로 여전히 골목이라고 하더군요. 입술이 얼어붙었는지 말을 심하게 더듬었습니다. 다행히 더이상 개 짖는 소리는 들리지 않더군요. 나는 근처에 분명 역 쪽으로 빠지는 도로가 있을 거라고, 잘 찾아보라고 거듭 말했지만 동희는 듣지 않는 것 같았습니다. 무언가 골똘히 생각하는 듯 숨소리가 거칠었습니다. 그러더니 난데없이 계층상승 욕망이 어쨌느니, 그런 공부는 공부도 아니라느니, 그런다고 내가 그들을 이해 못 하는 게 아닌 것처럼, 나 역시 돈으로 환산되는 일을 하지 않는다고 벌레는 아니지 않냐고? 이상한 소리를 지껄이기 시작했습니다. 그러다가 다시 고통과 분노에 빠져 고함을 질러댔고 뜬금없이 자신의 꿈을 올해를 마지막으로 버리겠다고 하더군요. 사람은 이렇게 살아서는 안 된다고, 이렇게 비굴하게 살아서는 안 된다고, 준영아, 우리 잘 살아보자! 우리 꼭 잘 살자! 발음도 제대로 되지 않는 소리를 꾸역꾸역 뱉어내면서 말이죠. 나는 듣고 있기가 민망했습니다. 그의 지나친 감상과 넋두리에 슬그머니 짜증이 났고 거부감이 들었죠. 동희는 누구보다 신중하고 명석한 이성을 지닌 사람이었지만, 또 지나치게 마음이 약하고 감상적인 면들이 많았죠. 그래서 함부로 사람을 비판하지 않는 만큼 자신에 대한 연민도 많았습니다. 하지만 당연하게도 돈을 벌지 않고 공부만 하는 게 죄가 아니듯, 그런 사람들을 쉽게 받아들일 수 없는 사회 또한 딱히 잘못이 있다고 할 순 없다는 걸, 그는 누구보다 잘 알고 있었죠. 그래서 아무 원망도 할 수 없었습니다. 이상하게 무언가를 원망하고 싶은데, 사실 자신이 정당하게 원망할 수 있는 게, 곰곰이 생각해 보면 아무것도 없다는 걸 잘 알았으니까요. 그날도 동희는 한참 무턱대고 친구들을 욕하고 세상을 싸잡아 비난하다가 흥분이 가라앉자, 자신이 말도 안 되는 소리를 하고 있다는 걸 잘 안다면서 침울한 목소리로 이렇게 덧붙이더군요. 언젠가 장정일 책을 보았는데, 세상에 열정만으로 살아갈 수 있는 곳이 있다면 그곳이 바로 천국이라고.

"준영아. 열정만으로 살아가는 것뿐인데, 고작 그럴 수 있는 것뿐인데, 그것만으로도 그곳이 천국이란다."

그러곤 갑자기 주눅이 든 목소리로 말했습니다. 전화비가 없어서 그러는데 전화를 좀 걸어주면 안 되겠냐고.

동희는 그날 새벽 두 시간 이십 분가량 봉천에서 신림으로 넘어가는 주택가를 헤매고 다녔습니다. 수없이 많은 모퉁이를 돌았고 언덕바지를 넘었다가 다시 내려가곤 했습니다. 지금 생각하면 동희가 비탈길을, 그곳이 어디든 무조건 내려가기만 했으면 큰 도로로 나갔을 텐데, 어째서 내려가다 다시 올라가고 했는지 알 수가 없습니다. 수많은 비좁은 골목으로 이뤄진 길들이란 그렇지요. 비탈길을 내려가다 보면 골목 모퉁이가 수없이 나오고, 그중에 한 골목으로 접어들어 가다 보면 길은 자연스레 다시 올라가게 되어 있습니다. 특히 봉천과 신림의 골목들은 그런 지형을 이루고 있지요. 하지만 어쨌든 무조건 비탈을 내려가는 방향으로 길을 잡았으면 어디가 됐든 큰 도로로 빠져나갔을 텐데, 추위에 떨며 정신이 없던 동희는 그걸 생각할 겨를이 없었습니다. 더욱이 그날 동희가 헤매고 다닌 곳은 대학생들이 많이 자취하는 주택가도 아니었습니다. 한참을 헤매고 다닌 끝에 신림동 고시촌 쪽으로 접어들었죠. 거기서 동희는 어둑한 그림자에 싸인 고시원 간판들을 보았습니다. 그리고 다행스럽게도 편의점을 발견했죠. 놀이터가 있고 두 군데의 고시원과 수많은 연립 주택들, 그리고 건너편에 불 밝힌 해장국 집과 허름한 네온간판의 피씨방이 세 군데나 있다고 동희는 말했습니다. 거긴 아마도 신성 초등학교 뒤편 언덕으로 올라가는 곳이었을 겁니다. 훗날 내가 그곳을 돌아보았을 때 동희가 설명한 그런 장소는 거기 한 군데밖에 없었으니까요. 동희는 말했습니다. 그렇게 숲속을 헤매고 다니다가 비로소 피씨방을 발견하니깐 갑자기 배가 고프다고 말이죠. 편의점에 들어가 라면을 먹은 후 피씨방에 들어갈 거라고, 이젠 괜찮다고 동희는 말했습니다. 그리고 그 엉뚱한 히말라야 얘기를 했죠.

"준영아… 세상에서 가장 높고 험한 산에 사랑하는 이들과 함께 올라갔다가, 모두 조난당해 죽고 나 혼자만 살아남아 집으로 돌아간다. 이렇게 슬프고 참 좋을 수가 없구나!"

그리고 그가 어디로 갔는지는 알 수가 없습니다. 정말 편의점에 들어가 사발면을 사 먹었는지, 피씨방은 문이나 열어보았는지, 어째서 해장국 집에 들어갔고 도대체 뭣 때문에 관악산은 올라갔던 것인지… 동희가 전화를 끊은 시각은 새벽 네시 십이분이었습니다. 그리고 그가 꽁꽁 언 주검으로 발견된 건 그날 오후 해 질 무렵이었습니다. 무너미 고개로 올라가는 계곡 길에서 조금 벗어난 곳에 있는 산 중턱 느릅나무 둥치. 그날은 종일 서리가 내려 동희의 얼굴은 밀가루 가면을 쓴 것처럼 하얗게 얼어 있었습니다.

 그리고 날이 밝았습니다. 계룡산은 맑은 우유 같은 안개가 떠돌고 있었습니다. 잠을 제대로 자지 못해 눈을 끔벅이며 나는 멀거니 안개가 흐르는 산속을 바라보았습니다. 산이 안개 속으로 스미는 모습을, 저 건너편 자락을 덮은 메마른 가지들의 혼효림이 안개 속에서 어둡고 아른한 수면처럼 가라앉는 모습을. 쌀쌀하고 축축한 바람이 두어 번 느리게 불어와 목덜미에 가만히 젖은 손등을 대고 지나갔습니다. 나는 몸을 부르르 떨었고 갑자기 요의를 느꼈습니다. 그리고 당신 생각을 했죠. 당신은 내가 늘 사람들이 출발하려고 하면 화장실에 가는 못된 버릇이 있다고 꾸짖곤 했습니다. 처음엔 자상한 아이처럼 관대한 미소를 지으며, 나중엔 심통 난 어른처럼 이맛살을 마구 찌푸리면서. 사람들은 비가 올 것 같다고 투덜대며 하나둘 버스에 올라탔습니다. 일행은 계룡산을 벗어나 국도를 타고 부여로 향했습니다. 창문이 울고 있는 것처럼 빗줄기가 주룩주룩 풍경을 지웠습니다. 부소산성을 간다고 까페지기가 고장난 마이크에 대고 말하더군요. 우리는 지금 웅진을 떠나 백제의 마지막 수도 사비로 가고 있다고.

오래전에 부여였던 사비는 작은 도시였습니다. 버스는 낮은 건물들과 낡은 간판들로 둘러싸인 단정한 도로를 지나 부소산성으로 향했습니다. 차가운 비에 젖은 산성은 초라하고 쓸쓸해 보이더군요. 어째서 그 낮은 산더미를 성이라고 부르는진 모르겠습니다. 성이라고 하기엔 마땅한 성벽이 없었으니까요. 본래 이름은 사비성으로 토성이었다고 하더군요. 하지만 이제 무너졌거나, 수풀에 뒤덮인 성벽은 겨우 그 흔적을 다문다문 남긴 터만이 남았을 뿐, 사비성은 사라진 성벽들의 쓸쓸한 공간이었습니다. 대신에 능선을 따라 포석이 깔린 길고 구불구불한 산책로가 나 있더군요. 길은 역사 유적으로 남은 건축이나, 유적지라고 생각하고 봐야 할 황량한 빈터들로 이어져 있었습니다. 공산성처럼 그곳은 차라리 백제라는 이름으로 남은 공원이더군요. 물론 모든 역사 유적의 답사라는 것이 그런 것이겠지요. 사실은 이미 다른 많은 것들이 들어찬 공간을, 우린 이제 그곳이 과거에 무엇이 있었다는 이유만으로, 그 시절 이후로 그 공간 속으로 밀고 들어온 많은 것들을 애써 외면한 채, 태고적의 상상력 같은 신비한 이야기의 힘을 빌려, 오래전 그곳에서 사라진 것들을 겨우 떠올려 보는, 그런 빈터를 더듬는 산책 같은 것이 아닐는지요. 사실 시간은 무수히 흘러가는 데 공간은 단 하나일 수밖에 없다는 사실이 역설적으로 유적 답사란 걸 가능하게 하는 건 아닐는지… 그리고 그 답사를 속절없이 상상력으로 이끄는 것이겠지요. 우리가 상상할 수 없다면, 그 어떤 사라진 것들도 다시 만날 수 없을 테니깐. 우린 방금 전의 사실을 말하는 순간조차, 공간 속에서 이미 사라진 것들을 상상하는 것일 테니……

이를테면, 지금 우리가 절벽 아래로 떨어지는 궁녀들을 바라보는 것처럼. 치마를 뒤집어쓰고 갑자기 꽃잎이 무거워졌다는 듯이 하늘하늘 추락하는 여자들을. 그네들의 눈동자에 마지막으로 비친 아찔한 벼랑이며 시커먼 물줄기는, 아마도 죽어 물집처럼 허물어져 버린 육신과 함께 백마강을 따라 멀리멀리 흘러갔을 것입니다. 아니면 아직도 강물 속을 유령처럼 서성이며 아주 긴 시간을 다해 모래가 되어가고 있는 지도요. 하지만 아예 처음부터 단 한 명의 처녀도 물속으로 투신하지 않았을지도 모릅니다. 그네들은 그저 아무렇지 않게 나라가 바뀐 후에도 농사를 짓거나 등에 아이를 업고 저잣거리를 돌아다니며 잘만 살아갔을지도 모르지요. 칠백 년이나 존재했던 한 나라가 허무하게 사라지는 일에 그런 아름다운 비극의 풍경마저 없다면 쓸쓸할 테니 누군가 덧붙여준 애잔한 상상일지도 모릅니다. 해설을 맡은 까페지기도 그러더군요. 백제는 그렇게 규모가 큰 나라는 아니었는데, 당시 의자왕이 삼천궁녀를 거느리고 있었다는 건 멸망한 나라의 왕을 부정적으로 만들기 위해 후세에 지어진 이야기일 가능성이 높다고요. 어쨌든 지금 우리가 서 있는 바위 위에서 백제의 역사는 상징적으로 끝이 났다고, 그리고 돌이킬 수 없이 사라졌다고 했습니다. 사람들은 모두 고개를 끄덕이며 뾰족하고 날카로운 바위에 아슬하게 서 있는 백화정을 바라보며, 또 눈길을 슬며시 돌려 벼랑 너머 허공 아래로 흐르는 유유한 백마강을 내려다보았습니다. 어둑한 기슭 아래 고란사에서 구슬픈 노랫소리가 스피커의 웅웅거리는 음향을 타고 들려오더군요. 마치 준비한 것처럼, 여긴 백제의 끝이라고 누군가 말하려는 것처럼, 연극처럼 서글픈 배경음이 웅얼웅얼 낙화암 주위를 떠돌았습니다. 그리고 나는 불에 타버린 쌀 이야기를 들었지요. 낙화암에서 내려와 반월루 쪽으로 이동하던 중이었습니다. 반월루 앞에는 영월대라는 넓고 평평한 광장이 있는데, 온통 젖어 추레한 솔잎을 달고 있는 소나무 숲이 으슥하게 주위를 둘러싸고 있었습니다. 그 송림의 황폐한 응달이 오래전 백제 시대 쌀과 곡식을 보관하던 창고가 있던 터라고 하더군요. 창고는 'ㅁ'자 모양으로 공간을 두고 동서남북으로 네 동의 건물을 배치했는데, 지금은 바닥에 주춧돌만이 남아 창고였던 것을 증언하고 있었습니다. 바로 여기서, 어느 날 누군가 땅을 팠더니 거짓말처럼 불에 타버린 콩이며 보리, 쌀 등이 나왔다고 했습니다. 당시는 일제 시대로 행정을 담당했던 관청에선 그 쌀들을 백제 시대의 유물이라 생각하여 부여에 오는 유명인사나 높은 관리들에게 선물로 증정했다고 하더군요. 하여 소문이 퍼져 수많은 사람들이, 심지어 부여로 수학여행을 오는 학생들마저 땅을 파서 천년 전의 곡식을 찾느라 난리도 아니었다고 했습니다. 하지만 그건 백제의 쌀도, 천여 년이나 땅에 묻혀 있던 신비한 곡식도 아니었습니다. 그건 조선 시대 창고였던 자리에서 나온 쌀이었지요. 말하자면 백제의 창고가 있던 자리에 조선의 창고가 들어선 것입니다. 그런데 어째서 마치 백제가 멸망할 때 불에 타버린 것처럼 감쪽같이 까맣게 탄화된 모습으로 땅속에서 나왔을까요? 그러니깐 어느 날 누군가 백제 시대의 땅을 팠는데, 엉뚱하게도 조선 시대에 타버린 쌀들이 나왔습니다. 우리가 백제라 알고 쓸쓸해 하는 곳에서, 전혀 상관없는 조선 시대에 누군가 창고의 쌀을 태웠던 것이지요. 송림으로 둘러싸인 이 요밀한 응달에서 아주 오랜 세월, 쌀들은 눈처럼 쌓이고 쌓이고 또 쌓이면서 그렇게 사라져갔습니다.

그리고 일행은 부소산성을 빠져나갔습니다. 나가는 길에 잠시 기념품 가게에서 물건을 사기도 하고, 화장실에 들려 소변을 보기도 했습니다. 나는 버스 옆에 쪼그리고 앉아 담배를 피웠습니다. 어느새 비는 그치고 축축한 대기에 빛살이 뭉근히 퍼지더군요. 그래도 쌀쌀함은 여전했습니다. 어제보다 날씨는 따뜻했지만 왠지 거리는 더 춥고 을씨년스러워 보였죠. 그건 말하자면 우중충한 온기와 같은 거였습니다. 사람을 기분 좋게 만들기보단, 으슬으슬한 신열처럼 한없이 우울하게 만드는 이상한 따뜻함 말이지요. 분명 어제의 강추위는 물러갔지만, 혹한의 그림자가 남아 처량하게 대기 속을 떠돌고 있는 것만 같았습니다. 답사고 뭐고 간에 다 때려치우고 그만 서울로 올라가고 싶은 기분이었죠. 하지만 눈치가 보였고 어젯밤까지 보냈는데 그냥 돌아가자니 마음이 허전하기도 했습니다. 혹시 당신이 부여로 내려올지도 모른다는 기대감이 은근히 들기도 했고요. 예전에도 당신은 시간이 안 맞으면 늦게나마 당일치기로 내려오곤 했었으니까요. 하지만 그것 때문만은 아니었습니다. 특별한 이유 없이 그냥 우유부단한 성격에 사람들을 따라다닌 것뿐이지요. 당신이 오래전 말했던 것처럼, 싫어하는 게 분명한데도 뻔뻔하게 거절을 못 하고, 또 뻔뻔하게 뒤에서 구시렁거리기나 하는 소심함 때문이지요. 우리가 헤어질 때도 그랬습니다. 나는 방바닥에 누워 당신이 서글픈 어조로 두런두런 말하는 소리를 들었지요. 일어나 앉아야 했지만, 이상하게 몸이 아득하게 가라앉는 것만 같았습니다. 몸은 좀처럼 진지해질 수 없는 것처럼, 골똘한 얼굴로 자신의 삶에 개입하는 슬픔을 진지하게 생각하는 일이 무척 쑥스럽고 민망하다는 듯이, 방바닥에 평온한 무기력으로 들러붙어 버린 것만 같았죠. 나는 그렇게 방바닥에 자빠져서 어깨를 짓누르는 피로감에 눈썹을 찌푸린 채 조곤조곤 방안에 떠도는 당신의 말을 들었습니다. 당신의 말은 완강한 수면제처럼 나를 슬프고 혼곤한 무력감에 잠기게 했습니다. 만사가 귀찮고 싫은 병상(病床)의 우울한 슬픔 같은… 당신은 우리가 이대로 헤어져도 좋은지 물었지요. 이대로 자신이 방에서 나가면 다시는 돌아오지 않을 텐데 그래도 정말 괜찮은지. 그러곤 화를 내며 말했습니다.

일생 다시 만날 수 없을지 모르는데, 그렇게 무성의하게 방바닥에 누워 있지만 말고, 제발 좀 일어나 앉으라고! 제발 좀 진지하게 대화할 수 없냐고? 하지만 나는 버릇없는 아이처럼 꼼짝하지 않았죠. 당신은 한숨을 쉬며 가방을 내려놓고 내 옆에 쪼그려 앉았습니다. 내 무릎에 가만히 손바닥을 올려놓고 나를 물끄러미 내려다보았지요. 잠시 얇은 종잇장 같은 순간이 지나고, 당신의 눈 안에서 슬그머니 눈동자가 허공으로 이동하는 걸 보았습니다. 내가 멀뚱하게 올려다보는 눈길을 피한 것이죠. 그 슬며시 이동한 15도의 각도, 당신의 우물 같은 텅 빈 눈 안에서 까만 눈동자가 움직여 만든 그 섬세한 각도 안에, 눈치챌 수 없을 정도로 미미한 그 수면의 파장 속에, 우리가 함께 했던 지난 십 개월의 시간이 요밀한 언어로 물들어 있다는 걸 알았습니다. 호수의 물속으로 수없이 많은 하늘이 염염히 머물다 가는 것처럼… 그리고 우리의 시간도 끝났다는 걸, 이제 그 눈동자가 움직이는 공간 속에 다른 시간이 들어올 것이란 걸, 나는 알았습니다.

누가 잠을 깨울까 봐 겁이 난다는 듯이, 자신은 지금 열심히 꿈속을 더듬고 있다는 듯이, 울고 있다는 듯이, 동희는 눈을 꼭 감고 있었습니다. 얼굴이 문이라고 생각하고 있는 것만 같았습니다. 영안실은 퀭하고 피곤한 조명이 누렇게 떠 있었습니다. 객사(客死)때문이라기보다는, 동희가 사회생활을 하지 않았기 때문에, 그다지 문상객은 많지 않았죠. 새벽이 넘어서도 어머니는 잠들지 않았습니다. 한 줌 주먹만 한 어깨를 둥그렇게 말고서 바닥에 웅크려 앉아 새 소리를 내며 울었습니다. 어머니는 마치 장난을 치고 있는 것만 같았죠. 동희하고 짜고 사람들을 놀리고 있는 게 아닌가 싶을 정도로. 어머닌 자주 울었고 곡성은 비통하기보단 우스꽝스럽고 누추했습니다. 누런 장판 바닥은 번질거렸고 들큰한 국밥 냄새가 요란하게 고함을 지르고 있었죠. 사이로 친척 어르신 한 분이 코를 고는 소리가 났습니다. 밤샘은 지루하고 캄캄했습니다.

어머니는 우리들을 붙잡고 몇 번 울며 말씀하셨죠. 박사까지 됐는데 취직을 안 시켜줘서 우리 동희가 죽었다고. 어머니는 마지막까지 동희가 정말 박사인 줄로만 알고 계셨던 모양입니다. 아마 석사와 박사를 구분 못 하신 탓이겠지요. 동희가 죽기 몇 년 전부터 어머니는 아들에 대해 미스테리한 의문을 갖고 계셨습니다. 매일 점심이면 일어나 밥을 먹고 도서관으로 출근을 하지요. 방안은 천 권이 넘는 두꺼운 책들로 도배되어 있습니다. 가만히 보면 새벽까지 날을 꼴닥 새우며 공부에 여념이 없는 것처럼 보입니다. 그리고 급기야 박사 학위까지 두 개나 땄지요. 그런데 어째서? 왜! 도대체! 취직을 못 하는지 암만해도 이해하지 못하셨던 겁니다. 동희가 어렸을 때부터 어머닌 아들이 공부하는 일이라면 무엇이든 아끼지 않으셨습니다. 늦어도 한참이나 늦은 나이에 얻은 막둥이 아들이라 그런지 집안에 경사가 난 것처럼 아들이 열심히 공부한다고 좋아하셨지요. 오래전 동희가 고등학교 시절 얘기를 해준 게 생각납니다. 하루는 소파에 널브러져 앉아 무협지를 보고 있었답니다. 어머니는 부엌에서 밥을 짓고 계셨죠. 그때 아버지가 안방에서 어슬렁 나오셔서 동희 옆에 앉아 리모컨으로 티브이를 켰답니다. 갑자기 야구장 소리가 요란하게 거실을 덮쳤죠. 그와 동시에 어머니가 득달같이 부엌에서 뛰쳐나오셨습니다. 그리고 한 손에 국자를 드시고 한심하다는 듯이 혀를 쯧쯧 차며 아버지를 내려다보셨죠. 아들 공부하는 데 도움은 주지 못할망정 방해만 하는 양반이라고. 그러니깐 그게 무협지를 읽고 있어도 찰떡같이 공부하고 있다고 생각하셨던 겁니다. 당시 어머니는 이미 환갑을 넘기셨고, 일생 밭두렁에서 농사만 짓고 사셨던 분입니다. 그러니 동희는 정말 좋은 부모님을 만났던 것이죠. 언젠가 동희가 자신은 어머니를 위해 시를 쓰는데, 정작 어머니는 시집이 뭔지도 모르신다고, 죽을 때까지 자신이 쓴 시를 읽고 이해하실 수 없을 거라고 말했던 게 생각납니다. 발인이 오는 날까지 어머니는 내내 새소리를 내며 우셨습니다.

동희는 재가 되어 소래포구에 묻혔습니다. 대학 시절 우리가 모꼬지를 갔던 곳이지요. 동희가 처음으로 연애를 시작했던 곳이기도 했습니다. 만약 그렇게 짧고 어설픈 사랑도 연애라고 부를 수 있다면 말이죠. 고작 보름을 겨우 넘기고 흐지부지 짝사랑으로 변했으니까요. 그러니 사실 동희는 한 번도 연애를 하지 못 한거나 마찬가지였습니다. 어지간히 여자들에게 인기가 없었고 사실 전혀 노력을 하지 않기도 했습니다. 나이 서른이 되기 전까진 그래도 여자가 있는 자리라면 좋아서 눈을 동그랗게 뜨고 나타나긴 했었지요. 하지만 앉아 있는 내내 엉뚱한 소리만 더듬더듬 지껄이다가 분위기를 냉랭하게 만들곤 풀이 죽어 돌아가곤 했습니다. 언젠가 동희가 그러더군요. 생각해 보면 자신은 한 번도 사랑을 해보지 못했다고. 서너 번 짝사랑을 해보긴 했으나 짝사랑은 자아 안에서 벌어지는 사건이거나, 어떤 몽상적인 비극을 향한 도저한 열정이지 사람이 사람을 만나서 하는 자연스러운 사랑은 아니라고. 사랑은, 그러니깐 어쩌면 사랑하는 사람과 함께 살아가는 시공(時空), 두 사람이 만나서 서로의 존재에 매혹되는 순간 시작되는 암호 같은 삶, 그들은 이해할 수 있지만 다른 사람은 이해할 수 없는 말들이며 습관, 자잘한 일상의 몸짓이 머무는 각별한 공간 같은 거라고. 그러니 한 번도 그런 공간을 가져보지 못한 자신은 사랑을 해본 적이 없는 거라고. 동희가 대학 시절 했던 보름간의 연애는 상대방이 동희의 선배를 짝사랑하는 바람에 어이없게 끝나고 말았습니다. 그래도 몇 번 데이트를 해보긴 했지요. 함께 손을 잡고 도서관을 가거나 대학식당에서 밥을 먹는 모습을 보기도 했습니다. 같은 과 1학년 후배였지요. 아마 이름이 남희였던 걸로 기억합니다. 유난히 팔목이 가늘고 목덜미에 검은 물고기 같은, 한쪽으로 묶은 머리 타래를 늘어뜨린 여자애였죠. 동희는 그 여자애의 팔꿈치를 잡는 걸 좋아했습니다. 사람들이 북적이는 학생회관을 그녀의 팔꿈치를 잡은 채 멀뚱거리며 지나가기도 했었죠. 햇살이 붉게 물든 가을이었습니다. 갈대가 무성한 소래 들판으로 모꼬지를 갔었는데 거기서 그녀에게 사랑 고백을 했죠. 잠자리를 잡아서 말입니다. 어디선가 남희가 잠자리를 좋아한다는 말을 들었던 모양입니다. 동희는 보통은 종이학을 집어넣는 둥근 유리병을 들고 오더니 오후 내내 들판으로 나가 잠자리를 잡았습니다. 두 마리를 잡는데 무려 3시간이나 걸렸죠. 참으로 느리고 둔한 몸짓으로, 갈대가 끝없이 뻗어 있는 들판에서 마치 일부러 그러는 것처럼 느리게, 느리게 움직여 다녔습니다. 보는 친구들이 다 속이 터질 지경이었죠. 그러곤 해 질 무렵 밝게 웃는 얼굴로 나타나 잠자리가 든 병을 깜짝 내밀었습니다. 노을이 비끼는 병 안에 두 마리의 잠자리가 붉은 수면 속을 날아다니는 듯 날개를 파닥이다가 이내 바닥으로 내려앉았죠. 그러면 동희는 다시 병을 흔들어 잠자리를 깨웠습니다. 남희는 선물을 받았고 그렇게 연애를 시작했지요. 가을이 지나가는 보름 동안 말입니다.

소래 들판은 사라졌더군요. 대신에 아파트와 공원 같은 게 생겨났습니다. 우린 염전이 있던 자리를 벗어나 한참 들어간 곳에 있는 외진 물가에 동희를 뿌렸습니다. 바람이 없어서 동희는 질척한 바다에 부수수 떨어졌습니다. 친구들은 내내 말이 없었고 친척들은 울었습니다. 어머니는 누님들과 버스에 앉아 계셨죠. 돌아오는 길에 감기에 걸렸습니다. 그리고 꿈을 꾸었죠. 기차를 타고 동희와 함께 어딘가로 떠나는 꿈이었습니다. 객실 문을 등진 좌석에 인형처럼 나란히 앉아 있었죠. 꿈속에서도 나는 창문에 뺨을 대고 졸았습니다. 기차가 달리는데, 동희는 주섬주섬 무언가 말을 하더군요. 우리가 지금 여기서 헤어지면 영원히 다시 만날 수 없을 거라고. 백년이 지나도, 만년이 지나도, 시간이 마늘처럼 뭉개져도, 일억 오천만 년이 지나도 우리가 다시 같은 몸으로 만날 순 없을 테니깐. 누군가 문을 열어 두었는지 등 뒤에서 아른아른 찬 공기가 들어오는 게 느껴졌습니다. 나는 몸을 움츠리고 머리를 창턱에 파고들었죠. 꿈속에서 제발 문 좀 닫으라고 소리를 쳤지만 아무도 대답을 하지 않았습니다. 대신에 간간이 버스가 덜컹이며 우는 소리가 들리더군요. 옆에서 은상이가 몸을 부스럭거리는 소리도. 어머니가 아이처럼 훌쩍이는 소리도. 기차가 레일을 밟고 가는 찬 바퀴 소리도. 괜찮아… 라고 속삭이는 누군가의 목소리도. 열이 내 이마를 더듬었고 소름이 목덜미를 만지고 갔습니다. 목이 아팠습니다. 나흘 동안 담배를 많이 폈다고 생각했습니다. 나른한 서러움이 오한처럼 몰려오는 걸 느꼈습니다. 그런데 도대체 누가 객실 문을 열어 놓고 나갔는지… 버스가 경적 소리를 울리며 터널을 지나가는 것만 같았습니다. 아마 몸이 죽는데 영혼이 산다 할 수는 없겠지요. 영혼이란 탄생부터 죽음까지 몸이 감당한 사건에 지나지 않을지도 모르겠습니다. 그러니 만약에, 우리가 환생한다면 그건 우리가 영원히 사라진다는 말에 다름 아니겠지요. 우리가 이 몸이란 공간을 떠나 다른 몸이란 공간으로 들어가면 우린 사라질 테니까요. 우리의 몸이 걸어왔던 길도, 그 길에서 만났던 사람들도, 이 지독한 서러움이나 누군가 열어둔 저 문 밖의 추위도……

 소래에서 돌아와 일주일을 앓았습니다. 출근도 하지 못했지요. 나는 다니던 학원을 그만두었습니다. 어차피 노력하면 또 금방 구할 수 있는 게 강사 자리니까요. 대신에 나는 관악산에 갔습니다. 신림역에서 내려 버스를 타면 될 것을, 봉천역에서 내려 그 복잡한 연립의 숲을 지나갔지요. 밤이었습니다. 겨울이 저물던 3월이었구요. 한 시간 정도 진눈깨비가 내리다 수많은 창문들 속으로 사라졌습니다. 동희의 말처럼 그곳은 정말 집들이 너무나 많더군요. 그리고 간간이 골목마다 개 울음소리가 스산한 덤불처럼 자라 있었습니다. 수없이 솟아난 교회 불빛들과 함께. 동희는 어디로 갔던 것일까요? 어느 골목에서 열정만으로 살아갈 수 있다면 그곳이 천국이라고 말했던 것일까요? 수많은 주택들 사이에 불시착한 거인처럼 서 있던 아파트는? 도대체 어디로 가야 역전이 나오냐고 물어 보았던 2층 창문은?

 여관은 3층 빨간 벽돌 건물이었습니다. 식당들이 밀집한 작은 도로에서 주택가로 들어간 골목 깊숙이 자리 잡고 있었습니다. 고드름처럼 얼어버린 오줌 냄새가 나는 곳이었습니다. 네온사인은 기막히게도, 궁핍한 푸른색이었죠. 한쪽 모서리가 깨져서 병든 형광등 불빛이 흘러나오고 있었습니다. 그때 동희가 만약 네온사인을 등지고 곧장 아래로 내려갔다면 당연히 식당들이 즐비한 작은 도로로 나갔겠지요. 거기서 왼쪽으로 십미터 정도만 내려가면 갈림길이 나오고 곧 봉천역이 있는 대로로 나갈 수 있습니다. 불과 삼 분도 안 걸리는 거리지요. 그런데 동희는 그 길로 가지 않았습니다. 이상하게 동희는 여관 우측 벽으로 돌아 아주 비좁은 골목을 빠져나가 완전히 주택가로 들어섰지요. 어째서 동희가 잘 보이지도 않는 여관 우측 벽과 다른 건물 벽 사이에 있는 정말이지 골목이라고 할 수도 없는 엉뚱한 통로로 들어갔는지는 도무지 알 길이 없습니다. 아마 그때는 막 여관을 빠져나와 울분에 차 있던 상태라 마구 숨을 헐떡이며 아무 생각 없이 좁은 통로를 비집고 들어갔겠지요. 어쩌면 골목 맞은편 술집들이 있는 거리에서 들려오는 취객들의 소리가 끔찍하게 느껴졌는지도 모릅니다. 어쨌거나 그렇게 동희는 여관 뒤편 주택가로 들어섰습니다. 거기서부터는 낮은 둔덕이 시작되지요. 그대로 쭉 올라가면 장군봉이 나옵니다. 장군봉에 서서 보면 일대가 훤하게 보이지요. 대로로 나가는 길도 참으로 일목요연하게 눈에 들어옵니다. 하지만 동희가 신림동 쪽 언덕으로 빠져나간 걸 보면, 장군봉에 도착하기 전 우측 골목으로 들어가 쭉 걸어갔을 가능성이 큽니다. 이때까지도 동희는 격분에 차 있었습니다. 길을 잃어버릴 수도 있다는 생각 같은 건 하지도 않았죠. 내게 막 전화를 걸어 자신이 어떻게 여관에 버려졌는지 분노를 터트리고 있을 때였습니다. 그렇게 막 정신없이 떠들며 되는대로 길을 밟아 나갔죠. 안 그래도 방향치인 그가 주변은 신경도 쓰지 않고 골목들을 헤집고 돌아다녔으니 길을 잃어버릴 만도 했습니다. 하지만 아직은 쉽게 봉천역이나 신림역 쪽으로 나갈 수도 있었습니다. 봉천동에서 신림동 쪽 주택가로 들어서는 경계에는 엄연히 이차선 도로가 가로질러 있으니까요. 아마 동희가 빠져나온 길목은 도로에 인접한 우체국이 있는 골목이었을 겁니다. 만약 다른 곳으로 나왔다면 제법 큰 사거리를 만나 전혀 다른 장소들로 갈 수도 있었으니까요. 어쨌든 동희가 거기서 이차선 도로를 따라 어느 쪽이든, 즉 우측으로 쭉 내려가면 서울대입구역이 나오고, 좌측으로 빠져 그대로 올라가면 쑥고개를 넘어 신림역에서 관악산 쪽으로 빠지는 사차선 도로가 나오지요. 어디로 가든 환한 중심가로 빠져나갈 수 있었습니다. 그런데 엉뚱하게도 동희는 여기서 길을 건너 신림동 주택가로 들어섰습니다. 아마 내게 한참 폭탄 맞은 여관방의 살벌한 풍경을 설명하고 있었을 때가 아닌가 싶습니다. 정말이지 자기는 게임만도 못한 인간이냐고 비장한 어거지를 부릴 때였을지도 모릅니다. 그러지 않고서야 길을 잃었다는 걸 뻔히 알면서도 대로로 나갈 생각을 하지 않고 도대체 골목으로 들어갈 이유가 없지 않습니까. 한눈에 봐도 거침없이 웅장한 산동네가 무슨 전쟁터의 개박살난 창고들처럼 떡 버티고 서 있는 입구로 말이죠. 아무 생각 없이 동희는 도로를 건넜습니다. 그리고 다시 봉천동 쪽으로 빠져나올 수 없었습니다.

동희가 봉천동 골목들을 헤매고 온 시간을 감안했을 때, 신림동으로 건너가는 이차선 도로를 지났을 때는, 여관에서 나온 지 한 삼십 분 정도 흘렀을 때가 아닌가 싶습니다. 그리고 얼마 지나지 않아 추위를 느끼고 정신을 차려 다시 돌아가려고 생각했을 겁니다. 그날은 영하의 온도가 매서운 바람 속을 서성이던 혹한이었으니까요. 아마 체감온도는 그보다 더 혹독했을 겁니다. 동희는 당시 장갑도 여관에 두고 나왔으니까요. 어쨌든 그때부터 동희는 길을 찾기 위해 기억나는 대로 골목을 헤집고 다녔습니다. 그러다 더 깊숙이 안쪽으로 빠져들고 말았죠. 그래서 피씨방이라도 들어가려고 주위를 돌아보았지만, 그 일대는 피씨방은 커녕 편의점조차 보이지 않았습니다. 정말 막막할 정도로 온통 어둠에 파묻힌 주택들뿐이더군요. 길은 좁은 도로와 골목들이 뒤섞여 미친 듯이 어지럽고 복잡했습니다. 여기서부터 동희가 어느 골목들을 헤집고 다녔는진 정확히 알 수가 없습니다. 나는 지도를 펼쳐 들고 동희가 했던 말들을 더듬었습니다. 이를테면 분홍 스웨터가 무두질한 사람 가죽처럼 고통스럽게 삐져나와 있는 의류 수거함 옆 양철 간판을 달고 있는 어두컴컴한 세탁소. 특이하게도 이름이 21세기 세탁소라고 했습니다. 그리고 난데없이 다세대 주택들 속에 파묻혀 있는 아파트 두 동, 그 아파트는 팔층짜리 건물이었는데 그 일대에서 그런 아파트가 있는 곳은 지도상으로 딱 한 군데밖에 없었습니다. 서울대역 방향으로 푸르지오가 있었지만 그건 십여 채의 아파트가 몰려 있는 단지였지요. 나는 이름이 풍림인 그 아파트로 가는 길들 중에서 21세기 세탁소를 거쳐 갈 수 있는 길을 찾아보았습니다. 물론 그 전에 지도에도 나오지 않는 그 허름한 세탁소를 찾아야 했지요. 동희가 지나갔을 것으로 생각되는 우체국 골목에서 이차선 도로를 건너 신림동 주택가로 들어선 후 세탁소를 찾기까지 무려 한 시간이 넘게 걸렸습니다. 정말 양철 간판에 21세기 세탁소라고 페인트로 칠해 놓았더군요. 새벽 두 시 경이었습니다. 밤 11시부터 내리던 진눈깨비들이 가로등의 불빛 속으로, 창문들의 캄캄함 속으로 스미고 있었습니다. 그리고 누군가 장판바닥에서 울고 있는 것 같은 소리가 흘러나오더군요. 나는 세탁소 간판 아래 서서 잠시 담배를 폈습니다. 동희는 여기서 의류 수거함에 대한 이야기를 한 후, 골목을 따라 내려가다 아파트 방향으로 나 있는 조금 넓은 골목으로 들어가 한참을 걸어갔습니다. 그 골목은 이리저리 길을 휘어가다 서서히 다시 비탈을 올라가지요. 그렇게 올라가다 보면 갈림길이 나오는데, 그 갈림길에서 왼쪽으로 꺾어 다시 길을 조금 더 올라가 소방도로로 빠져나간 곳에 아주 낡고 허름한 아파트가 있습니다. 거의 지어진 지 족히 이십 년은 넘었을 것 같은 퇴락한 건물이었습니다. 그래도 동희가 아파트를 등지고 소방도로를 따라 우측으로 한 이십 분 정도 내려갔으면, 다시 신림과 봉천동을 가르는 그 이차선 도로로 빠져나갔을 겁니다. 하지만 동희는 여기서 교회 불빛을 보고 좌측으로 길을 올라갔습니다. 교회는 소방도로에서 두 번째 골목으로 들어선 후 공터로 빠져나오는 곳에 있었습니다. 그리고 교회 옆에 사택으로 보이는 2층짜리 주택이 있었죠. 교회와 담장을 사이에 두고 있는 작은 마당엔 감나무가 심어져 있었습니다. 동희가 역전으로 가는 길을 물어본 건 이 집의 창문을 열고 내다본 아주머니였을 겁니다. 그 근방을 서성이고 있을 때 감나무 밑에서 개 울음소리가 올라왔으니까요. 개는 으르릉거리며 바닥을 핥듯이 울어댔습니다. 그러자 가까운 곳에서 먼 곳으로 개들의 울음소리가 전염병처럼 퍼져 갔습니다. 여기서 창문이 쾅 닫히고… 동희는 잠시 멀뚱한 얼굴로 닫힌 창문을 보며 서 있었습니다. 적막한 몇 초가 지나갔습니다. 그리고 갑자기 동희는 달리기 시작했습니다. 아마 왔던 길로 가지 않고 공터 반대편 골목으로 달려갔을 겁니다. 헐레벌떡 도망치는 곰처럼. 개들의 미친 비명이 쫓아가는 소리가 들립니다. 헐떡이는 숨소리도, 시멘트 바닥에 떨어진 물고기처럼 파닥거리는 발자국 소리도, 얼어버린 머리카락을 붙잡는 바람 소리도…… 그리고 전화가 끊겼습니다.

그 후로 이십여 분간의 행적은 알 수가 없습니다. 다만 다시 전화가 걸려오고 한참 울분을 토하다가 동희는 근처에 이상한 절이 있다고 말했습니다. 3층 벽돌 주택 속에 파묻힌 사찰이었지요. 동희는 그 사찰의 이름이 아마도 반야사라고 했을 겁니다. 그 일대에 절이라곤 딱 두 군데가 있었는데, 하나는 대진사란 이름의 단청을 바른 한옥에 있는 절이었고, 또 하나는 동희가 말했던 3층 건물에 무당집처럼 깃발을 대고 있는 절이었습니다. 하지만 지도를 봐도 반야사란 절은 나오지 않았습니다. 나는 그 절을 찾아 약 한 시간 정도 골목을 헤매고 다녔습니다. 절은 서울대 고시촌

쪽 언덕 마을에 있었습니다. 동희가 전화를 다시 걸어오고 나서 이십 여분 정도가 지난 후였으니까, 그 사이에 걸어갔던 길 중간 어디쯤에서 동희는 말했을 겁니다. 어느 날 책을 보았는데 열정만으로 살 수 있는 곳이 있다면 그곳이 천국이라고. 교회가 있는 공터에서 절이 있는 방향으로는 아마도 비스듬히 펼쳐진 산 능선을 따라 자리 잡은 집들을 지나갔을 겁니다. 하지만 정확하게 어느 골목을 통해서 갔는지는 모르겠습니다. 나는 그저 동희가 지나갔을 것으로 짐작되는 길들을 더듬어 갈 수 있을 뿐이었죠. 일단 그 방향으로 길을 잡고 다시 걸어가는데 삼십 여분 정도가 걸렸습니다. 전화가 끊겨 있던 이십 분, 그리고 다시 통화를 하며 걸어가다 삼층 벽돌 건물 속에 동굴처럼 박혀 있는 절을 발견한 게 또 이십 분 정도가 흘렀을 때였으니깐, 얼추 시간상으로 내가 따라간 길이 맞다는 생각이 들었습니다. 어느새 진눈깨비가 멈추고 질척한 바람이 불었습니다. 동희는 이 길을 걸어가며 자신이 벌레가 아니란 말을 했습니다. 내가 사회적으로 아무런 역할도 하지 못하고, 그저 아름다운 꿈만 꾸며 살아가는 한심한 사람이라 해도, 내가 나와는 다른 사람들을 이해할 수 있는 것처럼, 때론 그들도 나 같은 사람들을 이해할 수 있는 게 아니냐고…… 골목의 검푸른 원근감 속으로, 질척한 바람이 불어오는 저편으로, 동희는 어깨를 들썩이며 걸어갔습니다. 오리털 점퍼 소매를 끌어당겨 장갑처럼 덮은 손에 뺨을 묻은 채, 준영아! 우리도 잘 살자. 우리 꼭 잘 살자! 라고 중얼거리면서, 오련히 멀어져 갔습니다. 바람이 얼굴을 축축한 붕대처럼 감고 지나갔습니다. 그리고 그가 열정만으로 살아갈 수 있는 곳이 천국이라고 말한 건 반야사에 도착하기 오 분 전쯤이었습니다. 마치 추워서 떨고 있는 게 자신이 아니라 나라도 된다는 듯이 거의 멍울멍울 달래는 어조로 수화기에 언 입술을 부볐습니다. 고작 열정만으로 살아가는 것뿐인데, 그곳이 천국이라고.

"하지만 그럴 수 없으니깐, 그래선 안 되니깐, 그곳이 천국이라고 했겠지. 열정만으로 살아가기 위해선 열정만으로 살지 않거나, 별로 열정만으로 살고 싶지 않은 애꿎은 사람들이 공교롭게도 희생을 해야 할 테니깐. 열정만으로 한가롭게 살아가는 사람들을 위해서, 열정 따위는 애저녁에 잊은 사람들이, 하루 벌어 먹고 살기도 힘든 사람들이 그들을 먹여 살려야 할지도 모르니깐. 타인의 꿈을 위해서 그 꿈조차 잃어버린 사람들이… 준영아! 그러니 그건 아름답지만 불합리한 세상에 대한 우리들의 아름다운 몽상에 지나지 않을 거야. 천국에 가면 우리들은 사라지니깐. 우리들이 있는 그대로 머물 수 있는 천국이란 존재할 수 없을 테니깐."

그리고 동희는 반야사에서 담배를 피웠습니다. 정확히 말하자면 반야사가 있는 건물 안에 들어가 담배에 불을 붙였습니다. 숨을 헐떡이느라 몇 번 쿨럭거리는 소리가 들렸습니다. 주택 안은 차갑고 눅눅했습니다. 해가 들지 않은 응달에 묻힌 건물이었으니까요. 1층 로비 정문엔 치킨집 전단지가 천연덕스럽게 붙어 있었습니다. 개그맨 하나가 닭다리를 들고 환하게 웃고 있었죠, 노란 물감이 개나리처럼 번져 있는 종이 속에서. 도대체 여기 어디에 절이 있다는 것인지 알 수 없었습니다. 나는 건물에서 나와 발을 동동 거리며 길을 내려갔습니다. 저만치 동희가 어깨를 움츠린 채 불빛 속으로 걸어가는 게 보였습니다. 모자가 없어 머리를 잠바 속에 깊이 파묻은 채, 손으로 귀를 꼭 감싸 쥐고서⋯⋯ 따라잡을 수만 있었다면, 그러니깐 움츠린 어깨를 붙잡을 수만 있었다면, 많이 추워 보였다고, 말하고 싶었습니다.

오 분이 지난 후, 동희는 드디어 인적이 밝은 놀이터 주변으로 나왔습니다. 거기엔 편의점과 24시간 해장국집, 그리고 피씨방들이 있었죠. 여기서 동희는 괜찮다고, 이젠 걱정하지 말라고 말했습니다. 자신은 히말라야에서 살아 내려왔다고. 그러니 다 괜찮다고, 고맙다고 말하고 영영 전화를 끊었습니다.

 그 후로 동희는 혼자 길을 걸어갔습니다. 그가 어디로 갔는지는 명백히 알 수 있으나, 왜 거기로 갔는지는 도무지 알 수가 없습니다. 분명 내게 배가 고프다고 말했고 편의점에서 라면을 사먹을 거라고 했지만, 아마 그는 편의점 문도 열어보지 않았을 겁니다. 그날 새벽 동희가 먹은 건 선지해장국이었으니까요. 그의 시신을 부검했을 때 아직 소화되지 않은 선지 몇 점이 위 속에 떠 있었습니다. 술에 취해 관악산 기슭까지 올라갔다는 게 도무지 믿기지 않았는지 가족들은 부검을 의뢰했습니다. 친구들도 모두 그렇게 생각했지요. 있을 수 없는 일이라고. 동희가 사망한 시각은 오전 8시에서 10시 사이, 육안으로 보이는 외상은 전혀 없었고, 직접적 사인은 급격한 체온 저하에 따른 심장마비였습니다. 혈중 알콜 농도는 높았습니다. 사망 당시 많이 취해 있어서 아무런 고통도 없이 동희는 잠을 잤을 거라고, 나는 생각했습니다.

 식당 안은 따뜻했습니다. 선지해장국은 조미료 냄새가 지독했고요. 나는 소주 한 병을 비우며 천천히 먹었습니다. 자꾸 구역질이 치밀어 올랐지만 마지막까지 꾸역꾸역 집어 삼켰습니다. 맞은편 테이블에 이십 대 남자 두 명이 감자탕에 소주를 마시고 있었습니다. 주인아줌마는 무심한 얼굴로 텔레비전을 보고 있었고요. 보름 전, 새벽 네 시 경에 여기에 들렸던 한 남자에 대해, 덩치가 무척 크고 몸을 부들부들 떨며 들어와, 아마 선지해장국과 소주 두 병 정도를 비우고 갔을 텐데, 혹시 기억나시냐고 묻고 싶었지만, 주변이 신경 쓰였고 텔레비전에선 연예인들이 버럭 소리를 지르고 있었기 때문에, 게다가 아무래도 엉뚱한 질문이라는 생각이 들어, 입술만 머뭇거리다 나는 소주를 비웠습니다. 여기서 동희가 죽은 느릅나무 둥치까지는 약 3킬로미터 정도 떨어져 있습니다. 그 먼길을, 그토록 걷는 걸 싫어하면서 어째서 올라갔던 것일까요? 나는 동희가 걸어간 그 마지막 3킬로미터를 따라갔습니다.

이제, 길은 언덕을 내려갑니다. 저편에 도로가 보이지요. 도로는 아까 말했던 관악산에서 신림역 방향으로 달리는 4차선 도로입니다. 도로 가운데엔 개천이 흐르고 있습니다. 군데군데 볼품없는 다리도 보이는군요. 요란한 간판들이 다 불을 끈 채 잠들어 있습니다. 새벽 여섯 시경이고요, 실제로 동희가 갔던 시간보다 한 시간이 느립니다. 개들이 짖는 소리는 전혀 들리지 않습니다. 대신에 차들이 바람 속을 달리고 있군요. 저만치 동희가 걸어갑니다. 보도 한쪽으로 분재를 파는 꽃집들이 늘어서 있습니다. 추위가 화분 속에서 자라고 있습니다. 이제 막 운행을 시작한 버스 한 대가 유령 같은 불빛을 싣고 지나갑니다. 그리고 동희는 텅 빈 횡단보도를 어슬렁어슬렁 큰 덩치를 끌며 건너갑니다. 곧 관악산 국립공원 입구가 보입니다. 여기서 오른쪽으로 꺾으면 관악 도서관이 나오고 대단위 아파트 단지가 산을 덮어버린 풍경이 보이지요. 하지만 동희는 지나쳐 숲속으로 들어갑니다. 산책로 양편으로 다양한 수종들의 혼효림이 펼쳐져 있습니다. 안개가 태고의 우유처럼 흘러갑니다. 마치 고통받고 있다는 듯이, 오랫동안 벌을 받아서 팔이 굽고 또 굽었다는 듯이, 기괴한 머리카락처럼 하늘을 뒤덮고 있는 나뭇가지들의 광활한 천장. 가로등 불빛들이 순례자의 행렬처럼 가물가물 숲속으로 사라지고 있습니다. 동희는 나무에 이마를 박고 소변을 봅니다. 몸을 부르르 떨면서. 오줌 방울이 젖은 시계 소리처럼 떨어집니다. 나는 바지 지퍼를 닫았습니다. 저만치 동희가 다시 멀어져 가고 있습니다. 노란 가등(街燈) 불빛에 그림자가 바닥에 길게 늘어집니다. 벚나무에 둘러싸인 호수 공원으로 들어갑니다. 음산한 물 위에 나무 정자가 내려앉아 있습니다. 불빛들이 듬성듬성 꽃나무처럼 피어있습니다. 하지만 무너미 고개 쪽으로 올라가는 계곡 길은 어두컴컴해서 아무것도 보이지 않습니다. 동희가 어떻게 저 어둠 속으로 올라갔는지는 도통 알 길이 없습니다. 나는 가방에서 손전등을 꺼내 불을 켰습니다. 호수 공원을 벗어나 동희가 쓰러져 잠든 계곡 기슭까지는 약 5백 미터, 계곡 오른쪽으로는 서울대 건물들이, 왼쪽으로는 숲이 펼쳐져 있습니다. 동희는 그 숲길을 따라 올라갔습니다. 길은 아주 느리게 높아지다가 산에서 계곡 쪽으로 내려오는 실개천을 건너는 다리를 몇 개 만납니다. 동희는 두 번째 다리를 건너서 산책로를 벗어났습니다. 그리고 조금 둔덕을 올라간 곳에 수령이 백년은 족히 넘어 보이는 느릅나무 둥치에 가 눕습니다. 사위는 고요하고 적막합니다. 손전등 불빛에 동희가 눈썹을 찡그리며 잔뜩 웅크린 몸을 돌아눕습니다. 나는 불빛을 끄고 나무 둥치에 쪼그려 앉았습니다. 여기가 여관이라고 생각했던 것일까요? 아주 희미하게, 얼음이 녹아 번지는 것처럼 날이 밝아옵니다. 이제 동희의 얼굴은 천천히 서리에 덮일 것입니다. 밀가루 가면을 쓰고 창백하게 굳어가는 것처럼. 저녁 무렵 등산객들이 지나가다가 발견하겠지요. 당신, 여기서 길은 끝났습니다. 그리고 이제 정말, 아무리 생각해도 정말, 동희가 어디로 갔는지는 알 수가 없습니다.

마지막으로, 일행은 궁남지로 향했습니다. 가는 길에 내내 나는 배가 고팠습니다. 점심 무렵이었고 너무 많이 걸어

다닌 탓입니다. 단조롭고 친절하게 흔들리는 버스 안에서, 나는 자꾸 목구멍이 울렁거렸고 위가 눈물을 흘리고 있는 것처럼 몸속이 추웠습니다. 사람들은 모두 길고 긴 답사가 끝나 간다는 사실에 약간 흥분해 있는 것 같았습니다. 서운해하는 눈빛도 보이더군요. 나는 약간 쓸쓸했고 당신과 답사를 끝내고 집으로 돌아가던 날들을 떠올렸습니다. 창밖 먼 구름 사이로, 달 같은 해가 설핏 지나가는 게 보였습니다. 오지 않는 잠을 억지로 자려는 사람처럼, 나는 잘 기억나지 않는 기억들 속으로 생각을 더듬어 갔습니다. 슬픔에서 멀어져 갈수록 기억에서도 멀어지는 것인지, 고작 일 년이 지났을 뿐인데 기억은 몸에서 증발한 기체처럼 윤곽 없이 떠도는 것 같았습니다. 더욱이 사건은 어렴풋이 기억나도, 그 사건에서 내가 느꼈던 감정들은 완전히 증발해버린 것만 같았죠. 매일 우리가 책을 읽듯 아침마다 똑같은 기억들을 들춰 본다면, 하루가 지날수록 말라가는 물자국처럼 어룽어룽 사라지는 슬픔들을 볼 수 있겠죠.

그러니 기억은 문장으로 써도 남지 않습니다.

사람들은 궁남지에서 여린 정오의 햇살을 등지고 사진을 찍었습니다. 이십여 명의 사람들이 호숫가에 나란히 서서 깜박이듯 단체 사진을 찍었습니다. 밝은 웃음과 익숙한 정겨움, 소란스러운 친절함이 술렁이다 잠시 숨을 멈추고 가라앉은 순간, 카메라의 렌즈에 정지된 풍경이 담겼습니다. 그리고 사람들은 웅성거리며 호숫가를 돌았습니다. 각자 친한 사람들과 함께 흩어져서 말이죠. 나는 혼자 버드나무 아래 서서 음악을 들었습니다. 한때 당신과 들었던 음악들을. 페이왕, 데이비드 달링, 에릭사티, 김광석, 그리고 보수니타. 줄지어 귓속으로 부슬부슬 내리는 음들을. 궁남지의 시린 수면으로 사람들의 다리가 갈대처럼 흔들리며 지나갔습니다. 그리고 버드나무의 검은 머리카락이 물속에서 자라난 수풀처럼 엉켜 있었죠. 사이로 하늘이 흘러가는 모습이 보였습니다. 가만히 듣고 있으면 호수의 물속에서 이어폰을 타고 음들이 올라오는 것만 같았죠. 그 시절 우리가 담장에 손바닥을 대고 담장 아래에 가라앉아 있던 음들을 들었던 것처럼, 수면 아래로 가라앉아 있던 소리들이 음악의 형식을 빌려 귓가에 들려오는 것만 같았습니다. 아마 이곳엔 백제시대부터 쏟아진 수많은 소리들이 묻혀 있겠지요. 그리고 내가 잠시 머물다 가는 소리도, 이 검은 물속으로 들어가 다른 소리들 위로 쌓이겠지요. 어쩌면 당신이 언젠가, 지금 이 사람들과 함께 이곳에 올지도 모르겠습니다. 그때는 여름이거나 혹은 봄일지도 모르며, 지금은 축축한 겨울 습기가 가득하지만, 마법처럼 잠자리가 날거나 낙엽이 부옇게 날리는 날일지도. 그때도 물들은 이곳에 있을 것입니다. 단단하게 고인 물들이니까요. 지금 여기에 내 발목이 번지는 것처럼, 내 숨소리가 물 위에 내리는 것처럼, 언젠가 당신의 발목도 이 수면을 지나가며 아른아른 머물다 갈 거라고. 물들이 눈을 감지만 않는다면‥‥

당신, 이 편지를 쓰는 동안 어느새 날이 밝았습니다. 창 밖에 진눈깨비가 그치고 어디선가 바람이 면밀하게 불어오고 있습니다. 밤새 창문을 열어두었더니 방안에 부슬부슬한 냉기가 가득합니다. 벽 한쪽 구석에 쌓아둔 박스들이 몸을 웅크리고 있는 것만 같군요. 지금 시각은 아침 아홉 시 이십오 분, 이제 약 한 시간 후면 이삿짐 차가 와서 짐을 싣고 이 방을 떠날 겁니다. 오후엔 다른 사람이 이사를 온다고 하더군요. 방은 깨끗이 닦아 두었습니다. 그것이 당신 말대로 공간에 대한 예의일 테니까요. 어쩌면 이 방에 내가 미처 치우지 못한 흔적이 남아 있을 지도 모르겠습니다. 그래도 괜찮습니다. 곧 이 방에 이사 오는 사람의 흔적이 우리가 살았던 흔적들을 덮어갈 테니까요. 백제 시대의 땅을 팠는데 엉뚱하게도 조선 시대의 쌀이 나왔던 것처럼. 먼 훗날 우리 둘 중 누군가 이 방을 찾아와도 우리가 발견할 수 있는 건 아무것도 없겠지요. 당신 말대로 소심한 나는 기웃거리지도 못한 채, 뻔뻔하게 돌아설지도 모르겠습니다. 그래도 안녕을! 당신이 어디에 있든, 그곳이 나는 알 수 없는 바다 건너 영국의 런던이든, 아르헨티나의 부에노스아이레스이거나, 어느 베네수엘라 어느 페루에 있는 도시이든, 도대체 그곳이 어디에 있든, 안녕을. 그리고 내내 건강을.

*

 보름이 지나가는 가을. 한 친구가 인문대 잔디밭에서 담배를 태우고 있었습니다. 햇볕은 따사롭게 내리쬐고 있었습니다. 햇살에 가볍게 데워진 공기는 청결하고 투명했습니다. 그는 나른한 기분으로 한참을 잔디밭에 서 있었습니다. 이윽고 어디선가 잠자리 한 마리가 날아왔습니다. 그의 발치에 조용히 앉아 날개를 쉬고 있는 잠자리는 참으로 예뻐 보였습니다. 그는 잠자리를 잡기 위해 손가락으로 빙글빙글 맴을 돌아 잠자리를 어지럽게 했습니다. 잠자리는 손가락의 은은한 돌림 속에 금세 잠이 들었습니다. 아주 깊은 꿈을 꾸고 있는 듯 그의 손가락에 잡히고도 잠자리는 깨어날 줄 몰랐습니다. 그는 잠자리의 눈을 빤히 쳐다보았습니다. 천 개의 까만 점들이 현란하게 쌓여 있는 눈동자. 그는 어지러웠습니다. 잠자리는 그의 손에서 떨어져 아래로 추락하는 듯한 정지의 순간을 거쳐 다시 날아올랐습니다. 가벼운 날갯짓으로 멀어져 갔습니다. 그는 다시 담배를 뽑아 불을 붙이며 빈 공기와 빈 잔디를 바라보았습니다. 그 투명하게 빈 공간, 아름답고 정결한 정지. 가을 햇볕은 따뜻했습니다. 그는 잠자리를 잊었습니다.

그리고 잠시 후, 멀리 한 날갯짓이 환영처럼 다가오는 것을 그는 얼핏 보았습니다. 잠자리였습니다. 잠자리는 그의 앞에서 아주 천천히 둥글게 원을 돌았습니다. 그리고 그의 입으로, 붉은 어둠이 깊게 고인 그의 몸속으로……, 날아들었습니다.

동선(動線)의 추억

- 어디?
여기, 저 길 건너편에.
저기 말이야?
아니 여기. 여기 사거리를 지나 보이는 저 들판 건너에.
그러니깐 저기 말이야.
아니 여기야. 우리 서 있는 곳 저편에, 참된 평화와 슬픔이 머무는 곳에. 우리가 여전히 손을 흔들고 있는 들판 저 건너편에……

1982년 6월에서 이듬해 6월까지 우리 가족은 영등포구 도림동에서 살았다. 영등포역의 남쪽 언덕 마을이었고, 언덕 아래에는 크라운 맥주 공장이 있었다. 우리가 살던 집은 붉은 벽돌로 된 이층집이었다. 대문을 들어서면 작은 시멘트 마당이 있었다. 주인집이 기르던 똥개 한 마리가 그 마당에서 살았다. 마당 왼쪽에 푸세식 화장실이, 그 옆에 2층으로 올라가는 계단이 있었다. 주인 가족은 1층에서 살았다. 2층은 난간이 있는 복도로 이어졌고, 복도가 끝나는 곳에 작은 마루가 있었다. 마루를 사이에 두고 두 칸의 방이 있었는데, 그중 안쪽 방 한 칸에서 우리 네 가족은 함께 살았다.

*

그러므로 다수의 문헌들을 살펴보면, 영등포는 1930년대 일제가 개발한 최초의 강남 신도시였다. 그 이전에 영등포는 시흥군에 속해 있었다. 어물과 젓갈들이 팔리던 한강 인근의 아담한 포구 마을이었다. 그 흔적은 어선의 안녕과 마을의 풍요를 비는, 몇몇 당집의 유적으로 여전히 남아 있다. 서울과 인천을 잇는, 조선 최초의 철도인 경인선이 개통된 건 1900년 11월이었다. 그 한해 전, 1899년 9월 노량

진에서 제물포까지의 구간이 부분 개통되었는데, 그때 노량진역은 현재의 노량진이 아니라 지금의 영등포역 자리에 있었다. 역사는 없고 달랑 플랫폼만 있는 간이역이었다. 홍수 피해가 잦은 한강 인근에 역을 만들 수 없어서 영등포에 임시로 정차역을 만들었던 것이다. 이듬해 경인선의 완전 개통과 함께 그 지역에 둑을 쌓게 되면서, 노량진역은 현재의 위치로 이전하였고, 남겨진 플랫폼은 주민들의 요청으로 영등포역으로 다시 태어나게 된다. 이후 1905년 경부선이 개통하면서 영등포역은 서울에서 인천, 부산으로 가는 길목에 있는 교통의 요지로 성장하게 되었다. 자연스레 유동인구도 늘어났다. 역사 주변에 상권이 형성되어 많은 사람들이 모여들었다.

1930년대 들어 영등포는 또 한 차례 변화를 겪는다. 이번에는 천지개벽에 가까운 변화였다. 1931년에 터진 만주사변이 그 계기였다. 일제는 경인선과 경부선이 지나는 교통의 요지에다, 한강과 안양천이라는 천혜의 공업용수를 지닌 영등포 일대를 대륙진출을 위한 병참기지로 만들 계획을 세웠다. 그때부터 영등포는 경인공업 단지의 핵심지대로 발전하게 되면서 영등포역 주변에 방직, 염직, 식품, 기계, 제련 등의 공장들이 들어서게 되었다. 영등포역 남쪽

지역에 아사히 맥주의 전신인 대일본 맥주와 쇼와기린 맥주 공장이 들어선 것도 이 무렵이었다. 두 맥주 공장은 해방 이후 적산기업 불하 과정을 거쳐 한국 양대 맥주 기업인 크라운 맥주와 OB맥주로 성장하게 된다.

이렇게 영등포가 조선 최대의 공업지대로 발전하면서, 1936년 영등포는 시흥군에서 경성부로 편입되었고, 그 무렵 급증하는 경성 인구를 분산하기 위한 목적으로 조선총독부가 입안한, 대경성 도시계획에 따라, 서울 동북쪽의 돈암동과 함께 영등포 일대의 문래동, 신길동, 대방동 등이 서울 최초의 신도시로서 개발이 되었다. 우리 가족이 살았던 도림동 역시 그 무렵 공단의 배후 지대로서 많은 사람들이 모여들어 살기 시작했다. 그 이전에도 도림동은 수해 피해가 잦았던 영등포 일대에서, 높은 언덕에 위치해 있어 포구 주변 사람들이 많이 살던 동네이긴 했다. 그 흔적으로, 도림동은 문래동과 대방동 등에 비해 꽤나 복잡한 골목 지형을 갖고 있는데, 도시개발에 따른 토지구획 정리가 되지 않은 까닭이었다.

 영등포는 해방 이후로도 서울의 부도심으로서, 경인공업지대의 핵심부로서 명맥을 이어갔다. 영동개발이 시작된

1970년대 무렵만 해도 영등포는, 서울의 한강 남쪽을 통틀어 부르는 지명이었고, 서울에 속한 행정구역이라기보다는 한강 너머 엄연히 독립된 도시로서 존재하고 있었다. 당시 영등포구는 서울 면적의 3분의 1를 차지하고 있는, 서울 최초의 강남으로서 한강 이남의 산업, 경제, 문화, 교통의 중심지였던 것이다. 그러나 1973년경에 관악구가 영등포구에서 떨어져 나가고, 우리 가족이 이사를 오던 무렵인 1980년경에 이르러서는 강서구와 구로구가 독립해 나가면서 영등포는 현재의 크기로 축소되었다. 비록 그 위세와 규모가 급격히 줄어들긴 했어도 1980년대 영등포는 여전히 서울 남부의 중심도시였다. 영등포역 주변에는 한국 최대의 방적 회사인 경방, 양대 맥주 회사인 크라운 맥주와 오비 맥주 공장, 그리고 800여개가 넘는 제조업체들이 생산 공장을 거느리고 공업지대로서의 명성을 이어가고 있었다. 수많은 일자리가 있다 보니 당연히 수많은 식당과 술집들이 영등포역 주변에 즐비했고, 영등포 북쪽에는 서울 최대의 산매시장인 영등포 시장 또한 자리 잡고 있었다.[2] 그리고 영등포역 동서남북으로 그 수를 헤아릴 수 없는, 삼라(森羅)한 주택들이 밤하늘의 광활한 별떼처럼 모여 있었다.

---

2. 김시덕 [갈등도시]159P

그것이 내가 1982년 한 해 동안 살았던 영등포의 도시 풍경이었다.

*

1982년 6월, 이런 영등포의 역사와는 전혀 무관하게, 그저 아버지의 사업이 망하는 바람에 우리 가족은 도림동 언덕 마을로 이사를 오게 되었다. 영등포역 남부 출구로 나와 크라운 맥주 공장의 담벼락을 따라 언덕을 올라가면, 그 남쪽에 허름한 주택들이 엉망진창으로 쌓여 있는 약간 정신 없는 마을이 나오는데, 그곳이 우리 가족이 살던 동네였다.

녹슨 대문을 들어서면, 어딘지 불그스름한 벽돌집이 떠오른다. 어쩌면 벽돌집이 아니었을지도 모른다. 그러나 왠지 황량해 보이던 마당은 기억난다. 그곳에 흰색 똥개 한 마리가 살았다. 우리 형제는 마당에서 칼싸움을 하다가 흰 똥개와 놀아주곤 했었다. 또렷이 기억나는 건, 내가 마당 화장실에 갈 때마다 똥개가 따라와서 조르르 앉아 기다리다, 꼬리를 몇 번 살랑거리다, 바닥에 떨어진 똥을 줏어 먹곤 했다는 것이다. 형과 나는 한 살 터울로, 형은 국민학교 4학년이었다. 나는 2학년을 다니고 있었다. 형은 1월생이라 또래보다 학교를 일찍 들어갔다. 우리 형제는 도림 국민학교를 다녔다. 그때는 주간반과 야간반이 있어서 형은 주간반에 다녔고 나는 야간반에 다녔다. 형이 도시락을 들고 다녀서 무척 부러워했던 것이 생각난다. 어린 시절에, 나는 개들을 좋아했었다. 용돈을 모아 시장에서 혼자 강아지를 샀던 적도 있었다. 그때는 모든 강아지가 똥개였다. 크면 못생겨졌지만 그래도 나는 개들을 사랑했다. 도림동으로 이사 오기 전, 아버지는 신정동에서 작은 소금 공장을 운영했었다. 며칠에 한 번씩 소금 트럭이 와서 집 앞 공터에 잔뜩 소금가마를 부려놓곤 했었다. 어느 날 밤, 캄캄한 어둠 속에서 소금 트럭 소리가 났고, 아버지와 일꾼들의 고함 소리가 들렸고, 트럭이 전진하고 후진하는 소리가, 그리고 집 앞 공터에 하얀 소금 포대의 산이 쌓이는 소리가 들렸다. 다음 날 아침, 나는 기르던 개가 보이지 않아 온 동네를 찾아다녔다. 집 뒤의 도랑도 가보았고, 좋아하는 누나가 살던 정미소에도, 양철 연통에서 흰 연기가 흘러나오던 이발소에도, 태권도 학원에도, 집에서 꽤나 떨어진 산에도 가보았었다. 개의 이름은 못난이였다. 너무 못생겨서 모두가 그렇게 불렀었다. 피부병이 있었는지 여기저기 좀먹은 털이 부스스했던 것이 생각난다. 오후 늦게 쌓아두었던 소금가마를 공장으로 치웠을 때, 어른들이 집 앞 공터 흙바닥에서 죽어 있는 못난이를 발견했다. 못난이는 마치 흙바닥에 스며든 지저분한 무늬처럼 보였다. 간밤에 아버지를 반기면서 꼬리를 흔들다 그대로 땅속으로 스며들었다는 듯이. 축축하고 쓸쓸한 주검이었다. 그리고 몇 달 후, 우리 가족은 쫓기듯이 도림동으로 이사를 오게 되었다. 그래서였는지 나는 주인집 흰 개를 많이 아끼고 좋아했다. 지금은 그 개의 얼굴도, 그 개의 이름도, 함께 어디를 놀러 갔었는지도, 슬픈 일이지만 전혀 생각이 나지 않는다.

한없이 계단을 올라가면, 철 난간을 두른 복도가 나온다. 복도 끝에 작고 스산한 마루가 있다. 마루 양편에 방이 한 칸씩, 복도 끝쪽에 있던 부엌은 공용이었던 것 같다. 우리 방은 다락이 딸려 있었는데 다락 아래가 부엌이었고, 그래서 부엌에 사선으로 기울어진 천장이 있었다. 그 사선의, 흰 천장 벽에 쥐 모양의 얼룩이 있던 것이 기억난다. 전설의 고향이 밤을 지배하던 시절이었다. 우리 형제는 이불을 뒤집어쓰고 부엌 천장에서 스며 나오는 쥐 귀신 이야기를 하곤 했었다. 밤이면 꿈으로 흘러들어오는 이야기였다. 다락방은 무서웠지만, 형과 나는 자주 그곳에 올라가 놀았다. 다락방은 비좁았고 퀴퀴했고 아늑한 곳이었다. 그리고 집에서 멀지 않은 곳에, 불에 타버린 장엄한 대저택이 있었다. 우리 형제들은 동네 아이들과 함께 그 저택에 가서 숨바꼭질을 하거나, 여우야! 여우야 뭐하니? 밥 먹는다. 무슨 반찬? 개구리 반찬! 죽었니 살았니? 그리고 고개를 돌리면···· 모두가 얼어붙는 무궁화 꽃이 피었습니다! 아이들은 처참하게 타버린 저택의 폐허 속에서 저녁이 이슥하도록 놀이를 하곤 했었다. 저택에는 경사진 언덕을 따라 너른 정원이 있었다. 정원은 어린 우리들에게 넓은 들판 같았고, 저택은 방 한 칸에 살던 우리 형제들에게 중세 시대의 고성을 떠올리게 했다. 지금도 기억나는 건 화장실 벽이었던가, 아니면 화려하고 웅장했을 거실 벽이었던가, 그도 아니면 저택의 검게 타버린 기둥이었는지 핏자국이 잔뜩 묻어 있던 것이 떠오른다. 작고 또 스산한 마루 맞은편 방에는 엄지손가락이 없는 한 남자가 살고 있었다. 아마도 근처 공장에 다니던 총각이었을 것이다. 언젠가 그 남자가 우리 형제를 데리고 극장에 간 적이 있었다. 어느 극장이었는지, 어느 길로 어떻게 갔었는지, 혹은 차를 탔었는지 등은 생각이 나지 않는다. 하지만 영화의 한 장면은 또렷이 기억난다. 거대한 악어가 나오는 영화였다. 악어는 도시의 하수도에서 살았다. 한 남자가 악어를 피해 맨홀을 향해 뻗어있는 계단을 필사적으로 기어오르던 모습이 떠오른다. 아버지에게 물었더니, 너무 늙어버린 아버지는 그 남자를 전혀 기억하지 못했다. 아버지는 당시 사업이 망하고 할머니가 먼 친척 공장에서 떼다 주는 목공예품을 등에 짊어지고 여기저기로 팔러 다녔었다. 그도 시원찮아서 오래지 않아 그만두었고, 우리 가족은 갈 곳이 없어 부평 외할머니댁으로 이사를 가게 되었다. 이미 늙어버린 아버지의 말에 의하면, 그 스산한 마루 맞은편 방에는 젊은 여자가 살았다고 한다. 그러나 어째서 나는 그녀를 기억하지 못하는 것일까?

녹슨 대문을 나서면, 문간에 쪼그려 앉은 아이가 보인다. 팬티 바람으로 몸을 오들오들 떨고 있다. 가을 무렵이었을까? 밤이었고 찬바람이 소슬하게 불어왔다. 아이는 무슨 잘못을 했는지 팬티만 입은 채 벌을 받고 있는 중이다. 그리고 충격과 때아닌 수치심과 누군가 아름다운 사람이 다가와 이불을 덮어주는 서글픈 몽상 같은 것에 빠져 있다. 혹은 늘 꿈꿔오던, 실은 자신이 먼 외계의 별에서 온 왕자이고, 지금 가족은 불가피하게 사랑해야 하는, 그래서 때로는 너무 안쓰럽게 여겨지곤 하는 잠정적인 핏줄 같은 것인데, 머지않아 몸에서 얼음이 녹아내리듯 천천히 흘러내릴 잠깐의 혈연 같은 거라고, 한번 흘러내리면 다시 쓸어 담을 수 없어 어머니는 애걸복걸하며 울겠지만, 그때는 이미 너무 늦은 거라고, 아버지도 후회할 거라고, 형은 쭈볏거리며 미안하다 말하겠지 생각하면서, 울고 있었는지도 모른다. 그리고 아이는 곧 동선의 추억을 따라, 먼 훗날 어른이 된 자신이 더듬어 가게 될 길을 따라, 울면서 작은 외조부의 집으로 걸어갈 것이다.

이미 오래전에 녹슨 대문을 떠나면, 왼쪽으로 살짝 비탈길을 내려간다. 어렸을 때 그 비탈은 조금 높아 보였었다. 지금은 고작 세 걸음 정도면 올라갈 수 있는, 아주 살짝 경사진 길이지만 형과 나는 항상 그 비탈을 올려다보며, 이제 곧 집에 왔다는 안도감을 느끼곤 했었다. 비탈을 내려와 오른쪽으로 가면, 한없이 길게 느껴지던 골목길이 있었다. 그 골목을 반쯤 들어선 곳 오른편에 높은 축대가 있었는데, 그 축대 위가 불에 타버린 대저택이었다, 천진난만하게도, 지금 그곳에는 성스러운 대형 교회가 들어서 있다. 언덕을 깎아 교회를 세웠고 그 앞은 널찍한 주차장인데, 오래전 저택의 들판이 그랬듯 경사진 지형에 밤의 몽환처럼 차들이 서 있는 것이 보인다. 잠시 그 언덕 주차장을 올라가 보았다. 영하의 공기에 얼어붙은 차들은 무서워 보였고, 저기 빈 터의 어디쯤에 묻어 있었을 핏자국에선 왠지 슬픈 비린내가 났다. 그건 이젠 없는 유년의 놀이에서 흘러나오는 냄새였다. 사라진 유년은 내 몸속에 있고, 그러니 몸 바깥엔 없는 것이지만, 몸속 어딘가에 머물고 있을 놀이에서 흘러내리는 냄새가, 오래된 숨바꼭질의 비린내가 어둔 교회의 주차장을 떠돌고 있었다. 얼마 걷지 않아 골목은 허망하게 끝나버렸다. 어린 시절 형과 나는 집에서 멀리 떨어진 교회를 다녔었다. 아마도 초코파이가 먹고 싶었거나, 혹은 예쁜 무용복을 입은 또래 계집애가 보고 싶어서였을 것이다. 어째선지 생각은 나지 않지만, 우리는 교회에서 저녁 늦게까지 뭔가 모임을 하곤 했었다. 어떤 긴급한 회의가 있었던 것일까? 어른들이 돌아오지 않는 밤을 준비하고 있었던 것일까? 고아가 되기 위한 연습을 하고 있었거나, 쥐 귀신을 쫓아간 아이들의 영혼을 위로하려 촛불을 켜고 두 손을 모으고 있었을까? 우리 집엔 작은 다락방이 있었는데, 그곳에서 누추한 부부싸움의 소음을 피하고 있노라면, 나는 부엌에 귀신이 나오는 꿈을 꾸며 잠이 들곤 했었다. 그럴 때면 형의 옆구리가 따스한 피난처럼 여겨졌었다. 교회에서 돌아오는 골목은 어둡고, 가로등 빛은 높고 창백한데, 밤하늘은 현기증이 날 정도로 멀리 떨어져 있었다. 곧 저 문간에서 어떤 손길이 슬며시 빠져나와 우리들을 낚아챌 것만 같았다. 벽들은 음흉해 보였고, 보이지 않는 등 뒤는 위태로웠다. 집으로 오는 길에 형과 나는 손을 잡고 걸었을까? 우리 형제는 그다지 친하지 않았다. 형은 심술궂었고 자주 나를 때렸다. 하두 형에게 머리를 맞아서 머리가 나빠졌다고 나는 형을 원망하곤 했었다. 그래도 무서웠으니 손을 잡았을까? 형의 손의 감촉은 어떤 것이었을까? 그 체온은 지금 어느 골목의 어둠 속을 떠다니고 있을까? 혹은 근처 공장을 다니는 남자들이 가끔 망토 같은 걸 쓰고 우리 곁을 지나가는 듯한 기척이 느껴지곤 했는데, 우리 형제는 용기를 내서 남의 집 담벼락에 쌓여 있는 연탄재를 발로 힘껏 차곤 했었다. 차가운 밤공기에 살색의 연탄 가루가 날리던 것이 생각난다. 그리고 형과 나는 함께 소리 높여 찬송가를 불렀다. 내 모든 기억이 전부 꿈이라 해도, 모든 기억의 풍경이 슬픈 몽환이라 해도, 그날의 찬송가는 지금도 밤의 골목에 울려 퍼지고 있다. 우리 형제는 카랑카랑한 소리로 귀신을 쫓아내기 위해, 혹은 망토 쓴 남자들의 손아귀에서 벗어나기 위해 힘차게 노래를 불렀다. 형은 음치가 아니었고 나는 음치였는데, 우리 두 사람이 부르는 찬송가는 기묘한 화음을 이루며 밤하늘에 울려 퍼졌다. 창피한 줄도 모르고, 우리는 더욱더 소리를 높여 노래를 불렀다. 그리고 여전히 노래의 불티가, 부서진 노래의 재들이, 가닿을 수 없는 저 슬프고 정중한 밤하늘에, 우리 몸속의 동선이 다하는 곳, 유년의 창공 저 어딘가에……

밤의 찬송이 지고 아이는 울면서 골목을 빠져나온다. 골목은 흘러내리듯 낭떠러지 같은 축대 길로 이어진다. 왼쪽으로 축대 길을 내려가면 일정(日政)때부터 이어져 온 도로가 나오고, 그 옆에 크라운 맥주 공장이 있다. 춥고 넓고 삭막한 곳이었다. 하지만 거인 같은 굴뚝이 살고 있었고, 한없이 성스러운 구름을 뿜어냈는데, 마치 굴뚝이 몸속 깊은 곳에 넓은 해저를 숨기고 있어, 거기서 올라오는 아찔하고 숨 막히는 거품들이 밤하늘에 구름의 환혹을 퍼트리는 것만 같았다. 지금 그곳에는 잿빛 푸르지오 아파트가 서 있다, 공장의 굴뚝보다 더 춥고 높고 삭막해 보이는, 이차선 도로를 따라 사거리에 닿으면, 현재의 도신로 29길이 나온다. 아이는 그 길을 따라 조금 아래로 내려간다. 그리고 그 시절엔 없던 횡단보도의 환영을 건넌다. 거기서 맞은편 골목으로 들어서면 작은 외할아버지 집으로 가는 길이다. 하지만 그 골목으로 들어서지 않고, 도신로 29길을 내려가 도림 국민학교까지 가서 우측으로 대로를 따라가는 길도 있다. 그때 아이는 어느 길로 들어섰을까? 밤길이 무서우니 골목을 피했을까? 골목길엔 상점들이 많았고, 대로는 그저 휑한 도로였다. 그 무렵은 도로 공사가 한창이었는데, 마치 운석이라도 떨어진 듯 여기저기 땅이 파여 있었고, 흙더미의 산들이 마구 쌓여 있었고, 누군가 흘려놓은 아스팔트가 도로의 검은 혀처럼 뻗어있었다. 그때 우리 형제는 도림 국민학교를 다녔었다. 형은 4학년이어서 도시락을 들고 다녔는데, 나는 그것이 부러워서 엄마에게 도시락을 싸달라고 조르곤 했었다. 그래서였을까? 도시락이 없어서였을까? 어느 계절이었던가, 나는 며칠간 학교를 가지 않고 여기저기 영등포를 돌아다녔다. 어디를 쏘다녔는지는 기억이 나지 않는다. 다만 흐릿한 공장의 굴뚝과, 거칠고 황량한 대로와 어딘가의 허름한 만화방과, 소년동아와 월간 보물섬의 페이지들과, 히로시마의 원폭보다 강력한 에너지를 지녔다는 로버트 태권브이의 이단 옆차기와, 불시착한 우주선처럼 보이던 어느 동네의 초라하고 몽롱했던 둔덕이 아른거린다. 그 시절 어머니가 일을 했었는지 안 했었는지는 기억이 나지 않는다. 그러나 이듬해 온 가족이 친정집에 얹혀살게 되면서, 어머니는 남은 평생을 시장바닥과 아파트 공사판과 백화점 화장실에서 성실히 근무하는 일로 보냈다. 나의 방황은 오래가지 못했다. 국민학교 2학년짜리 방황이었다. 그때 어머니가 나를 어떻게 혼냈었는지는 기억이 나지 않는다. 이듬해부터 시장바닥을 헤매고 다닐 일을 생각하며, 나를 혼내고 지지고 들볶았을까? 어머니는 성질이 괄괄했는데 나는 몇 대를 맞았을까? 이제 내가 기억하지 않으면 아무도 기억하지 않을, 영등포의 장대한 역사와는 아무런 상관도 없는, 그 하루의 풍경이 내 몸속 어딘가에 쌓여 있다.

아이는 아마도 골목으로 들어섰을 것이다. 아이는 팬티만 입고 있었고 그 길이 익숙했는지도 모른다. 골목 양편에 가게들이 즐비했고, 골목은 계곡을 올라가듯 건물 숲 사이로 굽이치듯 올라갔는데, 그 길의 미묘한 상승감이 몸속의 바닥에서 떠오른다. 주변의 상점은 모조리 바뀌었고 건물의 키 높이도 달라졌으며, 이제는 한국어 간판보다 중국어 간판들이 더 눈에 띄지만, 이 골목의 상승하는 동선은 분명 여전히 내 몸속 어딘가에 있다. 그리고 이 골목의 어딘가에서 형과 나는 가게의 텔레비전을 통해 권투선수 김득구가 죽었다는 뉴스를 보았었다. 아마도 작은 외할아버지 집에서 돌아오는 길이었거나, 아니면 그 골목 어디쯤에 살고 있던 친구 집에 갔다 오는 길이었을 것이다. 삶은 우리의 몸속으로 눈처럼 쌓이면서 사라져 간다. 사라진다는 건, 눈처럼 쌓이며 사라진다는 건 여전히 몸속 어딘가에 있다는 것이다. 어떤 기억은, 몸 안에 쌓인 그 시간이 한때 자신이 살았던 공간을 그리워할 때, 몸속을 흔드는 애잔한 술렁임으로 떠오른다. 집으로 돌아가고자 하는 시간의 귀소본능인 것이다. 우리 몸이 공간이기에 우리는 세상이란 공간에 존재할 수 있다. 몸은 자신이 살았던 시간으로 돌아갈 수는 없지만, 자신이 존재했던 공간으로 돌아갈 수는 있다. 죽는다는 건, 몸이 공간으로 돌아가는 일마저 불가능해진다는 것이다. 삶이란 끊임없이 과거를 창조해내는 일인 까닭에, 우리 몸속에는 우리가 걸어온 수많은 길들이 포개지면서 다겹을 이룬 무늬층, 동선의 나이테가 있다. 우리가 어느 길에 접어들어 문득 어떤 동선의 추억을 떠올리게 되는 건, 그 동선이 우리 몸속으로 고스란히 들어와 쌓여 있기 때문이다. 까닭에 어느 특정한 동선이 들어왔던 공간, 그 동선이 한때 일상의 리듬으로 연주되던 장소를 우리가 다시 걷게 되면, 그 순간 과거의 동선이 부옇게 마치 종이에 스며 있던 무늬가 물에 적셔지며 떠오르듯, 우리의 뇌리에 아련히 떠오르게 된다. 그러나 언젠가 우리 몸이 돌이킬 수 없이 부서지게 되는 날, 우리가 세상에 공간으로 존재하기를 멈추는 날, 우리 몸속에 쌓여 있던 동선의 무늬들도 몸 밖으로 흘러나와, 그들이 머물 공간을 찾지 못하고 산산이 흩어져버리게 되리라. 하여 나는 지금 이 글을 쓰고 있는 것이다. 내 몸속에 쌓인 동선의 추억들을 여기 백지의 공간에 옮겨 담고 있는 중이다.

아이는 계곡 같은 길을 올라간다. 중국어 간판들과 중국집 간판들이 아이를 어리둥절하게 한다. 김득구의 죽음을 알았던 길의 능선을 넘어간다. 회색빛 담벼락이 보이는 저 왼편 골목으로 들어가면, 눈꺼풀을 뒤집어 귀신 흉내를 내던 친구가 살았다. 붉은 눈꺼풀의 속살이, 흡사 눈동자에 번지고 있다는 듯이, 노을이 붉게 진 눈동자는 무섭고 끔찍하고 신비로워 보였다. 아이는 몇 번 흉내를 내려 했지만, 징그러워서 차마 끝까지 따라 하지는 못했다. 그러나 형은 따라 할 수 있었을까? 형은 밤이면 내게 붉은 살의 노을이 진 눈동자를 보여주곤 했을까? 나는 형에게 많이 맞으며 자랐는데, 너무 머리를 자주 맞아서 바보가 되었다고, 내 인생 책임지라고 형에게 화를 내곤 했었다. 내가 가진 강력한 무기는 온 친척들이 모여 있는 마당에서 땅바닥에 드러누워 울면서 지랄발광을 하는 것이었다. 그러면 아버지는 똥 씹은 표정을 지었고 어머니는 한숨을 쉬며 팔자타령을 했었는데, 형이 나를 내려다보던 표정은 기억이 나지 않는다. 내 몸속 어딘가에 있을 그 표정이 떠오르지 않아, 밤마다 형 꿈을 꾸곤 하지만 형은 단 한 번도 어린 시절의 표정을 되찾지 못했다. 그러니깐 팬티만 입은 꼴사나운 모습으로 허겁지겁 언덕길을 올랐다가 헐떡이며 내려가다 보면, 형과 함께 다녔던 도림교회로 가는 길이 보인다. 아마도 도림교회라고 분명 나는 믿고 있는 것 같다. 도림동이란 지명이 어쩌면 교회로 스며들었는지도 모르고, 도림 교회가 몰래

도림동이란 지명을 내 몸속에 흘려 넣었는지도 모른다. 그러나 도림교회가 아니라면, 내 몸속에 있는 도림 교회는 어느 길의 추억에서 흘러들어온 것일까? 도림교회는 1929년 경기도 시흥군 북면 도림리에 첫 예배당을 지었다. 영등포교회에서 분리되어 나왔고, 그 시절의 이름은 사촌교회였다. 그리고 1938년에 이르러 도림교회로 명칭을 변경한다. 점점 교인들이 늘어나면서 1980년에는 교육관을 기공하게 되었고, 이 무렵 이미 평택과 삽교천 등지에 교회를 개척할 정도로 도림교회의 규모는 작지 않았다. 형과 내가 교회를 다니던 1982년에 이르면 교회는 청소년 야학교를 개설하게 되는데, 우리 형제가 밤늦게까지 교회에 있었던 건 청소년 야학교 때문이었을까? 그러나 당시 우리는 청소년이 아니었고, 엄연히 국민학교를 주간반과 야간반으로 나눠 당당히 다니고 있었다. 그러면 기도회를 했던 것일까? 국민학교 2학년이 밤늦게까지? 무엇을 위해서? 예쁜 무용복을 입은 저 아이와 사귀게 해달라고? 기억 속 교회의 풍경은 곧 허물어질 것처럼 낡고 초라하다. 노오란 전등과 누런 장판의 들뜸이 떠오른다. 허름한 벽지에서는 모래가 흘러나왔다. 마치 벽지 속에서 모래 인간이 울면서 흘러내리고 있다는 듯이. 먼 1929년에 첫 예배당을 건립한 후, 새 성전을 짓기까지 도림교회는 반세기를 보내야만 했다. 교회가 새

성전을 건립한 건 1986년이었다. 우리 형제가 두 손을 모으던 예배당은 모래가 흘러내리던 1929년의 건물이었다.

아이의 동선은 예배의 숲을 빠져나와 도림로에 이른다. 그곳 서편에 도림교회가 있지만, 아이는 도림로를 따라 남쪽으로 내려간다. 신의 손 체형관리가 개나리색 간판에서 추위에 떨고 있다. 빛바랜 유창철물은 오래된 졸업앨범처럼 보인다. 그리고 주차장이라고 쓰인 때 묻은 파란색의 셔터 문이 우울하게 늘어져 있다. 이 주차장 뒤편에 우뚝 서 있는 건물은 낡은 미색의 타일로 벽을 마감했는데, 그 마감의 건축양식을 보면 1970년대 건축으로 보인다. 아이는 황량한 벌판에 시멘트 건물들이 듬성듬성 서 있는 대로를 따라 걷는다. 도림로가 개통된 건 1984년 11월 7일이었다. 아버지의 기억에 의하면 도림로는 1982년 한창 공사 중이었고, 문래동에서 도림 고가차도를 지나 가마산로 사거리까지 아스팔트 도로가 깔려 있었다고 한다. 그 너머 신길동과 대림동을 거쳐 구로동까지 이르는 도로는 아직 완공되지 않았을 때였다. 작은 외조부가 살았던 곳은 아스팔트 도로가 끝나는 가마산로 사거리 근방, 성락교회 근처 어딘가였다. 아이는 그 근처 어딘가를 더듬어 걷는다. 저기 성락교회의 붉은 십자가가 보인다. 아버지는 혼자 이 교회를 다녔었다. 어머니는 천주교 신자였고, 아버지는 기독교인이었다. 어머니의 세례명은 베로니카였는데, 아버지가 그 무렵 세례를 받았는지 어쨌는지는 알 수가 없다. 알 수가 없지만, 아버지는 혼자서 무엇을 위해 그토록 기도를 했을까? 참된 평화와 슬픔이 머무는 곳을 향하여. 빛과 사랑이 언제나 넘치는 도림동 2층 셋방을 위해. 저 높은 곳을 향하여 날마다 나아갔던 것일까? 내 주여 내 마음 붙드사 그곳에 있게 하소서. 그곳엔 빛과 사랑이 언제나 넘치옵니다. 그리고 아버지는 근심의 안개 걷히고 근심의 구름 없는 곳, 인천 부평의 장모님 댁으로 온 식솔을 거느리고 떠났다.[3]

성락교회에 이르기 전, 검붉은 고목의 수피를 지닌 쇼핑센터가 보인다. 아이는 자신이 이곳을 떠나고 3년 후에 지어질 낡고 오래된 쇼핑센터의 건물을 올려다본다. 겨울바람이 너무 차서 팬티 바람인 아이는 얼어버릴 것만 같다. 패딩의 털모자를 눌러쓰고 아이는 계속 길을 걷는다. 성락교회 주변은 허허벌판이었다. 허허벌판이었다고 기억된다. 집들과 건물들이 띄엄띄엄 있었지만 벌판의 황량함을 지우진 못했다. 아버지는 작은 외할아버지 집이 성락교회 근처 어딘가에 있었다고 했다. 집 뒤편에 작은 공원이 있었는

---

3. 찬송가 [저 높은 곳을 향하여] 변주

데, 그 공원 때문에 개발이 되지 않는다며 작은 외할아버지는 속상해했었다고 한다. 하지만 내 기억에 그곳에는 공원이 아니라 쓰레기 더미가 쌓여 있는 언덕이 있었다. 우리 형제는 그곳에서 쓰레기를 태우거나 동네 아이들과 병깨기를 하며 놀았다. 화장품병이나 양주병은 쉽게 깨지지 않았고, 그래서 형과 나는 쓰레기 산을 뒤지며 양주병을 찾아다니곤 했다. 지금 성락교회 뒤편에는 신길 건영 아파트 단지가 들어서 있다. 저 아파트 단지 아래 쓰레기 산이 묻혀 있을까? 성락교회를 지나 계속 걸으면 가마산로와 만나는 사거리가 나온다. 그 건너편에 빌라들이 빼곡히 모여 있는 마을이 있다. 작은 외할아버지 집은 가건물로 만든 허름한 단층 주택이었다. 모야모야병에 걸려 말을 더듬는 이모에 의하면 그건 집도 아니었다고 했다. 아이는 그 집의 대문을 두들긴다. 누군가 문을 열고 나온다. 겨울바람은 차다. 그때는 가을이었다. 가을의 붉은 구름이 밤하늘에 가득했었다. 작은 외할아버지의 집은 어디에 있었을까?

여기서 동선의 추억을 따라가는 여정은 끝난다. 몸속 어딘가에 여전히 남아 있겠지만, 몸 밖을 나서면 그 집도, 그 집으로 들어서는 길목도 사라지고 없다. 쓰레기 더미가 가득했던 언덕도, 집들이 듬성듬성 밤의 벌판에 묻혀 있던 지형도, 그때는 크지 않았던 성락교회의 예배당과 모래가 흘러내리던 도림 교회의 벽들도, 회색빛의 크라운 맥주 공장도, 붉은 벽돌집 2층의 사글세방이며, 부엌에 숨어있던 쥐귀신과 다락방의 슬픈 몽환마저도···· 작고 스산한 마루 건너편 방에 살았다던 여자는 누구였을까? 불에 타버린 대저택에 살았던 사람들은? 그들의 몸속에 있던 동선들은 다 어디로 갔을까? 아버지는 성락교회를 다녔지만, 어머니는 천주교 신자였다. 어머니가 다녔던 성당은 어디였을까? 지도를 보면 크라운 맥주 공장 옆에 도림동 성당이 있다. 어머니는 주일이면 그 성당에 가곤 했었을까? 아니면 굴뚝의 매연이 두려워서 멀리 문래동 성당까지 갔었을까? 성서를 품에 안고 다니던 그 경건한 동선은 이제 어머니의 몸속에 없다. 그러니 그 동선의 추억은 그 어디에도 없는 것이다. 아버지가 목공예품을 팔러 다니던 길도 이미 늙어버린 아버지는 전혀 기억하지 못했다. 아버지가 흘린 수많은 소변과 함께 이미 몸 밖을 빠져나갔는지도 모른다. 어느 봄밤 아버지의 소금가마에 깔려 땅속의 얼룩으로 사라진 못난이의 동선도 함께. 엄지손가락이 없던 남자가 우리를 데리고 악어가 나오는 극장까지 갔던 길들은 어디에 있을까? 밤이면 별떼처럼 빛나던 집들과 그곳에 살던 사람들의 동선의 추억은, 베로니카의 삶은 모두 어디로 가버린 것일까?

아이는 집에 들어섰고, 나는 어디로 가야 할지 몰라 겨울 밤 사거리에 서서, 황망한 주변을 둘러본다. 몸은 꽁꽁 얼어붙었고, 추억은 꼭 깨질 것처럼 차가웠다. 저기 사거리 건너 보이는 빌라들의 마을을 둘러보아야 할까? 저곳에 가면 몸속에서 동선의 추억이 술렁이며 다시 떠오를까? 형과 나는 살가운 사이가 아니었다. 형에게 어린 시절 걸었던 동선에 대해 묻는다면? 글쎄, 형은 한심한 소리나 하고 자빠졌네! 언제 정신 차릴래. 먹고 살 궁리나 하라며 핀잔을 줬을 것이다. 그래도 우리가 어른이 되고 함께 했던 이십여 년의 삶에서, 몇 번 있지도 않았을 대화의 순간을, 그 다정함을 지금 여기로 불러와 본다. 그 몸속에 저며져 있던 동선을 가만히 떠올려 본다.

여기로 가는 게 아니었어?
아니 조금 더, 조금만 더 간 곳에.
어디?
여기, 저 길 건너편에.
저기 말이야?
아니 여기, 사거리를 지나 보이는 저 들판 건너에. 참된 평화와 슬픔이 머무는 저 밤하늘에.

바람이 다시 불 때

이런 기사를 보았다. 03년 4월 1일 오리엔탈 만다린 호텔에서 떨어져 죽은 장국영이 3년이 지난 어느 날 저녁, 아르헨티나의 수도 부에노스아이레스에 있는 한 편의점에 나타나 우유를 사 갔다. 목격자인 중국계 아르헨티나인의 말에 의하면 장국영은 간편한 츄리닝 복장이었고 편의점에 들어와 무심한 표정으로 진열대에 있는 우유를 들고 나갔다. 그리고 어두워진 저녁거리를 터벅터벅 걸어 어딘가로 떠났는데, 장국영이 멀어지고 나서야 중국계 아르헨티나인은 그가 장국영이었다는 사실을 알았다고 한다.

이 기사를 읽고 나는 곰곰이 생각해 보았다. 그가 죽은 후 3년간 세상에서 사라진 것은 아무것도 없었다. 어느 날 문득 지구 반대편에 있는 부에노스아이레스에서 우유 한 병이 사라지기 전까지 말이다. 바람이 다시 불 때 우리가 사랑했던 사람들을 다시 만날 수 있다면 우리는 어디로 가서 다시 만나야 하는가.

나는 3년 전에 이렇게 썼다.

사랑하는 사람과 헤어지는 일이란 한 번 자살하는 것과 같다. 익숙했던 모든 것들과 생이별하는 것이다. 우리가 저승을 두려워하는 것은 그곳의 모든 것이 내가 사랑하던 것이 아니기 때문이다. 나는 낯선 곳에서 잠을 잘 자지 못한다. 낯선 곳에서 자는 일이란 저승에서의 하룻밤과 같다. 사람은 그 사람이 살아온 생에 다름 아니므로 사랑하는 사람과 헤어지는 일이란 한번 자살하는 것이다.[4] 3년 전에 나는 처음 사랑을 했다. 그전까지 줄곧 나는 혼자 누군가를 좋아했을 뿐이다. 처음 사랑을 하고 나서야, 나는 내 여자란 말의 어감이 단순히 마초적인 뜻이 아님을 알았다. 그녀는 분명 내 여자였다. 그건 내가 그녀와 함께 살아온 일 년이란 삶이 그녀의 존재 속으로 돌이킬 수 없이 스며들어 갔다는 뜻이다. 내가 사랑한 그녀가 내가 살아온 일 년의 삶이었다.

그러다가 우리는 헤어졌다. 헤어지고 나서도 그녀의 방이 내 옆방에 있었기 때문에, 나는 분명히 내 삶이었던 것이 타인의 삶이 되어가는 과정을 벽을 사이에 두고 지켜보아야만 했다. 그리고 어느 날 그녀는 우리 둘의 삶이었던 것을 안고 다른 남자에게로 갔다. 그러자 나는 마치 뼈에서 관절 하나가 통째로 빠져나가는 듯한 고통을 느꼈다. 그녀

---

4. 이 구절은 배매아 작가의 동의하에 2006년 김경주 시인의 시 <비정성시>에서 배매아 작가의 당시 애칭이였던 '칸'이라는 이름으로 인용되었다.

는 분명히 내 여자였는데, 몇 달이 지나고 보니 다른 사람의 여자가 되어 있었던 것이다. 나는 때때로 보았다. 지난 일 년간 내가 살아왔던 삶이 이제는 다른 사람의 곁에서 낯선 삶이 되어가는 모습. 시간이 지나면 언젠가 내 방 거울 속에서 내가 사라지고 다른 사람의 얼굴이 나타나게 되는 것처럼…… 아침이면 내 이불 속에서 눈을 뜨던, 나와 함께 딸기를 사러 다니던, 내가 이런 말을 할 때 그녀가 저런 표정을 짓던 순간들의, 일 년간 내 삶을 이루던 소소하지만 긴밀한 감동이었던 그 모든 것들을. 그래서 나는 그에게 말하고 싶었다.

"이봐요, 당신 곁에서 나란히 걷고 있는 건 당신의 삶이 아니라 내 삶이랍니다."

하지만 나는 속물이라서 싸움이 일어날까 겁이 났고 말하지 못했다. 몇 달간 나는 내 삶이 타인의 삶이 되어가는 과정의 세밀한 고통들을 지켜보았고, 그리고 그녀는 이사를 갔다. 사랑하는 사람과 한 번 헤어지는 일은 그 시간만큼 한 번 죽는 일과도 같다. 사람은 그 사람이 사랑했던 사람들과 함께 해온 시간들인 까닭에, 만약 그 사랑했던 사람들이 그의 삶을 안고 어딘가로 떠난다면, 중간중간 비어있는 도미노처럼 삶에 시간들의 빈틈이 생기는 것이다. 70년을 산다고 했을 때, 그중에 30년의 삶이 다문다문 사라져버린다면, 우리는 어디로 가서 그 삶을 찾아야 한단 말인가.

그건 말하자면 사랑했던 어떤 사람이 진짜로 죽는 일과도 같다. 사람은 죽으면서 순간의 문을 열고 나간다. 그 사람이 살아왔던 순간들의 무수한 연속에서 마지막 순간의 문을 열고 저편으로 저승의 강을 건너가는 것이다. 그때 그 사람은 온전히 저편으로 강을 건너지는 못한 채(강이 그곳에 없고 그 순간에 있으므로) 순간의 문에 옷자락이 걸리는데, 그 순간 그의 발목을 적시면서 저승의 물이 서서히 차오른다. 그러니깐 저승의 강은 우리가 건너야 할 강으로서 흐르는 것이 아니라, 우리가 잠기는 강으로서 차오르는 것이다. 민감한 사람이라면 누구나 사랑하는 사람이 죽을 때, 어떤 불길한 슬픔 같은 것을 느낄 수 있는데 그건 그 죽은 사람이 순간의 문을 열어두고 나갔기 때문이다. 그 열린 문으로부터 바람이 불어오기 때문에, 우리는 그때 그가 죽었다는 것을 안다. 말하자면 이런 것이다. 우리가 기차를 타고 밤길을 달려가다가 깜박 잠이 들었을 때, 옆에 앉은 친구가 창문을 연다면 밖에서 찬바람이 불어올 것이고 우리는 몸을 웅크린 채 오소소 떨 것이다. 눈을 뜨지 않아도 우리는 누군가 창을 열고 달리는 어둠 저편을 보고 있다는 것을 안다. 죽은 사람이 순간의 문을 열고 선 채 밑으로부터 차오르는 물에 잠겨가는 순간, 우리가 살아가는 삶의 한순간도 같이 저승의 물에 잠기는 것이다. 사랑하는 사람과 헤어지는 일은 한 번 자살하는 일과도 같고, 사랑하는 사람이 우리의 곁을 떠나 죽는 일은 한순간 우리의 삶이 저승에 빠져드는 일과도 같다. 순간의 문에 옷이 걸린 채 저승의 강이 서서히 차오르는데, 문 저편에서 우리가 이해할 수 없는 바람이 불어온다.

그러니깐 13년 전 나는 짝사랑하던 누나에게 이렇게 말한 적이 있다.

"누나, 바람이 다시 불 때 우린 다시 만날 수 있을 거예요. 우리가 어디로 가든 이 순간을 스쳐 갔던 바람이 다시 불어올 때 우리는 모두 다시 만날 거예요."

이제 와서 생각해 보면 나는 누나를 사랑한 것이 아니라 다만 내 자아의 서글픈 낭만에 집착한 것에 지나지 않았지만, 그때 나는 정말 그녀를 헌신적으로 따라다녔다. 누나는 내게 처음 한 달간 호감을 보였고, 그 후로 2년간 나 혼자 그녀를 좋아했다. 그때 나는 그녀에게 장국영의 노래들을 복사한 테이프를 주곤 했는데, 그중에 한 곡이 바람이 다시 불 때란 노래였다. 장국영이 가수로서 한번 은퇴하기 전 작곡한 두 곡의 노래 중 하나였다. 다른 한 곡의 제목은 Will you remember me? 였다. 나는 광동어를 몰랐으므로 그 가사의 내용을 알지 못했다. 그렇지만 나는 늘 혼자 누나를 생각하거나, 서글프거나 외로운 일이 있을 때마다 거울을 보며 Will you remember me? 라고 묻곤 했다.

어느 날 나는 누나에게 말했다. 그녀의 집 건너편 허름한 3층짜리 연립의 어둡게 구석진 곳에서, 나를 지켜워하면서도 동정하는 눈빛으로 바라보던 그녀에게 바람이 다시 불 때 우린 다시 만날 수 있을 거라고 말하고 당당히 돌아섰지만, 쓸쓸하게도 속물인 나는 멋있게 떠날 수 없었고 다음 날에도 그녀를 찾아갔다. 나의 서글프고도 추레한 낭만은 비극이 될 수 없었다. 친구들과 나를 아끼던 한 선배는 이렇게 말하곤 했다. "네가 누나를 정말 사랑하는 건 알지만, 시간이 지나면 더 멋진 사람을 만나 더 아름다운 사랑을 할 수 있을 거다." 물론 나도 잘 알고 있었다. 그래 언젠가 시간이 지나고 나면 누나보다 더 멋진 사람을 만나 더 멋진 사랑을 할 수도 있겠지. 하지만 내 앞에 서 있는 깡마르고 별로 예쁘진 않지만 내게는 왠지 한없이 연연하게 느꺼지는 누나란 사람은 다시는 돌아오지 않을 것이다. 내가 더 멋진 사람을 만나 더 아름다운 사랑을 한다 할지라도. 사랑은 와도 사람은 오지 않을 테니깐.

그 후로 나는 사랑하는 사람들과 멀어질 때마다, 거울을 보거나 혼자 멍하니 앉아 장국영의 노래를 들으며 바람이 다시 불 때 우린 다시 만날 수 있을 거라고 말하곤 했다. 그건 장국영이 내게 들려준 약속이었다. 훗날 알게 된 장국영의 노래 가사는 그런 뜻이 아니었다. 장국영은 바람이 다시 불 때, 더이상 세상의 소문에 연연하지 않고 나의 길을 갈 것이다, 라고 말했지만, 나는 그의 노래를 들으면서 항상 본래의 가사와는 상관없는 내용들을 꿈꾸었다. 심지어 제목의 의미를 조금씩 바꾸기도 했다. 공동도과(함께 가는 길)란 제목은 "나와 함께 해준 모든 이들에게 감사하며"라고 불렀고, Will you remember me?의 가사를 알지도 못하면서 친구들에게 노래를 들려줄 때면 함께 살아가다 헤어지는 사람들이 마지막에 부르는 내용이라고 설명하곤 했다. 나는 가사의 내용을 알 수 없었으므로 장국영이 부르는 낯선 언어의 낭만적인 발음들이, 음과 음 사이를 오고 가는 음성의 풍부한 서글픔이 중요했던 것이다. 뜻을 알 수 없는 발음들의 섬세한 소리 하나하나가 내게는 결코 이해할 수 없는 비밀들처럼 들렸다. 나는 아무것도 이해할 수 없었으므로, 아무것도 붙잡을 수 없었지만 한 곡의 노래를 듣는 동안 많은 순간들을 상상할 수 있었다. 그 상상의 리듬과 소리 위에 나는 천 개의 내용을 띄워 놓고 사랑하는 사람들과 헤어졌다가 다시 만나는 순간들을 몽상하곤 했다. 한 곡의 노래 위로 천 개의 바람이 불어오던 순간들을 나는 기억하고 있다.

생각해 보면, 벽을 하나 사이에 두고 사랑하는 사람과 천천히 남이 되어가는 일도, 그해 겨울 땅으로 쏟아졌던 폭설이 서서히 마르면서 가뭇없이 사라지는 일과 흡사했다. 아마도 감정이 몸 안에서 바슬바슬 마르면서 낯설어지는 일이란. 그해 봄이 올 무렵 날이 풀리면서 골목 어귀에 쌓여 있던 지저분한 눈 더미들은 보이지 않는 속도로 천천히 녹으면서 사라져 갔다. 아무리 땅바닥을 내려다보고 걸어도, 고개를 들고 하늘을 뚫어져라 쳐다보아도 눈이 사라지는 길은 보이지 않았다. 그해 겨울이 지나고 봄이 오는 동안, 아주 천천히, 나는 내 삶이었던 여자의 목소리가 벽 저 너머로 낯설게 메말라가는 소리를 들었다. 한때 나를 가슴 설레게 하거나 그토록 자주 나를 슬프게 했던 목소리가 아주 섬세하고 치명적으로 무덤덤해져 가는 기적을. 우리가 머물고 있던 자취방 건물 벽은 얇고 방음이 좋지 않았다. 사랑하던 날들엔 그 얇은 벽에 머리를 맞대고 입을 크게 벌려 이야기를 나누기도 했고, 그러다 서로의 몸이 만지고 싶어지면 얼른 몸을 일으켜 벽 너머 방으로 달려가곤 했었다. 그 벽이 우리를 만나게 했으므로, 우린 그 벽을 떠나지 않고 그 벽과 함께 두 개의 방에서 일 년이란 시간을 보냈다. 그녀와 처음 마주쳤을 때, 아니 보다 정확히 말하자면 그녀와 몇 번 데이트를 하고 나서 나는 내가 좋아하는 누군가가 나를 동시에 좋아할 수도 있다는 사실이 얼마나 기적적인 일인지를 느낄 수 있었다. 세상에 이렇게 수많은 사람들이 존재하고 또한 그 수많은 사람들이 제각각 다름에도 불구하고, 서로를 좋아할 가능성을 지닌 두 사람이 우연히 같은 장소, 같은 시간에 마주칠 수 있다는 사실이⋯ 만약 그날 비가 내리지 않았다면, 우연히 우리가 문턱에서 마주치지 않았다면, 그대가 비에 젖은 남자의 모습에 호감을 느끼는 여자가 아니었다면, 여전히 감기 기운에서 깨어나지 못한 그대의 뺨이 아슬아슬 창백해 보이지 않았다면, 그리고 공교롭게도 우리가 서로에게 충분히 빠져들 수 있는 여러 조건들이 친절하게 그날 우리를 만나게 하지 않았더라면⋯⋯ 만약 우리가 그 순간에 비껴갔다면, 내 머리칼이 젖지 않고 건조한 겨울 햇살에 부숭부숭한 머리가 지저분한 덤불처럼 보였다면, 하필 그날따라 그대가 치마를 입고 나와 별로 예쁘지 않은 종아리가 노골적으로 드러났다면. 어쩌면 운명은 고작 기묘하게 맞아떨어진 어느 순간, 그곳으로 우리의 만남이 우연히 스며들어 간 것인지도 모른다. 아주 사소하게도, 음치인 내가 단 한 번이라도 방안에서 혼자 노래를 부르는 걸 그녀가 벽 너머에서 들은 적이 있다면 우리가 연인이 되는 일은 결코 없었을 것이다. 우린 둘 다 노래를 잘하지 못했기 때문에 굳이 말하자면 노래를 잘하는 사람이 이상형이라고 할 수 있었으므로. 서로 허물없는 사이가 되기 전까지 우린 서로에게 노래를 불러준 적이 없었다. 그녀가 나 못지않은 음치란 사실을 알았던 날, 그 노래방에서 난 그녀를 연민했다. 그건 매번 노래방에 갈 때마다 망신을 당하고 민망함을 느껴야 했던, 간혹 내 목소리에 도취되어 노래를 부르고 나서 눈을 떴을 때 당황해하는 사람들의 표정을 보고 수치심에 빠져 손톱을 깨물곤 하던, 내 자신에 대한 연민이었다. 그날 노래방에서, 내 친구들이 자꾸 권하자 그녀는 어쩔 수 없이 마이크를 들고 주뼛거리며 노래를 불렀는데, 굳이 말할 필요가 없음에도 처음 불러보는 곡이라서 잘 모른다고 자꾸 변명을 늘어놓으며, 다 틀린 음정과 박자를 전혀 깨닫지도 못한 채 슬금슬금 사람들의 눈치를 살피며 노래를 불렀다. 그러곤 자리에 앉아 모멸감에 빠진 듯 발개진 얼굴로 애써 웃으며 멍하니 비디오 화면을 쳐다보았다. 그 순간 나는 그녀의 민망함을 사랑했다.

내가 음치란 사실을 알고도, 그녀는 내가 부르는 장국영 노래를 처음으로 진지하게 들어준 사람이었다. 사랑하는 사람이 생기면 꼭 장국영 노래를 불러 주리라 생각해 왔으므로, 밤이면 나는 그녀의 방으로 건너가 이불 속에서 손목을 꼭 쥔 채로 천장을 올려다보며 바람이 다시 불 때를 불러주곤 했었다. 사실은 세상에 존재하지 않는 노래를, 분명 장국영의 몸에서 흘러나와 내 몸으로 흘러들어 왔지만 입술에서 머뭇거리다 몸 안을 떠돌기만 하는 소리를, 지난 이십여 년간 장국영이 내게 들려주었으나 세상에 결코 존재하지 않는 음정과 박자로, 나만이 부를 수 있는 노래들을 불러주었다. 사람은 언제나 그 사람이 살아온 인생에 다름 아니므로, 나를 그녀에게 보여주기 위해선 그녀를 만나기 전까지 내가 살아온 삶을 보여줘야 한다고 생각했었다. 그러나 그러기엔 너무 많은 것을 기억해야 했고, 너무 많은 순간들을 구구절절이 설명해야 했으므로 나는 그녀에게 장국영 노래를 불러주거나, 그녀와 함께 비디오방에서 장국영의 콘서트를 보곤 했다. 분위기란 말은 지구를 감싸고 있는 공기란 뜻이다. 내 몸에서 가닥가닥 흘러나오는 음흡들에, 장국영의 콘서트를 볼 때 나와 장국영 사이에 구름처럼 떠 있던 공기들에, 내가 지나온 모든 시간들이 농밀히 스며들어 있을 것이기에. 그토록 자주 그의 노래가 내 삶에 불어왔으므로.

이십여 년 전 중학교 시절, 장국영을 처음 좋아했던 건 우연히 본 그의 콘서트 때문이었다. 중간고사가 끝난 어느 날 저녁 비디오 방에서 영화를 고르고 있을 때 벽에 붙은 낡은 브라운관에서 그의 노래가 흘러나왔다. 안개처럼 잠잠히 바닥에 깔리는 음들이었다. 문득 나는 고개를 돌렸다. 검고 아득해 보이는 무대는 온통 부서지는 별빛에 감싸여 있었다. 꿈에서 몸이 붕 떠오르듯 지상의 무대에서 둥근 무대 한 점이 천천히 공중으로 떠오르고 있었다. 장국영은 흰 연미복을 입고 양손으로 옷깃을 살며시 잡아 젖힌 채 떠오르는 무대 위에 서 있었다. 음악이 차오르는 물처럼 그의 몸을 감싸고, 어디선가 불어오는 미풍에 은은히 그의 머리카락이 흔들렸다. 눈을 감은 채 고개를 뒤로 젖힌 그의 몸은 도도하고 아름다웠다. 그건 너무나 오연한 도취였다. 아슬아슬한 줄에 매달려 가만히 흔들리는 자의 아름다움, 음악의 선연한 숨결을 놓치지 않는 감각, 음의 도도하고 경쾌한 흐름을 멈추게 하고 그 짧은 순간 공기의 표면에 새긴 미의 부조, 뻔뻔하게 자신의 몸의 곡선이 빚어내는 낭만과 우아를 무대 위에 조각으로 세우고 내려오는 자의 몽환적인 나르시시즘이었다. 그날 이후로 나는 장국영이 만들어 놓은 무대에서 내려올 수 없었다. 그가 자신의 아름다운 몸을 홍콩의 더러운 콘크리트 바닥에 박살을 내고 나서 3년이 지난 어느 날, 부에노스아이레스에 있는 한 편의점에서 우유 하나가 사라지기 전까지.

그날 장국영의 콘서트를 빌려 밤새 돌려 보고 또 지치도록 보고 난 이후로 난 그의 무대에 미친 듯이 빠져들기 시작했다. 중국 음악을 폄훼하던 사회 분위기에서 장국영의 다른 콘서트를 구입하기는 쉬운 일이 아니었지만, 나는 명동 중국 대사관 거리를 헤매고 다니며 장국영이 연출한 모든 콘서트를 찾아보았고 그가 새로운 콘서트를 열 때마다 열광하며 그의 무대에 빠져들었다. 자주 아버지로부터 혼이 났고 친구들로부터 비웃음을 당했다. 장국영이 홍콩에서 배우보단 가수로 유명하다는 사실을 아는 사람은 많지 않았다. 그 사실을 알았다 해도 그가 부르는 노래가 한국적 정서로는 경박하다고 여겨지는 중국어로 되어 있다는 사실만으로도, 장국영의 무대를 보는 일은 전혀 고상하지 못한 취향이며 한심하기 그지없는 일이라고 사람들은 생각했다. 그럴수록 나는 더욱 장국영의 노래에 집착했고 소외감을 느낄 때마다 장국영의 무대를 보는 일로 위안을 받았다. 친구들이 집으로 놀러오면 갖은 불만을 들으면서도 몇십 분 동안 장국영 콘서트를 보여주기도 했다. 콘서트를 보며 때로 몇몇 친구들이 가식 없이 감동하던 순간들이 생각난다. 그건 내게 충분히 서로 다를 수 있는 사람들이 기묘하게 일치하는 순간에 대한 몽상을 심어 주었다. 이를테면 내게는 소중하지만 다른 사람들에겐 하찮을 수도 있는 비밀들이 이해받고 있다는 느낌. 내가 사랑하는 그 무엇을 내가 사랑하는 사람들이 사랑하게 되었을 때 느끼는 신기하고 어리둥절한 감동. 장국영을 좋아하게 된 이후로 사랑하는 사람들에게 장국영 콘서트를 보여주는 일은 내 삶에 가장 중요한 의식 중 하나가 되었다. 거듭거듭 반복되던 숱한 실망과 몇 번의 사소한 감동들. 그 사이로 이십 년의 세월이 흘러갔다. 종종 텔레비전 앞에 앉아 장국영 콘서트를 보고 있는 동안에⋯ 그리고 나는 어느 날 문득 알게 되었다. 중학교 시절 장국영 노래를 좋아한다는 이유만으로 놀림을 받던 한 소년이 어느덧 평범한 삼십대 초반의 남자가 될 때까지, 장국영이 여전히 그곳에 서서 노래를 부르고 있었다는 것을. 같은 무대에서 변함없이 같은 모습으로. 어떻게 그럴 수 있는가? 나는 어딘가로 흘러왔는데 그는 왜 여전히 거기에 서 있는가. 언젠가 내가 그 사실을 말했을 때 그녀는 잠시 고개를 젓더니 이맛살을 찌푸리며 말했다. 그게 뭐가 이상하지? 같은 비디오테이프니깐. 당연한 일이잖아. 물론 같은 콘서트 비디오를 본다면 무대에 서 있던 사람이 아무리 시간이 흘렀다 해서 갑자기 늙어 버리거나 혹은 무대를 바꿔서 노래를 부르지는 않을 것이다. 심지어 그건 과학적으로도 당연한 일이다. 그러니 이상한 일도, 고개를 갸우뚱거리며 놀랄 일도 아니다. 하지만 나는 이렇게 말하고 싶다. 사춘기 같은 몽상이라고 해도 상관없다. 나는 내내 바람이 다시 불 때 내가 사랑했던 사람들을 다시 만날 수 있을 거라고 생각해 왔다. 우리가 사랑했던 순간들에 불어왔던 바람이 다시 우리 곁에 불어온다면 우리는 다시 그 순간들을 살 수 있을 거라고. 그건 지속에 대한 꿈이었다. 우리가 존재했던 순간들로 돌아가 그 삶을 오래 지속하겠다는. 그러니깐 말하자면 이렇다. 살다 보면 결코 잊어서는 안 되는 순간들이 있는데, 우리는 너무나 힘이 약하고 시간은 차갑고 관대하지 못하다. 겨울이 오면 구름을 떠난 물들은 내리면서 꽁꽁 얼어버린다. 그리고 봄이 오면 빛살 속에서 모조리 증발해 버린다. 그해 겨울에 쌓였던 눈들은 다 어디로 간 것일까? 돌이켜 보면, 나는 늘 끊임없이 어딘가로 흘러왔는데 그는 여전히 그곳에 서서 노래를 부르고 있었다. 나를 대신하여 장국영이 내가 사랑하는 사람들을 망각으로부터 지켜주고 있었던 것이다. 그 무대 위에 우리가 함께 했던 모든 순간들을 봉인해 놓았다는 듯이.

가령, 그녀와 함께 처음 콘서트를 보던 날에도. 어둔 옷감처럼 보이던 구름들은 빠르게 지나갔고 공기 중에는 서늘한 빗방울이 섞여 있었다. 가랑가랑 번지는 는개비였다. 저녁이 되면서 날씨가 더 쌀쌀해졌으므로 굳이 비디오방에서 보지 않아도 된다고 나는 말했다. 그럴 수야 없지. 그토록 네게 중요한 것인데 이왕이면 큰 화면으로 보면 좋잖아. 그러곤 그녀는 지하 계단을 타닥타닥 내려갔다. 땅속에 잠겨 있는 듯 아늑한 비디오 가게였다. 비좁은 감상실은 젖은 곰팡이 냄새로 가득 했다. 그 안에 누워 우린 딸기 한 봉지를 먹었다. 웅장한 오프닝 음악과 함께 장국영이 무대에 올라왔다. 푸르스름한 조명은 살아 있는 숨결처럼, 습자지에 물드는 두근거리는 박자처럼, 투명한 악보처럼 그녀의 단정한 흰 무릎 위로 쏟아져 내렸다. 이윽고 차오르는 목소리. 풍성한 질감의 안개 같은, 무대 아래 숨겨져 있던 그리운 음들을 차곡차곡 건져 올리는 음성으로 장국영은 노래를 불렀다. 그리고 음과 음 사이를 걸어 다니며 우미한 몸의 윤곽을 아름다운 한 편의 부조처럼 떠오르게 했다. 두 시간이 흐르는 동안 그녀는 내 손가락을 꼭 잡아 주었다. 달콤한 긴장이 손가락의 관절과 관절 사이에서 기분 좋게 흐르고 있었다. 한 번씩 그녀가 아프게 손가락을 쥐었다 다시 살며시 놓는 동안에. 간간이 눈동자에 현기증이 일었고 그녀는 미소 지었다. 마지막으로 바람이 다시 불 때를 부르고, 장국영이 관객들에게 감사하다는 말과 함께 정중히 고개를 숙이자, 막이 내리듯 조명이 바닥으로 가라앉았다. 그리고 음악 소리가 파르르 불꽃처럼 일어나면서, 조명이 은은한 자색으로 무대에 다시 펼쳐졌고, 합창단이 후렴구를 부르기 시작했다. 반복해서 그리고 또 반복해서 합창단의 노랫소리가 무대를 채웠다. 그가 무대를 걸어 다니며 손을 들어 작별 인사를 하는 동안. 그리고 무대 아래로 밝은 조명에 잠긴 둥근 무대 한 점이 가라앉는 동안에. 그가 이곳에 존재했었다는 것을 잊지 않겠다는 듯이. 그래서 사람들이 그를 대신하여 후렴구를 불러주고 있다는 듯이. 한때 우리가 만났던 순간들로 이루어진 노래를.

어쩌면 그녀가 말했던 것처럼, 우리는 무기력하게 헤어졌는지도 모른다. 사랑이, 사람을 은근히 달랠 때 하는 심술궂고 미혹한 농담인 양, 그녀는 정말로 장국영 노래를 좋아했었다. 내가 없어도 방에서 혼자 장국영 콘서트를 볼 때도 있었다. 심지어 홍콩에 인터넷으로 구하기 힘든 장국영의 똑같은 시디를 두 장 주문해서 한 장은 자신이 갖고 한

장은 내게 선물했다. 적어도 우리가 사랑하는 일로 두근거리던 날들엔 그러했다. 봄에서 여름을 지나 가을이 저물 때까지. 나는 종종 그녀와 장국영 콘서트를 보았다. 내가 가장 좋아하는 콘서트는 88년 고별 콘서트였고, 그녀가 가장 좋아한 콘서트는 97년 장국영이 가수로 복귀하면서 연출한 과월 콘서트였다. 그리고 우리가 만나 사랑한 시절은 장국영이 죽기 한 해 전인 2002년이었다. 그해 가을 단풍이 붉게 물들 무렵, 우리는 홍콩에서 주문한 장국영의 새로운 콘서트 테이프를 받았다. 무척 보고 싶었던 공연이었으므로 우린 처음 고별 콘서트를 보았던 그 비디오방으로 달려갔다. 그때처럼 비가 내리던 날이었다. 불었다 멈췄다 다시 부는 소나기였다. 우리는 우산을 쓰고 지하 계단을 타닥타닥 내려갔다. 비디오 감상실 조명은 침침하고 축축했다. 눅눅한 바게트 빵을 먹으면서 우리는 콘서트를 보았다. 장국영은 긴 머리를 하고 장 폴 고티에가 디자인해 준 어깨에 흰 깃털이 달린 정장을 입고 무대에 등장했다. 아니 지붕에서 내려온 거대한 푸른 기둥 안에서 아슬히 공중에 뜬 채로 무대에 나타났다. 화려하고 아름답고 감각적인 무대였다. 장국영은 충분히 도발적이고 아름다웠으나 그녀는 장국영의 긴 머리를 싫어했다. 이유는 간단했다. 귀신처럼 보인다는 것이다. 하지만 그 긴 머릿결과 장 폴 고티에의 우미하고 여성적인 의상들, 그리고 낡은 오페라 극장을 연상시키는 무대는 기묘하게 당돌하고 적절하게 화려한 것이었다. 그건 중후하고 점점이 변별하는 무대였다. 그런데 나를 허탈하게 하는 이 실망감은 어디서 오는 것일까? 장국영의 섬세한 목소리는 풍부하게 무대를 떠돌았다. 곡들은 아름다웠고 그의 몸짓은 도도하고 유려했다. 눈을 뗄 수가 없었다. 차마, 눈을 뗄 수가 없었지만, 그녀는 점점 이맛살을 찌푸리며 화장실을 들락거렸다. 공연히 문이 열리고 닫히며 삐걱거리는 소리를 냈다. 문이 신경질을 부리고 있는 것 같았다. 나는 혼자 남아 손톱을 마구 씹으며 콘서트를 보았다. 고집스럽게 앉아서, 한순간도 놓치지 않으려는 미련한 슬픔으로. 그 순간을 놓치면 다시는 돌아올 수 없다는 듯이… 손가락에서 침 냄새가 코끝을 절실하게 파고들었다. 곁에서 그녀가 자꾸 몸을 들썩거렸기 때문에 관대하게도 말 없는 짜증이 치밀어 올랐다. 그때 장국영이 퇴폐적인 귀족을 연상시키는 긴 치마를 입고 무대에 등장했고, 고음을 처리하는 부분에서 그만 노래를 부르다 새된 목소리를 질렀다. 나는 잊지 않았다. 그해 가을 우린 자주 다투었고 우울증에 걸린 사람들처럼 무기력하게 서로를 배려했다. 사사건건 우린 다른 점들이 너무 많았다. 우리가 같은 사람이라는 게 신기할 정도였다. 간혹 우리가 서로에게 속았던 건 아닌가, 하는 의구심이 들 때도 있었다. 너무 성급하게 감동했던 건 아닌가. 가슴 벅참도 익숙해지면 민망하게 느껴질 때가 있다. 문득 호들갑스럽다는 걸 깨닫고 멋쩍어지는 것이다. 한때 나를 매혹했던 일들이 일상으로 진입하면 전혀 특별하지 않고 때로는 성가신 일이 되는 것처럼. 설렘이 사라지고 나면 심장은 다만 놀랄 때나 두근거린다. 그날 저녁 내가 우편으로 콘서트 테이프를 받고 비디오방에 가자고 했을 때, 그녀는 갑자기 게을러터진 여우처럼 방안을 뒹굴었다. 비가 올 것 같으니 그냥 방에서 보자는 거였다. 하지만 내가 고집을 꺾지 않자 그녀는 투덜거리며 마지못해 우산을 들고 따라나섰다. 오는 길에 비가 내렸으므로 젖은 바짓가랑이로 지하 비디오 방에 앉아 있는 일은 꿉꿉했다. 나는 기억하고 있다. 장국영이 삑사리를 낸 순간 그녀는 숨죽여 웃음을 터트렸다. 뭔가 심술궂은 농담에 빠져 있다는 듯이. 나는 민망해서 얼굴이 빨개졌다. 모욕받은 기분이 들었다. 뭐가 잘못된 것일까? 그녀는 나를 놀리기 위해 웃은 게 아니다. 장국영이 삑사리를 냈고 순간 분위기가 잠시 어색해졌던 것뿐이다. 잘못된 건 하나도 없다. 그녀는 머뭇머뭇 내 손가락을 잡았고 주저하면서 미안하다고 말했다. 그럴 이유가 전혀 없음에도 불구하고. 어째서 미안하다고 말하는 것일까? 지하실 비디오방 공기는 차갑고 축축했다.

알 수 없는 당혹감에 빠져 나는 자꾸 뭔가 해명해야 한다고 생각했다. 차근차근 조리 있게 설명하지 않으면 안 된다고. 그래서 나는 소리를 질렀다.

"도대체 네가 뭘 아는데? 너나 나나 음치 아니야? 고등학교 때 밴드를 하던 내 친구는 장국영이 정말 노래를 잘한다고 했어. 고음만 무조건 빽빽 지른다고 노래를 잘하는 건 아니라고. 장국영은 콘서트를 하면 보통 20일 이상 연속으로 해. 목에 무리가 갈 수도 있고……"

나는 주저리주저리 떠들었다. 굴욕적인 분노가 목구멍에서 마구 튀어나왔다. 그럴 생각이 아니었는데 나는 자꾸만 그녀를 모욕하고 싶어졌다. 그녀는 고개를 숙인 채 자신의 다리를 내려다보고 있었다. 치마를 입고 있어서 두꺼운 종아리가 침침한 불빛에 희멀건 하게 드러났다. 물에 퉁퉁 분 것 같은 색깔이었다. 손을 뻗어 자신의 살덩이를 만지다가 그녀가 고개를 들고 말했다. 미안하다고. 장국영 콘서트를 보면서 웃은 게 그렇게 잘못한 일인 줄 몰랐다고. 오목한 표정 깊숙이 고집스런 모멸감이 아프게 박혀 있었다. 꼿꼿하게 흔들리는 눈빛으로 망연히 화면을 바라보다가, 화면 속에서 춤을 추고 있는 장국영을 쳐다보다가 그녀는 바닥에 떨어진 우산을 집어 들었다. 그러곤 말없이 문을 열고 밖으로 나갔다. 장국영의 목소리가 열린 문틈으로 복도에 엎질러졌다. 온갖 영화의 소음이 장국영의 노랫소리에 섞여 들려왔다. 갑자기 장국영 노래가 천박하게 느껴졌다. 그녀를 따라가야 했지만 나는 엉덩이를 들 수가 없었다. 밖에는 아마도 소나기가 내리고 있으리라. 그녀는 발광하는 빗줄기 속에서 우산을 꼭 손에 쥔 채 비난받았다는 듯이 고개를 숙이고 걸어가고 있을 것이다. 따라가서 미안하다고 말해야 한다 생각했지만, 난 그러지 않았고 끝까지 자리에 남아 장국영 콘서트를 보았다. 그는 나른한 동작으로 걸어 다니며 춤을 추고 있었다. 박자가 쉴 때 몸이 붉고 푸른 조명 속에 아련히 파묻혔고, 다시 박자가 움직이면 감각적으로 팔을 벌려 몸을 음악에 실었다. 온전히 자신의 감동과 매력에 빠진 채 장국영은 좀처럼 헤어 나올 줄 몰랐다. 어떻게 자신이 만들어 놓은 미적 시공에 저토록 뻔뻔하게 파묻혀 감동하고 있을 수 있을까? 어째서 눈을 뜨고 주위를 돌아보지 않는 것일까? 나는 장국영이 자신에게 완전히 도취되어 있는 모습이 민망해 견딜 수 없었다. 이제… 그만하라고… 그만 무대에서 내려오라고, 말해주고 싶었다.

나는 이십 년간 장국영 노래를 들었고 어렸을 때는 많은 사람들이 나를 비웃었다. 그들은 내게 수준 낮게 짱개이 노래를 듣는다고 말하곤 했다. 그들은 내 앞에서, 짱, 슈양, 슈양, 똥 쪼에시, 어쩌구 중국어 노래 발음을 흉내 내며 즐거워했었다. 내가 사랑했던 친구는 장국영 노래를 나 때문에 좋아했었지만, 나하고 심하게 싸우던 날 내게 장국영의 천박한 노래들이 유치해서 견딜 수 없었다고 말했다. 어떤 때는 바에서 장국영의 노래를 신청해 듣다가 바텐더로부터 분위기를 깬다고 노골적인 핀잔을 듣기도 했었다. 그러나 이 모든 것들은 결국, 한낱 신파에 지나지 않는다. 나는 아버지로부터도 수준 낮게 짱개이 노래를 듣는다고 욕을 먹은 적도 있지만, 이런 상처들로 내가 장국영과 함께 해 온 삶의 20년을 설명할 수는 없다. 하지만 적어도 내겐 그 후로 버릇이 생겼다. 나는 장국영을 가수로서 인정하는 객관적 자료가 있으면 눈을 부릅뜨고 보았고, 그 기사나 자료들에 나오는 근거들을 친구들에게 과장하여 들려주곤 했다. 장국영은 내가 그러지 않아도 중국어 팝의 한 시대를 풍미한 가수였고, 뛰어난 가창력과 무대 매너를 지니고 있었지만, 그리고 객관적인 미라고 부를 수 있는 특징들이 분명히 그에게 있었지만, 나는 사람들에게 그의 가수로서의 능력을 이해시키기지 않고서는 견딜 수 없었다. 그건 내가 거들어야 하는 그 무엇이나 되는 것처럼, 구구절절 해명하지 않으면 왜곡되고 마는 진실인 것처럼 여겨졌다. 어쩔 땐 내 설명의 과도함이 장국영의 노래에 호감을 갖고 있던 사람들을 오히려 장국영으로부터 멀어지게 한 적도 있었다. 아니 그런 경우가 태반이었다. 그래도 나는 변명하지 않고는 사랑할 수 없었다. 장국영의 가수로서의 단점들이나 그가 가끔 티브이에 나와 립싱크를 하는 장면들을 볼 때마다 나는 견딜 수 없는 수치심에 빠져들곤 했다. 합리적인 여러 가지 이유를 들어 내 자신을 납득시켜 보아도 수치심은 어쩔 수 없었다. 심지어 그가 머리가 듬성듬성 빠진 중년 남자로 등장해 초라하게 노래를 부르는 악몽을 꾸기도 했다. 지난 이십여 년간, 내가 외롭고 천박할 때마다 장국영의 노래는 어느 누구도 이해할 수 없는 내 감정들의 체현이었는데, 생각해 보면 결국 나는 장국영을 지독하게 연민해 왔던 것이다. 친절하게도,

시간은 사랑하는 사람의 몸을 초라한 사물로 만든다.

벽을 사이에 두고 더금더금 우리가 남이 되어가는 동안 나는 다른 여자를 방에 데리고 들어와 잠을 잔 적이 있다. 벽은 허술했고 소리는 들썩였을 것이다. 나는 장판에 몸을 바싹 붙이고 그 여자를 품에 안았다. 소리가 나지 않도록

장판 바닥에 몸을 붙이고 허리를 조금만 움직인 게 고작 내가 지킬 수 있는 예의였다. 여자를 방에 데리고 온 것에 대해 굳이 변명하자면 구구절절 늘어놓을 수도 있다. 예를 들어 소중한 것일수록 파괴하고 싶어지는 그런 본능이 인간에게 있다든가, 우리가 이미 헤어진 지 세 달이 지났으니 이젠 다른 여자와 섹스를 할 자유가 있다든가, 그도 아니면 정말 몸을 가누기 힘들게 취했었다든가 등등. 하지만 난 알고 있다. 그날 밤 난 여관에 갈 수도 있었다. 하지만 공교롭게도 돈이 부족했다. 그리고 여관에 가자는 말보단 아무래도 방에 가서 커피나 한 잔 먹고 가라는 말이 꺼내기 쉬웠다. 아니 보다 솔직하게 말하자. 난 간만에 찾아온 섹스를 할 수 있는 기회를 놓치고 싶지 않았다. 벽을 사이에 두고 그녀와 점점 남이 되어 가는 일이 그토록 서글펐지만, 24시간 내내 서글픈 건 아니었고 결국 난 속물에 지나지 않았던 것이다. 시간은 사랑하는 사람의 몸을 딱딱한 사물로 만든다, 친절하게도 식탁 위에 밥풀처럼, 라이터나 구두처럼, 먼지 낀 벽에 눌어붙은 액자처럼 만드는 것이다. 우리가 눈앞에 있는 컵을 보고 두근거리는 욕망을 느낄 순 없는 것처럼. 사랑을 하던 시절, 그녀를 가슴에 품고 일 년이 지나가는 동안 그녀의 몸은 점점 무미건조한 사물이 되어갔다. 성욕 때문에 자위를 하던 날에도 좀처럼 그녀의 몸을 적극적으로 안을 수 없었다. 그건 별도로 노력이 필요한 일이 되었다. 사랑을 지키기 위해 사랑하는 사람의 몸을 사랑해야 하는 일은. 한때 내게 욕망을 일으키던 몸은 조금씩 내게 연민을 일으키는 살덩이가 되어 갔으므로. 손안에 포근히 안기던 젖가슴의 둥근 매혹도, 희고 도담한 배꼽도, 예쁘지 않은 종아리 위로 충분히 관능적으로 보였던 허벅지도, 만지면 그저 눅신하고 말랑말랑한 살덩이가 되어 갔다. 그녀의 몸이 변했다는 것이 아니라, 그녀의 몸은 여전히 아름다움에도 불구하고 분명 거기에 있던, 한때 나를 이유 없이 들뜨게 했던 어떤 질감들이 사라졌다는 것이다. 아무리 기억하려고 애써도 내가 어떻게 그녀의 발목을 보는 것만으로 그토록 가슴이 두근거렸었는지 생각이 나지 않았다. 그녀의 무엇을 좋아했었는지는 기억이 나지만, 어떤 느낌이었는지는 기억이 나지 않았던 것이다. 대신에 엉뚱하게도, 처음 그녀를 가슴에 품었을 때 나를 마구 설레고 야릇하게 했던 매력들을 떠올리려고 애쓰면 애쓸수록 내 귓불을 빨던 그녀의 들치근한 침 냄새가 생각이 나곤 했다. 혹은 무심코 보아버린 코털이나 뺨의 열린 모공 같은 것들만. 처음 사랑을 하던 때 나를 설레게 했던 그 아련한 질감들은 도무지 노력해도 떠오르지 않는데, 어째서 이런 것들만 머리에 껌처럼 남은 것일까. 온통 내 귓불과 목덜미를 애무하던 그녀의 입에서 흘러내린 냄새들, 그건 내게 고통스럽고 애잔한 연민을 불러일으키는 냄새였다. 한때 나를 설레게 하던 입술의 매혹과 그 입술에서 흘러내린 침 냄새의 쓸쓸함이란… 내 사랑은 보다 연민에 가까웠다. 초라하지만 나는 그렇게 말해야겠다. 지금도 그녀를 처음 만났을 때 얼굴보다 그녀와 헤어지던 순간의 얼굴이 더 머리에 떠오른다. 우리는 가로등 불빛이 쏟아지던 부엌에서 헤어졌다. 화장실과 붙어 있어 꿉꿉한 변기 냄새가 나던 곳이었다. 그곳에서 그녀는 헤어지는 게 좋겠다고 담담한 목소리로 말했다. 느리게 목청에서 한숨이 흘러내렸다. 그때 나는 이상한 무기력에 빠져 있었다. 만사가 귀찮고 맥이 빠졌으며 좀처럼 헤어지는 일에 진지하게 참여할 수 없었다. 어깨가 뜨끈한 진창에 빠진 것처럼 무겁고 시큰했다. 나는 냉장고 문을 열고 우유를 마셨다. 그녀가 한 번이라도 좀 진지해질 수 없냐고 아주 가볍게 투덜거렸다. 마른 물자국 같은 슬픔이 잠시 눈가에 머물다 갔다. 그건 눈에서 흘러내려 눈 밑 피부로 스며드는 엷은 물기 같은 것이었다. 그녀가 자기 방으로 건너가고 문이 잠기는 소리가 들렸다. 나는 물끄러미 부엌 창으로 골목을 바라보았다. 담황색 가로등 불빛 속으로 물 먹인 흰 종이 같은 눈발이 날리고 있었다. 숨을 뱉으면 입에서 퀴퀴한 우유 냄새가 났다.

그해 겨울이 지나 봄이 올 때까지 벽 너머에서 가끔씩 이해할 수 없는 기척이 들려오곤 했다. 한때 내가 사랑했던 여자가 도무지 알 수 없는 속도로 아주 느리게 타인이 되어가는 소리가. 내가 해독할 수 있었으나 이제는 점점 캄캄한 우물 속으로 가라앉아 가는 어떤 암호들 같은. 그녀가 옷장 문을 여는 소리, 메마른 기침을 하며 방바닥을 훔치는 소리, 똑똑 싱크대에서 떨어지는 물소리, 날씨를 전하는 저녁의 일기 예보, 긴가민가한 이불의 부스럭거림, 그리고 낯선 남자의 목소리 같은. 이사를 가기 한 달 전 그녀는 남자 친구가 생겼고 때때로 그 남자를 방으로 데리고 와 저녁을 해주었다. 키가 크고 늘 황색 오리털 점퍼를 입고 다니던 남자였다. 추위를 많이 타는지 보일러를 좀 높여달라는 소리가 들리곤 했다. 차가운 바람의 손바닥이 지붕을 시리게 만지고 가는 2월이었다. 종종 어두운 소금 같은 눈들이 창밖을 지나갔다. 몇 번 복도에서 그 남자와 팔짱을 끼고 지나가는 그녀의 뒷모습을 보았다. 누군가 꿈속에서 내 얼굴을 하고 거울을 멀뚱히 쳐다보고 있는 것만 같은 끔찍한 서글픔이 나를 어리둥절하게 했다. 이봐요, 라고 부르려고 했지만 머뭇거리는 사이 그녀는 황급히 문을 열고 방으로 들어갔다. 소심한 나는 자주 용기가 없었다. 밤에 그녀가 남자와 즐겁게 웃는 소리가 들릴 때면 나는 볼륨을 한껏 줄여 장국영 노래를 들었다. 그래도 벽 너머로 흘러가는지 가끔 남자가 조용히 벽을 두들기곤 했다. 예의를, 지켜달라는 것이었다. 어떤 날은 벽 틈으로 신음 소리 같은 숨죽인 낮은 키득거림이 들리는 것 같았다. 나는 귀를 쫑긋 세우고 손톱을 깨물며 인상을 찌푸렸다. 마구 찌푸렸지만, 그건 신음 소리가 아니었고 그녀가 핸드폰에 입을 대고 낮게 소곤거리는 숨소리였다. 그 남자는 항상 자정이 되기 전에 일찍 집으로 돌아갔다. 그녀는 한 번도 내가 있을 때 그 남자와 잠을 잔 적이 없었다. 그것이 나에 대한 그녀의 예의일 거라고 나는 생각했다. 자주 복도에서 그 남자의 손을 잡고 내 곁을 스쳐 가곤 했지만. 아주 낯설고 이상한 넉 달이 그렇게 지나갔다. 계약기간이 끝나 전세금을 받고 그녀가 떠날 때까지. 그래서 벽 너머로 텅 빈 공간 하나가 생길 때까지. 어쩌면 전혀 모르는 누군가의 삶이 곧 그 안으로 들어오겠지만…… 그리고 일주일이 지나 나는 인터넷에서 장국영이 죽었다는 소식을 들었다.

 바람이 다시 불 때 나는 사랑하는 사람들과 다시 만날 거라고 약속했지만, 내게 그 약속을 가르쳐 주었던 장국영은 03년 4월 1일 오리엔탈 만다린 호텔 24층의 가없는 높이에서 떨어져 죽었다. 그는 자신이 사랑하는 도시 홍콩의 콘크리트 바닥에 자신이 사랑했던 아름다운 얼굴을 처참하게 박살 내버렸다. 그 순간, 무대 위에서 그의 모습이 사라졌다. 더럽게도 그의 몸이 콘크리트 바닥 위에서 피투성이가 되던 그때, 슬프지만 도취할 수 있었던 아름다움들이 그의 몸을 떠났다. 지런거리며 잔 위에서 물이 넘치듯 아슬하게 출렁이던 그 무엇이, 그의 몸속에서 한꺼번에 쏟아졌고 잠시 더러운 바닥에 고였다가 호텔의 한 직원이 호스를 가져와 물을 뿌리는 동안 없어져 버렸다.

솔직히 말하자면 나는 그때 전혀 슬프지 않았다. 딱 한 번 친구에게 전화를 걸어 장국영의 죽음을 말하는 동안 가식적인 오열이 터졌을 뿐이다. 나는 그때 왠지 비장해야만 한다고 생각했다. 수화기를 꼭 잡고 장국영이 죽었대, 그가 어떻게 그럴 수가… 까지 말하다가 나는 흑흑 흐느꼈다. 아니 흑흑 흐느끼고 있다고 고집스럽게 생각했다. 나는 내 자신의 과도한 감상이 유치하고 민망해서 견딜 수 없었다. 몇 주 동안 인터넷에선 장국영의 팬들이 충격을 받았다는 글들이 게시판을 뒤덮었다. 그는 이렇게 죽을 수 없다고, 이렇게 우리를 배신하지 않을 거라고 팬들은 성토하듯 장국영의 죽음을 믿으려 들지 않았다. 사실은 장국영의 죽음은 자살이 아니라 타살이라는 소문이 꽤 그럴싸한 과학적인 근거들과 함께 나돌기도 했다. 어떤 기자는 그의 죽음과 함께 80년대 홍콩 영화 세대의 청춘도 끝이 났다고 낭만적인 결론을 내리며 호들갑을 떨었다. 하지만 그 모든 것들은, 아무래도 나와는 상관없는 일이었다. 이상할 정도로 나는 슬프지 않았고 장국영의 죽음을 담담하게 받아들였다. 다만 이제 더이상 장국영의 콘서트 무대를 볼 수 없다는 사실이 못내 서운할 따름이었다.

그가 죽은 후로 3년이 지났다. 그동안 아무것도 변한 건 없었다. 나는 여전히 장국영의 바람이 다시 불 때를 들었고, 우리가 함께했던 순간에 불었던 바람이 다시 불어온다면 내가 사랑했던 사람들을 다시 만날 수 있을 거라고 생각해 왔다. 그리고 어느 날 나는 인터넷에서 기사 하나를 읽었다. 3년 전에 죽은 장국영이 아르헨티나에서 목격되었고, 그가 부에노스아이레스에 있는 한 편의점에서 우유를 사 갔다는 내용이었다. 뻔하고 속물적인 루머였지만 나는 그 기사의 내용을 이해할 수 없었다. 나는 눈을 크게 뜨고 기사의 내용을 읽고 또 읽어야 했다. 그러니깐 그 기사가 전하는 내용에 의하자면, 장국영이 03년 4월 1일 오리엔탈 만다린 호텔에서 떨어져 분명히 죽었는데 지구 반대편에 있는 부에노스아이레스의 한 편의점에 나타나 우유를 사 갔다는 것이다. 그가 어디로 갔는지는 설명이 되어 있지 않아 알 수가 없다. 그가 죽은 지 3년이 지났고 무수히 많은 바람이 내 삶의 순간들을 스쳐 지나갔었다. 그런데 장국영은 왜 편의점에서 우유를 사 갔던 것일까? 어떤 호텔이거나 어떤 특별한 장소가 아니라, 그냥 골목길에 있는 편의점에 나타나 다른 것도 아니고 우유를 사 갔다는 것이 나를 놀라게 했다. 우유란 사물 자체가 지니고 있는 사회적이거나 개인적인 함의 때문이 아니라, 우유란 사물과는 아무런 상관없이 단순히 우-유-란 발음이 나를 충격에 빠뜨렸던 것이다. 마치 장국영의 노래가 그 실제의 내용과는 상관없이, 그가 발음하는 중국어의 어떤 질감과 그 질감이 아름다운 음의 강물에 띄워지는 순간 빚어지는 어떤 감정들의 세계가 내게는 중요했던 것처럼, 장국영이 부에노스아이레스의 한 편의점에 나타나 우유를 사 갔다는 기사에서, 단순히 편의점과 우유란 발음의 미묘한 뉘앙스가 일으키는 어떤 불가해한 느낌들이, 내게는 너무나 두렵고도 서글픈 비밀을 숨긴 채 지나가 버린 이야기로 들렸던 것이다.

말하자면 그건 내 삶에 너무나 중요한 한순간이, 나도 모르는 사이 그냥 스쳐 지나가고 말았다는 얘기다. 나는 지난 이십여 년 동안 장국영의 노래를 들어왔는데 내 삶에 무수히 많은 바람이 불어 왔었다. 바람은 무형의 흐름이기 때문에, 내가 사랑하는 사람들과 함께 했던 장소에, 그 순간에 존재했던 모든 사물들의 형적을 불어오는 순간 조각처럼 몸에 묻힌 채 떠나가게 되는 것이다. 그 순간의 분위기며, 그 순간에 오고 갔던 말들이며, 그 순간에 머물던 이의 숨결이며 색채, 손톱, 슬퍼하던 표정까지를, 그 순간에 존재했던 모든 것들을. 그러니 똑같은 바람이 내 삶의 한순간 다시 불어오게 된다면 나는 그 순간을 다시 살 수 있게 될 터이고, 내가 사랑했던 모든 사람들을 다시 만날 수 있게 될 거라고 생각해 왔었다. 그런데 어떻게 알 수 있겠는가? 장국영이 죽고 나서 3년이 지나는 동안 아무런 일도 일어나지 않았고, 다만 우리는 또 많은 사람들과 함께 살아왔을 따름이었는데, 어느 날 문득 지구 반대편에 있는 한 편의점에서 장국영이 우유를 사 갔다는 사실을 도대체 우리가 어떻게 이해할 수 있겠는가? 만약 정말 바람이 다시 불어온다면 언제 어디에서 그 바람이 다시 불어올지를 우리가 어떻게 알 수 있겠는가? 만약 그곳이 지구 반대편이거나 우리가 전혀 가보지도 못한 부에노스아이레스에 있는 한 편의점이라면.

03년 4월 1일 오리엔탈 만다린 호텔 24층에서 장국영이 떨어져 죽었다. 그리고 오래 아무것도 사라지지 않았고 나는 전혀 슬프지 않았다. 06년 어느 여름 부에노스아이레스에 있는 한 편의점에서 누군가 우유를 사가기까지. 3년이 지나는 동안 세상에서 아무것도 사라진 건 없었는데 바람이 다시 불어오자 지구 반대편에서 우유 하나가 사라졌다. 우리는 어디로 가서 다시 만나야 하는가?

해설

음표로 그린, 풍경의 사회화

김선주 (문학평론가)

1. 접경의 언어

 삶은 '가면 쓰기'의 기하학을 펼친다. 가면의 테두리끼리 화음을 이루는 경계선을 따라 존재의 모나드가 협곡을 이룬다. 그래서 무리 지어 떠다니는 가면의 절경(絶景)을 유랑하다 보면 숱한 절취선과 마주한다. 언제라도 편리하게 가르기 위한 존재와 존재의 '접점', 배매아의 언어는 그 '점선들'을 투시하는 엑스레이다. 그의 언어는 존재 자체보다도 타자가 서로의 '윤곽'으로 만드는 입체, 즉 '관계'의 심층을 헤매고 있다. 따라서 배 작가의 페르소나는 항상 이방인이다. 그 이방인은 국가와 국가, 민족과 민족, 주체(=나)와 타자(=너), 모국어와 외국어 '사이'에서 장기 체류 중이다.
 장국영의 '바람이 다시 불 때'와 진숙화의 '결'은 글쓴이가 그의 나라로 우릴 부르는 접경의 노래다. 이번 여섯 편의 소설은 각기 다른 색깔로 모나드를 이루어 마치 한 '몸체' 같은 서사를 보인다. 그 몸체의 전 지평을 동분서주하는 화자 '나'는 사랑이란 비포장도로를 질주해 온 닳은 바퀴이며, 흔들리는 바퀴 자국은 '바람이 다시 불 때'에서 '결'로 이어진다. 즉 두 소설 혹은 두 노래는 배매아 소설 세계의 출입국 통로이다. 이국의 노래를 통해 화자는 자아의 지평에 그어진 숱한 접경의 흔적을 인식한다.

사랑하는 사람과 헤어지는 일이란 한 번 자살하는 것과 같다. 익숙했던 모든 것들과 생이별 하는 것이다. 우리가 저승을 두려워하는 것은 그곳의 모든 것이 내가 사랑하던 것이 아니기 때문이다. 나는 낯선 곳에서 잠을 자지 못한다. 낯선 곳에서 자는 일이란 저승에서의 하룻밤과 같다. 사람은 그 사람이 살아온 생에 다름 아니므로 사랑하는 사람과 헤어지는 일이란 한번 자살하는 것이다. 3년 전에 나는 처음 사랑을 했다. 그전까지 줄곧 나는 혼자 누군가를 좋아했을 뿐이다. 처음 사랑을 하고 나서야, 나는 내 여자란 말의 어감이 단순히 마초적인 뜻이 아님을 알았다. 그녀는 분명 내 여자였다. 그건 내가 그녀와 함께 살아온 1년이란 삶이 그녀의 존재 속으로 돌이킬 수 없이 스며들어 갔다는 뜻이다. 내가 사랑한 그녀가 내가 살아온 1년의 삶이었다.

― 〈바람이 다시 불 때〉 중에서

'장국영'은 기억 지평의 중심이다. 그를 통한 기억의 기표들이 화자에게 몰려온다. 화자는 어린 시절 어느 날 비디오

방에서 우연히 장국영 콘서트 비디오테이프를 발견한다. 그는 장국영의 "안개처럼 잠잠히 바닥에 깔리는 음들"과 도도하면서도 아름다운 무대 위 모습에 매혹된다. 그 후 줄곧 장국영과 장국영 무대의 열혈 팬이었다. 남들은 장국영을 가수보다도 배우로 기억하지만, 그에게 장국영은 항상 노래로 다가왔다. 그리고 첫사랑 '그녀'는 화자가 부르는 장국영 노래를 처음으로 공감해 준 사람이었다. 화자는 이렇게 말한다. 사랑이란 서로가 서로를 활짝 열어 보여주는 것이라고, 그 내부를 정시할 수 있을 때 사랑은 도래한다.

내가 사랑하는 사람도 나를 사랑한다는 사실은 기적이다. 1년간 일어난 기적은 예고 없이 끝이 났다. 즉 서로의 가면이 벗겨진 것이다. 처음에 발견했다면 결코 사랑에 빠지지 않았을 서로의 단점들이 서서히 바깥으로 비집고 나온다. 이를테면 그 단점들은 서로가 서로의 "존재 속으로 돌이킬 수 없이 스며들어 갔"던 시간들이다. 사랑은 서로 다른 타자가 만나 하나의 풍경을 이루고 서서히 그 풍경을 지워가는 시간이 아닐까? 즉 풍경이라는 가면을 벗겨 서로의 민낯을 응시하는 시간이다. 그런데 그 풍경은 아주 깊이 뿌리내려 서로의 실재계와 이어져 있다. 가면을 벗을 땐 살점도 뜯겨 나온다. 결국 이별이란 나와 너가 서로의 존재를 도려내서 가져가는 시간이다. 즉 "사람은 그 사람이 살아온 생에 다름 아니므로" 이별은 사랑하는 사람을 통해 내 존재의 일부를 떠나보내는 일이다.

 어쩌면 화자가 사랑한 장국영의 노래들은 이제 더 이상 그때의 노래는 아니다. 화자로부터 떠난 자기 존재의 일부는 장국영이라는 한때의 신화까지 내포하기 때문이다. 장국영 혹은 장국영의 노래들은 변질되었다. 그가 사랑했던 서글프고 아름다운 이국적 선율은 차츰차츰 그 음표들의 발신자 '장국영'과 분리되어 갔다. 마치 고향 밖을 떠도는 뿌리 뽑힌 이주민 같이 향수를 지울 순 없으나 다시 고향으로 돌아갈 수도 없는 음표들! 노래들은 세상을 부유한다. 첫사랑의 기억이 퇴색하였듯 장국영의 존재성은 '그녀의 부재'와 '그녀의 현존'으로 나뉜다. 작가는 이러한 심리를 화자가 장국영의 죽음을 접한 장면에서 잘 드러낸다. 그는 그때 솔직히 전혀 슬프지 않았다고 고백한다. 오히려 슬픔을 가장하려는 본능이 꿈틀거릴 뿐, 더불어 그런 자기 자신의 모습을 유치하다고 느낀다.

 나쁜 기억이 처치하기 어려운 이유는 좋은 기억과 밀착했기 때문이다. 과거를 다루는 일은 종양과 뇌세포 사이의 섬세한 손놀림, 조심스러운 뇌수술에 불과하다. 아니다, 좋은 기억을 살리기 위해서라도 악성 종양을 방치하려는 결단이다. 이별 후의 사랑은 미워할 수도 기뻐할 수도 없는 처치 곤란한 권태가 아닐까? 애써 남겨 두겠다는 결단조차 인식하지 못할 깊은 침묵의 언어, 그게 깨어날 땐 이미 더 이상

예전의 그 풍경이 아니다. 흐르는 시간이 "사랑하는 사람의 몸을 초라한 사물로 만"들기 때문이다. 함께 나누었던 추억과 추억의 원천조차 사물화한다. 화자는 사랑하는 사람에 대해 더 이상 슬퍼할 수 없는 것과 같은 이치로 더 이상 자기 일부(=장국영 혹은 장국영의 노래들)를 슬퍼할 수 없게 되었다.

우리가 슬픈 건 우리가 슬플 때 그 슬픔에 온전히 집중할 수 없기 때문인지도 모른다. 진숙화가 쿠리하라와 정말 친구 사이였고, 쿠리하라가 그녀에게 이 곡을 준 후 세상을 떠난 게 사실이었다 할지라도, 그녀가 노래를 녹음하던 당시 이미 쿠리하라는 세상을 떠난지 몇 달이 지났을 지도 모른다. 그러니 진숙화는 친구의 죽음을 생각하며 더없이 서글픈 심정으로 노래를 불렀겠지만, 노래를 부르다 설사가 나서 자주 화장실에서 끙끙거리며 냄새가 나는 물똥을 쌌을지도 모른다. 혹은 당시 불화가 있던 어떤 사람들에게 전화를 해서 쌍욕을 하며 싸웠을 수도 있고, 노래를 부르느라 종일 끼니를 불렀다면 녹음 작업을 마친 후 매니저가 사온 완탕면을 후루룩 짭짭 하며 맛있게 먹었을 수도 있다. 심지어 같이 작업을 한 사람들과 경박하게 웃으며 잠시 장난을 치거나 허전해서 만두를 몇 개 더 집어먹었을 지도. 그리고 한숨을 한 번 쉰 후, 다시 슬퍼했을 것이다.

― 〈결〉 중에서

삶을 잘 살아내는 일과 배역을 잘 소화하는 일은 무척 닮았다. 오죽하면 인생을 무대에 비유하겠는가? 맡은바 배역을 치열하게 치러내듯이 천명을 인식하여 전심전력으로 삶을 연기해야 한다. 삶이 최고의 연기일 때 생활은 초점화된다. 생의 추상화는 풍경화를 이룬다. 영화 록키를 보면, 사랑도 고난도 소소한 모든 일상도 링을 중심으로 모인다. 내 러티브는 링에서 벌이는 사투의 시퀀스에 의해 발화된다. 모든 행동은 링과 싸움을 보조하고, 주제 혹은 의미는 링에서 드러난다. 만일 라이벌에게 패배했더라도 그것은 결단코 패배가 아니다. 일상의 모든 시간은 그 패배의 장소를 위해 한 치의 오차 없이 치열하게 지속됐기 때문이다. 당신이 복서가 되려면 치열하게 복서를 연기하라.

 한 사람의 일상은 온갖 내러티브로 수렴된다. 숱한 실패담과 성공담이 펼쳐지며 꿈은 연거푸 교차한다. 그렇기에 운명이란 풍경을 해체하는 추상화의 중력이다. 가령 여기에서 우정에 관한 주제의 한 영화를 상상해 보자. 한 가수와 한 작곡가는 국적을 초월한 우정을 나눈다. 어느 날 작곡가는 오랜 친구인 가수에게 마지막 곡을 남기고 교통사고로 세상을 떠난다. 너무 슬픈 이야기다. 그러나 가수가 도무지 슬픔을 연기할 수 없다면 영화는 실패한다. 슬픔을 전달하지 못하는 망자와의 우정에 대한 영화라니? 주제를 떠나 슬픔은 탄탄한 배경이어야 하는데 말이다. 그런데 우리 일상은 그런 일로 가득하다. 가령 가수가 "노래를 부르다 설사가 나서 화장실에서 끙끙거리며 냄새가 나는 물똥을 쌌"거나, "불화가 있던 어떤 사람들에게 전화를 해서 쌍욕을 하며 싸웠"거나, "노래를 부르느라 종일 끼니를 걸렀다면 녹음 작업을 마친 후 매니저가 사온 완탕면을 후루룩 짭짭" 허겁지겁 먹었을지 모른다.

후배가 화자에게 들려준 이야기는 이러하다. 진숙화의 '결'은 그녀와 친구가 함께 사랑한 노래다. 둘은 황량하고 쓸쓸한 일상 공간에서 서로가 서로에게 유일한 위안을 안겨주는 사이다. 함께 진숙화의 노래를 들으면 차디찬 세상의 풍경은 따뜻하게 누그러지고 아름다운 울림을 풍긴다. 학교를 마치고 귀가하며 함께 노래를 듣는 시간은 두 사람에게 흔치 않은 행복한 시간이었다. 그만큼 두 사람은 깊은 우정을 나누었다.

그런데 어느 날 두 사람이 물에 빠졌다. 똑같은 티셔츠를 입고서. 물에 빠진 친구를 구하려다 후배도 덩달아 빠진 것이다. 한 사람은 살아서 귀환했고 다른 한 사람은 저승으로 건너갔다. 그런데 후배가 나와 보니 죽은 친구와 자신의 입장이 바뀌어 있었다. 사람들은 친구가 물에 빠진 자기를 구하려다 죽었다고 오해했다. 그 이후로 후배는 이상하게도 친구의 죽음을 온전하게 슬퍼할 수 없었다. 한 사람의 생존 이유와 한 사람의 죽음의 이유가 뒤바뀐 것이다. 영혼의 단짝인 친구는 저승으로 떠날 때 그녀의 슬픔을 앗아갔다. 앞의 〈바람이 다시 불 때〉에서 사랑한 사람이 떠나며 슬픔까지 가져가 더 이상 슬퍼할 수 없는 화자는 피동적 슬픔의 저주에 걸린 인물로 변형된다. 슬픔도 집중해야만 발휘할 수 있는 노력의 산물로 나타난다. 슬프면 슬퍼하고 기쁘면 저절로 기쁜 게 당연하다. 더구나 친구가 죽었다는 사실은 그녀에게 슬픔이 아닌 의혹을 남겼다.

이처럼 발화하지 못한 슬픔의 '결'이 우리 내부에서 중심을 이룬다. 슬퍼도 슬프다고 말할 수 없는 처연한 타자가 우리 안에 있다. 그 중심은 항상 캄캄해서 아무것도 보이지 않는다. 이를테면 말할 수 없는 대상에 대한 침묵의 장소인 것이다. 따라서 슬픔은 언어의 은밀한 층위다. 슬픔은 파롤의 언어다. 온갖 랑그의 언어에서 슬픔을 도래시킬 타인과 조우하는 것은 진정한 나를 찾는 기적이다.

또한, 사랑을 나누며 서로의 슬픔을 불러내 정화된다. 그때까지 슬픔은 갇혀 있다. 오르페우스가 아내를 찾으려고 내려간 저승 같은 장소에서 말이다. 작가는 언어의 중심을 찾아 우리 주변에서 지나칠 법한 '외국어 발신자들'의 목소리에 귀 기울여 저승 같은 기억의 지하로 발걸음을 내딛는다. 장국영과 진숙화는 이를테면 그 미지의 언어 체험에 대한 알레고리이다. 작중 인물 모두 타자적 언어 리듬의 지평에서 '접경 넘기'를 시도하는 중이기 때문이다.

2. 오독(誤讀)된 풍경

 이별 후의 세상은 저승과 같다〈〈바람이 다시 불 때〉〉는 배매아의 페르소나를 떠올리면 국경이란 '죽음'과 마주 보는 장소임을 깨닫는다. 국경 너머에는 사랑하는 사람이 살기 때문이다. 글쓴이 혹은 여기 한 이방인은 국경에서 줄곧 죽음과 삶을 넘나들어 왔다. 피투적 기투와 같이 사랑과 이별을 반복함으로써 부활과 죽음의 경계에 서 있다. 어쩌면 정말 잘 사랑하는 것이야말로 온전하게 살아내는 일이다. 왜냐하면 사랑이 부재하는 삶과 진정한 삶은 서로 다르기 때문이다. 상처가 보여야 치유 가능하듯이, 슬픔이 보여야 그 슬픔을 다룰 수 있다. 또, 사랑이란 능동적으로 서로의 슬픔을 발견하려는 도전이다.
 태어난 나라에서 낯선 나라로 건너는 여정은 설레고 들뜬다. 모험심을 자극하고 낯선 거리에서 모르는 얼굴들과 새로운 친구가 될 수도 있다. 국경 너머에는 차츰차츰 내 색깔로 물드는 호젓하고 아늑한 풍경이 나타난다. 똑같은 고독도 상황에 따라 외지에선 정답고 고향에선 권태롭다. 동시에 모험심은 위험천만한 사건들을 불러오기도 한다. 험악한 강도를 만나거나 하루 종일 미로 같은 거리를 홀로 헤맬 수도 있다. 흔한 말벗조차 없는 삭막한 일상을 보낸다. 시차 적응도 어려워 불면의 여러 밤을 치러야 할 수도 있다. 물이나 음식이 안 맞아 배앓이를 할 수도 있으며, 무더위 속에서 말라리아로 사경을 헤맬지도 모를 일이다. 나와 내가 서로를 사랑하는 일도 이와 같다. 설레고 들떠서 서로를 탐닉한다. 함께 나누는 순간순간이 빼곡한 의미의 장으로 확장된다. 서로의 습관과 언어는 미지의 풍경을 고스란히 전달한다. 부드러운 개성으로 서로를 포옹하고 열렬한 찬양이 흐른다. 존재는 존재에게 왕관이 된다. 그러나 사랑에도 치명적 풍토병이 돈다. 배앓이를 하듯, 열병에 시달리듯, 존재는 존재를 앓는다.

나는 모드가 차-이(그래요), 차-이 하며 열심히 따라하려고 애쓰는 그들을 보며 웃었다. 나는 모드가 차-이나, 마이 차-이라고 발음할 때 그녀의 목소리에 실려 나오는 선율을 사랑했다. 그녀는 마치, 태국의 다른 여자들도 마찬가지이지만 악보를 읽으면서 말하는 것 같았다. 처음 태국에 왔을 때 그녀와 함께 보트를 타고 짜오프라야 강을 건넌 적이 있었다. 내가 강 이름을 물었을 때 그녀는 짜오프라야- 라고 말하며 배시시 웃었다. 태국어는 언어의 악보를 지니고 있다. 모드는 마치 그 악보의 음률을 따라 소리를 굴리며 무언가 내게 장난을 거는 듯 했다. 단어와 단어 사이에 음의 계곡이 놓여 있고 그녀의 입술 위에서 짜오프라야는 그대로 흐르는 소리의 강이 되었다. 모드가 발음하는 영어마저 태국어의 음악 속에 있었다. 그녀의 영어 억양은 독특했다. 사실 그녀는 영어를 잘 하지 못했다. 나 역시 온전한 영어를 구사하는 것은 아니어서 우리는 거의 틀린 문법으로, 수사와 분석은 제외한 채 간단한 표현들로 의사를 소통했었다. 수식을 하고 싶거나, 간절하게 무언가 표현하고 싶을 땐 손과 눈빛, 몸짓을 이용했다. 그러고도 우리는 모든 것을 다 이야기 했다. 학문적인 것이 아니라면, 굳이 우리에게 더 이상의 뜻과 표현들은 필요하지 않았다. 기적처럼, 우리 사이에 의식하지 못하는 새 자연스런 언어에 대한 습관이 형성되어 갔다. 그것은 우리가 서로에게 보내는 암호이거나, 아니면 우리가 나누는 어떤 교신 체계인 것만 같았다.

– 〈파워나 모드〉 중에서

사랑할 때 우리는 서로가 서로에게 이방인이다. 언어에 삶이 빠짐없이 담기지 못한다는 이치와 같이 그 언어란 사랑을 이루 다 표현할 수 없다. 삶은 사랑으로 가득하며, 사랑엔 삶의 갖가지 풍경이 도사리기 때문이다. 그렇기에 우리는 본질적으로 모두 이방인이다. 작가는 이러한 본래 인간성을 외국이란 시공간성을 통해 제시한다. 화자는 항상 '외국어 발신자들'에 둘러싸여 있으며 그곳에서 손짓 발짓 다 섞은 원초적 언어를 발휘한다. 이른바 "언어의 원시시대"(〈나우〉)를 형성한다. 또한 그곳에서 사랑을 나누는 풍경, 혹은 관계의 형상이 "연인들의 원시시대"(〈파워나 모드〉)를 불러온다.

사랑하는 사람의 언어 혹은 목소리는 그윽한 "음의 계곡"이다. 두 사람의 접경에는 각자만의 "악보"가 있다. 서로를 부를 때면 "그 악보의 음률을 따라 소리를 굴리며", "흐르는 소리의 강"을 자아낸다. 관계는 언어를 통해 유희의 기쁨을 샘솟게 한다. 쓰는 말이 달라도 노래는 항상 국경을 초월한다. 다른 말들이 음정과 박자를 싣고 서로의 의식 저편으로 퍼질 때 더 이상의 의미와 뜻은 무의미하다. 저들만의 테두리를 치고 서로만 알아볼 수 있는 두 사람만의 음폭이 형성된다. 저음도 고음도 아닌 서로에게만 어울리는 성량이 화음을 이룬다.

언어는 음악이다. 따라서 존재는 모두 음악을 지니고 있다. 그 저만의 음악은 언어의 장벽을 허문다. 아니다, 언어의 벽은 환상이다. 혹은 모국어는 각자의 음악을 잠재운 존재의 알집이다. 알은 세계(헤세)라고 하지 않았는가? 모국어는 머물러야 할 곳이기 이전에 깨고 나와야 할 파롤의 알이다. 글쓴이 곧 배 작가는 모국으로부터 외국으로 알을 깨고 언어의 지평을 가로지른다. 언어 너머의 타자의 존재자와 엇물린다. 존재의 테두리 잇바퀴를 서서히 갈며 타자와 포개진다.

사랑할 때 당신은 느껴봤을 것이다. 포옹의 불완전성을, 아무리 껴안으려 해도 육체의 테두리로부터 가로막힌다. 사랑은 완전히 파고들어 갈 수 없는 사랑하는 사람을 사랑의 밀어(=언어)로 가까스로 껴안는 행위다. 사랑할 때 우리는 그 사람의 내부에서 흘러나오는 "단어와 단어 사이" 행간에서 떠도는 미지의 기표들을 욕망한다. 나와 내가 "서로에게 보내는 암호"와, 세상은 모르는 둘만의 "어떤 교신 체계"를 말이다. 타자의 은밀한 층위를 열어 보이는 그 수수께끼 같은 언어 질서, 그런데 배 작가의 페르소나들은 이를 오독하는 데에서 관계성을 창안한다.

왜 외롭다는 건 고양이 울음소리처럼 들리는가? 창가에 고양이 한 마리를 심는다. 그리고 매일 들으며 생각한다. 이 소리들은 어디에서 나오는가? 그리고 어디에 있는가? 때로는 분명히 느껴지지만 발음되어지지 않는 것들이 있다. 우리가 느끼는 것이 없었다면 그 느낌을 소리로 표현한 발음도 없어야 할 터인데, 우리가 느끼고 분명히 발음한 것들이 세상에 존재하지 않는 소리라면 도대체 그 소리는 어디에서 나온 소리인가? 창가에 있는 고양이가 밤새 ngao(나우)라고 운다. 하지만 내 방엔 naou(나우)란 울음이 떠돌아다닌다. 고양이가 운 ngao는 어디로 갔으며, 내가 들은 naou는 누가 운 소리인가? 만약 내 방에 태국 사람이 있었다면 그는 분명 고양이가 울 때, ngao란 소리를 들을 것이다. 나 혼자 그가 듣는 것을 못 듣고 있으며 내 방에 한 번도 울린 적이 없던, 그 누구도 말하지 않았던 소리를 듣고 있다. 누가 내게 춥다고 말했는가?

― 〈나우〉 중에서

사람은 환경이나 천성 및 인간관계에 의해 고유의 판을 지니게 된다. 사유 이미지가 그 혈관을 따라 흐른다. 나날이 새로운 물결로 드넓어지며 오성을 기른다. 그러나 대부분의 사람은 상징계적 질서에서 본체와 어긋난다. 작가는 그 자아의 음표를 받아쓴다. 바깥의 언어를 복사하는 것이 아닌 내부에서 올라오는 소리에 귀를 기울인다. 가령, ngao는 '외롭다', naou는 '춥다'는 뜻이다. 춥다고 말할 때 외롭다고 이해하는 것, 외롭다고 말할 때 춥다고 이해하는 것, 오독 혹은 오해는 매혹적 환상을 불러온다. 오독하기란 몽상의 시간이다. 보들레르의 이중의 방처럼 현전(現前)에 가려진 유령 같은 사물들이 타자 너머에서 나타난다. 부재 아니 인식 불가능했던 대상이 방을 채우고 보이지 않는 곳으로 보이는 것들이 물러난다.

오독하기란 미지의 이미지를 깨우고 내 틀에 맞추려는 자기 충족적 욕망이다. 다시 말해 개성이 느끼는 불완전성을 채우려는 본능이다. 개성은 헤아릴 수 없는 빈틈이 물결무늬를 그린다. 따라서 우리 마음엔 각기 다른 무늬를 그린 틀이 있고 무엇이든 보고 듣는 것은 그 틀을 따라 모여서 흐른다. 붕어빵 모양 판에 반죽을 부어 붕어빵을 찍어내듯 말이다. 그 고유의 결을 따라 naou(춥다)라고 부르기로 한 만인의 약속을 깨고 꿋꿋하게 ngao(외롭다)라고 발음해 보는 용기인 것이다. 언어의 숲에서 만인의 규칙을 내 안의 틀에서 흐르게 하는 일이란 "무수한 상상을 가능하게" 한다. 그 만인의 노래가 도무지 "이해 불가능한 발음들"일수록, "노래의 음과 발음의 음 사이"(〈결〉), 행간의 진폭은 깊어진다. 노래는 마치 "이해할 수 없는 비밀들"같이 "풍부한 서글픔"(〈바람이 다시 불 때〉)을 싣고 나와 너의 접경을 맴돈다.

3. 음치들

우주는 미지의 지하 세계가 아닐까? 미지의 세상이 넓고 넓을수록 그 지하는 헤아릴 길이 없다. 우주에서 지구로 입장하면 거미줄 같이 뒤엉킨 뿌리를 발견한다. 지구는 거대한 뿌리의 보고이다. 우리는 광활하게 이어진 하나의 뿌리이다. 그러나 지구에서 우리는 사방으로 흩어지고 등 돌린 분열하는 존재다. 인류는 끝없이 자리 뺏기 싸움을 벌이고 있다. 높고 낮고 좁고 넓은 장소에 따라 우리는 서로와 달라지기 때문이다. 상대와 달라지기 위해 싸우느라 본성을 들여다 본지 오래되었다. 나를 알아야 새로운 줄기가 발아한다. 그 줄기를 뿌리의 이편에서 저편으로 이을 수 있다.

음치들은 세상의 노래들이 만든 거미줄에서 저만의 노래를 발화하는 사람이다. 저만의 목소리로, 저만의 박자와 음정으로, 거미줄의 공백마다 실낱 한 줄기를 하나 더 보탠다.

거미줄은 더 촘촘하고 튼튼해진다. 음치들의 노래가 있기에 음과 음은 더 이채롭다. 세상의 거미줄을 따라 거니는 노래는 끝없이 미로의 회로를 돌고 돌며 헤매는 것에 불과하다. 상식의 아름다움에 호소하는 이데아의 사제일 뿐이다. 상식과 관습의 길을 따라 걷기를 거절할 때, 실낱 하나가 허공에다 길을 하나 보탤 때, 비로소 거미줄은 더 이상 덫이 아닌 무궁무진한 뿌리의 자태를 드러낸다. 막힌 길을 뚫고 새 길을 내는 음표들의 오로라를 타고 희망은 갈래갈래 퍼진다.

저녁에, 내가 나릴란 하고 부르면 그녀는 미간을 찌푸리며 내 코를 쥐어 잡고 흔들었다. 탁한 비음 속에서 그녀의 이름은 장난스럽게 들리곤 했다. 그녀를 나릴란이라고 부르는 사람은, 그녀의 가까운 사람들 중에서 나밖에 없었다. 나는 숨이라고 불렀고, 자주 나릴란이라고 불렀다. 그러면 내게 더 가까워지는 느낌이었다. 밤에, 그녀는 자장가를 불러달라고 말했다. 나는 클레멘타인과 해바라기의 노래를 불러주었다. 저음으로, 모든 노래를 단조로운 리듬과 거의 구별이 가지 않는 음정으로. 그녀는 클레멘타인이란 노래를 몰랐다. 그래서 나는 후렴구의 클레멘타인을 꼭 나릴란이라고 바꿔서 불렀다. 그러면 음정이 본래의 곡에서 더 멀어지곤 했다. 하지만 그녀는 내가 음치란 사실을 알지 못했다. 나는 어느 노래도 정확하게 부르지 못했으므로, 내가 그녀에게 불러주는 음들은 사실 세상에 존재하지 않는 노래였다. 까닭에 나는 그녀가 모르는 노래들만을 부를 수 있었다. 긴장한 목소리로 어제 부른 음과 오늘 부른 음이 정확히 일치하도록 노력하는 동안 그녀는 편하게 고개를 기대고 듣는다. 다 틀린 음정의 노래를, 그녀를 그런 노래라고 생각하며 듣는다.

— 〈나우〉 중에서

스스로 이방인이어야 했던 작가의 페르소나들은 "물리적 거리가 삶의 거리일 수도 있다"(〈파워나 모드〉)는 세상의 이치에 저항한다. 음치들은 그 거리를 넘고자 시도한다. 나와 너의 사이 펼쳐진 접경, '배앓이 그리고 말라리아의 나라'와 '똑같은 풍경뿐인 서울 변두리 소도시'의 사이보다도 먼 물리적 거리. 일상을 타자의 바다에서 표류시키는 엄연한 삶의 거리. 그 사이를 건너서 내가 너에게 다가가기 위해 오독은 음치들로 전환된다. 즉 '잘못 읽기'에서 '다르게 읽기'를 실천하는 것이다. 잘못 읽기가 제 안의 고유한 결들이 만드는 파인 자국(=결핍)을 다루는 자기 충족적 욕망이라면, 다르게 읽기는 타자와 타자의 그 파인 자국을 공명하는 행위다. 서로의 내부를 열어 보여, 서로의 결들을 맞추는 과정이다. 서로의 내부를 맞추기 위해 부단히 자기 상처의 궤도를 파내어 버린다. 내 상처가 너에게 알맞게 되기까지.

다르게 부르는 노래는 기성 질서의 너머에 흐르는 "세상에 존재하지 않는 노래"다. "어제 부른 음과 오늘 부른 음이 정확히 일치"할 때 그것은 세상의 노래다. 그러나 "음정이 본래의 곡에서 더 멀어"질수록 노래는 특별하다. 대중이 약속한 곡 하나의 패턴을 깨뜨려 오직 둘만 알아보는 노래가 되기 때문이다. 세상은 몰라보고, 세상은 절대 감동할 수 없고, 세상은 받아들이지 않을, 두 사람만의 노래인 것이다. 가령 '클레멘타인'은 대중이, '나릴란'은 화자가 상정한 대전제이다. 바꾸어 다르게 부르기, 질서에서 질서 바깥으로 탈주하기, 더불어 새로운 질서를 창안하기이다. 클레멘타인이 세상에 짜 놓은 상식의 거미줄을 끊고 오독 혹은 음치의 박자를 잇는다. 모호함, "어느 노래도 정확하게 부르지" 못한다는 사실은 도리어 화자에게 풍부한 음폭의 가능성을 돌려준다.

따라서 음치들은 창조자다. 세상의 돌연변이로서 수많은 이색적 변주곡을 선보인다. 세상이라는 '질서를 가장한 패턴'의 미로 속에 저만의 미로를 새로이 보탠다. 그 저만의 미로를 통해 타자(=사랑하는 사람)를 자기 내부로 환대한다. 서로의 비밀을 나누고 공명함으로써 모서리를 부드럽게 가다듬는다. 가령, 더 이상 ngao와 naou의 차이는 무의미하며, ngao는 ngao로, naou는 naou로 서로의 기의를 보존하면서 서로를 탐닉한다.

내가 음치란 사실을 알고도, 그녀는 내가 부르는 장국영 노래를 처음으로 진지하게 들어준 사람이었다. 사랑하는 사람이 생기면 꼭 장국영 노래를 불러 주리라 생각해 왔으므로, 밤이면 나는 그녀의 방으로 건너가 이불 속에서 손목을 꼭 쥔 채로 천장을 올려다보며 바람이 다시 불 때를 불러주곤 했었다. 사실은 세상에 존재하지 않는 노래를, 분명 장국영의 몸에서 흘러 나와 내 몸으로 흘러들어 왔지만 입술에서 머뭇거리다 몸 안을 떠돌기만 하는 소리를, 지난 20여 년간 장국영이 내게 들려주었으나 세상에 결코 존재하지 않는 음정과 박자로, 나만이 부를 수 있는 노래들을 불러주었다. 사람은 언제나 그 사람이 살아온 인생에 다름 아니므로, 나를 그녀에게 보여주기 위해선 그녀를 만나기 전까지 내가 살아온 삶을 보여줘야 한다고 생각했다. 그러나 그러기엔 너무 많은 것을 기억해야 했고, 너무 많은 순간들을 구구절절이 설명해야 했으므로 나는 그녀에게 장국영 노래를 불러주거나, 그녀와 함께 비디오 방에서 장국영 콘서트를 보곤 했다. 분위기란 말은 지구를 감싸고 있는 공기란 뜻이다. 내 몸에서 가닥가닥 흘러나오는 음(音)들에, 장국영의 콘서트를 볼 때 나와 장국영 사이에 구름처럼 떠 있던 공기들에, 내가 지나온 모든 시간들이 농밀히 스며들어 있을 것이기에. 그토록 자주 그의 노래가 내 삶의 불어왔으므로.

― 〈바람이 다시 불 때〉 중에서

사람은 반드시 저만의 내밀한 노래를 지니고 살게 된다.

세상에서 통용되지 않는 노래, 즉 다르게 부르기의 노래는 항상 저를 버리고 다른 헤아리기 어려운 말들을 건넨다. 왜냐하면 노래는 항상 그 시절 함께 나누던 사람과의 노래이기 때문이다. 결코 홀로 내 안에 괴어 있는 노래란 존재하지 않는다. 내 안의 노래는 타자가 남기고 떠난 흔적이다. 내가 환대한 타자의 미로다. 나는 그가 떠나도 그의 기억을 당분간 잊지 못하고, 때때로 혹은 너무 자주 떠올리게 된다. 내 안에 살아 있는 타자의 미로를 느낄 때마다 그곳에서 "세상에 존재하지 않는 노래", 사랑한 사람과 나만의 그 노래가 울려온다. 바로 그 추억으로 인하여 노래는 저를 버린다. 제 살을 버리고 무수한 추억의 결들을 돌려준다. 그때 추억은 세상을 이루는데, 그 세상에서 노래는 오려지고, 세상은 돋보인다. 다시 말해 슬픔이 드넓게 펼쳐진다.

노래는 가려진 달처럼 잠시 머문다. 누군가 달을 꾹 눌러 별들이 와락 쏟아진 것 같이, 노래는 이방인들의 추억 버튼이다. 이처럼 작가의 페르소나들은 제 안의 음악적 인간을 발화한다. 세상의 상식을 깨뜨린 악보를 통해 타자와의 정치적 연결을 시도하고 있다. 다르게 부르기는 세상을 있는 그대로 인식하지 않겠다는 무언의 저항이며, 항상 현상의 저편을 잊지 않으려는 배매아만의 산문 의식이다. 그러므로 음치들은 작가의 한 윤리적 경향이라고도 할 수 있다. 세상을 다르게 보려는 이유는 진실한 사랑에 대한 희망을 절대 버리지 않겠다는 각오이기 때문이다. 엡젝션의 거리 위에 서서 미덕을 찾아 여행 중인 매드맥스의 주인공이 떠오른다. 작가는 시시콜콜한 이별의 내러티브로 가득한 세상에서 "헤어지는 일이란 한 번 자살하는 것과 같다"고 매우 담담하게 강조하고 있다. 이제 나는 그의 말을 빌려 이렇게 말하고 싶다. 사랑은 나라를 세우는 일이며, 이별이란 한 나라가 지구상에서 사라지는 것이다. 그 한 나라의 영고성쇠를 살펴볼 차례다.

4. 사랑의 허울

 프랙털 우주론에 의하면 우리는 시냅스 작용으로 뭉친 전자기파다. 즉 인간의 두뇌 속에서 빚어진 상상력의 산물이다. 인류는 한 인간의 두뇌 속에 살아 있는 것이다. 당장 인생을 바꾸고 싶다면 저편의 그 사람에게 "어이! 여기 좀 봐바! 여기 좀 보라니까! 이참에 생각을 바꿔보는 게 어때?" 소리쳐야 하는 게 아닐까? 우리가 어떻게 해볼 수 없는 존재의 자유에 의해 우리 삶이 결정된다니 황당함을 떠나 너무나 허탈하다. 또 한편으로 무척 재미있는 상상이다.
 이와 같은 프랙털 우주론적 존재성이 배매아의 소설 세계를 관통하고 있다. 그에게 사람은 세상이고, 세상은 사람이다. 뉴스에서는 온갖 사연이 흘러나온다. 수많은 삶과 마찬가지로 각양각색으로 얽히고설킨 죽음의 풍경을 전한다. 존재, 그리고 시간이 넘쳐흐르고 신비와 기행으로 가득하다. 사람은 이를 모두 제 속에 담는다. 사람의 내부에도 숱한 탄생과 종말의 우화가 기생하고 미처 헤아리기 어려운 크로노토프(chronotope)가 무리 지어 떠돈다. 사람은 시공간성에 둘러싸인 동시에 그 시공간성을 싣고 흐르는 지독한 크로노프적 존재다. 존재는 반드시 배경을 지닌다. 그리고 작가의 페로소나들에게 배경이란 바로 사랑이다. 발이 붕붕 뜨는 무중력의 현실에서 사랑의 지평에 다다라야 비로소 발 디딜 곳을 얻는다. 그래서 그의 소설 세계의 화자 '나'는 쉴 새 없이 타인의 숲을 건넌다.

여기서 동선의 추억을 따라가는 여정은 끝난다. 몸속 어딘가에 여전히 남아 있겠지만, 몸밖을 나서면 그 집도, 그 집으로 들어서는 길목도 사라지고 없다. 쓰레기 더미가 가득했던 언덕도, 집들이 듬성듬성 밤의 벌판에 묻혀 있던 지형도, 그때는 크지 않았던 성락교회의 예배당과 모래가 흘러내리던 도림 교회의 벽들도, 회색빛의 크라운 맥주 공장도, 붉은 벽돌집 2층의 사글세방이며, 부엌에 숨어있던 쥐 귀신과 다락방의 몽환마저도…… 작고 스산한 마루 건너편 방에 살았다던 여자는 누구였을까? 아버지는 성락교회를 다녔지만, 어머니는 천주교 신자였다. 어머니가 다녔던 성당은 어디였을까? 지도를 보면 크라운 맥주 공장 옆에 도림동 성당이 있다. 어머니는 주일이면 그 성당에 가곤 했었을까? 아니면 굴뚝의 매연이 두려워서 멀리 문래동 성당까지 갔을까? 성서를 품에 안고 다니던 그 경건한 동선은 이제 어머니의 몸속에 없다. 그러니 그 동선의 추억은 그 어디에도 없는 것이다. 아버지가 목공예품을 팔러 다니던 길도, 이미 늙어버린 아버지는 전혀 기억하지 못했다. 아버지가 흘린 수많은 소변과 함께 이미 몸밖을 빠져나갔는지도 모른다. 어느 봄밤 아버지의 소금가마에 깔려 땅속의 얼룩으로 사라진 못난이의 동선도 함께. 엄지손가락이 없던 남자가 우리를 데리고 악어가 나오는 극장까지 갔던 길들은 어디에 있을까. 밤이면 별떼처럼 빛나던 집들과 그곳에 살던 사람들의 동선의 추억은? 베로니카의 삶은 모두 어디로 가버린 것일까?

— 〈동선의 추억〉 중에서

이처럼 작가는 보고 싶은 사람들과 장소를 동일시한다. 지도를 통한 이른바 현상학적 환원으로 시공간 속 장소의 단잠을 깨운다. 지도 위의 작은 점들 혹은 깨알 같은 글씨로 새긴 헤픈 이름들이 부풀리는 환각적 사물을 제 안으로 불러온다. 그 생김새들과 느낌을 하나하나 정성스레 곱씹고 발음하며, 이제는 돌아갈 수 없는 시공간을 재현한다. 예배당이나 삭막한 공업단지 구석구석에서 형의 자취를 더듬는다. 그 옛날 붉은 벽돌집 사글셋방에서 나누던 온갖 추억으로 온 가족을 회상한다. 오래된 교회나 소금가마를 통해 아버지의 흔적과 마주한다. 어머니가 성서를 품고 다니던 성당의 자취를 더듬어 그 시절 어머니를 되돌아보기도 한다. 악어를 기르는 극장에서 엄지가 없는 한 남자를 다시 떠올려 본다. 또, "밤이면 별떼처럼 빛나던 집들과 그곳에 살던 사람들"을 지그시 불러본다.

장소와 사람은 항상 떼려야 뗄 수 없는 불가분의 관계다. 배경 없이 홀로 사는 존재는 세상에서 절대 찾아볼 수 없다. 한 사람이 머무른 장소를 구체화하는 것은 그 사람을 다시 한 번 되살리는 것이다. 세상에 다시 한 번 더 삶을 펼치게 하는 일이다. 그렇다면 모든 글쓰기는 흘러간 사람들을 불러오는 일종의 제의가 아닐까? 이별이 정녕 한 사람의 죽음에 비견된다면(《바람이 다시 불 때》) 그 사람들이 바람처럼 다시 불어와 우리와 마주 보는 것은 진정 다시 한 번 삶을 삶으로서 되사는 일이다. 그렇기에 단 한 번 만나서 이제 두 번 다시는 만나지 않을 사람이란 이승에서 저승으로 건너간 사람이다. 저승을 넘은 사람과 국경을 넘는 사람은 동일하다.

당신은 내게 다른 사람들도 드나들 수 있는 여관이 아니라, 우리 둘만이 지낼 수 있는 그런 공간이 있었으면 좋겠다고 말했지요(⋯⋯)일종의 공간에 대한 예의 같은 거야, 라고 말하며 웃던 당신의 얼굴도.

어른 흉내를 내는 도도한 계집아이처럼 양볼 가득 짐짓 심통 난 미소를 지으면서. 창문을 열면 가을빛에 물든 뒷마당이 보였습니다. 담황색 열매가 익어가는 감나무가 한 그루, 검붉은 넝쿨은 담장을 뒤덮었고 담장 너머엔 전봇대에 매달린 가로등이 모자를 쓴 작은 행성처럼 떠 있었지요. 밤이 되면 그 행성의 불빛이 슬그머니 담장을 넘어오고, 뒷마당은 신비한 마법에 빠진 것처럼 요요한 빛살에 잠기곤 했습니다. 그건 마치 뒷마당이 꿈을 꾸고 있는 것만 같았죠. 아니 우리가 뒷마당이 꾸는 꿈속으로 들어와 있는 것만 같았습니다. 밤의 미풍에 가만히 흔들리는 감나무가 있고, 호흡을 멈추고 땅을 더듬는 어슴푸레한 잡초들이 있는, 어둔 한지 같은 불빛이 가물가물 번지는 뒷마당의 정지된 몽환 속으로. 우리는 창가에 테이블을 갖다 놓고(……)그걸 우린 풍경에 음(飮)들을 수혈하는 일이라고 불렀습니다.

― 〈잠자리가 지나간 길〉 중에서

이제 그리운 사람들을 찾는 시공간성은 이를테면 "둘만이 지낼 수 있는 그런 공간", 즉 사랑하는 사람 혹은 사람들과 '나'만의 고유한 장소이다. 그 시공간성을 거슬러 둘만의 장소 혹은 우리만의 장소를 탐색한다. 모자 쓴 행성처럼 떠 있는 아름다운 가로등 불빛, 밤바람에 춤추는 감나무, 무언가를 찾느라 엎드린 것 같은 잡초 등, 이 모든 게 그곳을 함께 지냈던 한 사람이 되어 기억 속에 샘솟는다. 그리운 장소는 그리운 한 사람일 수밖에 없다. 공간은 한 사람의 체험과 가치관이 고스란히 수혈된다. 작가가 자기 작품에 애착을 느끼듯, 자기 체험과 가치가 살아 숨 쉴 때 비로소 공간은 장소가 된다(이 푸 투안, 『공간과 장소』). '공간'은 존재가 살아 있는 제자리이며, '장소'는 배매아 식으로 하자면 서로와 서로가 접경을 허무는 시간이다. 다시 말해 홀로 있는 존재가 '나'와 '너'라는 '우리'의 존재를 발생하는 사랑을 이루는 장소다.

사랑은 성스럽다. 진심 어린 사랑의 연인은 속된 세계의 지평에 성화를 발생한다. 현실은 성과 속의 경계선을 긋는다. 마치 아름다운 꿈과 참혹한 현실 사이에 경계를 긋듯 사랑이란 두 타자를 한 존재로 묶고 그 존재의 장소에 성스러움을 내린다. 사랑은 성스러움을 부르는 제의다. 서로의 기쁨과 깊은 상처까지 존재의 구석구석 헤집고 되찾아 함께 나누는 제의적 행위이다. 고대인의 신앙은 성과 속의 균열이 없었으며 현실이란 성스러움의 연속적 지평(미르치아 엘리아데, 『성과 속』) 이었는데, 이처럼 작가는 현대의 현실에서 보충할 수 없는 순수한 결정체로서의 사랑의 원리를 탐구한다. 국경 너머에서 '우리'의 관계성을 찾는 작업은 바로 그러한 알레고리라고 볼 수 있다.

이러한 탐색전은 화자가 회상하는 친구 '동희'의 자취에서 여실히 드러난다. 화자의 친구는 추운 겨울날 바깥을 떠돌다 쓸쓸하게 죽음을 맞이하는데, 그 친구가 방황한 봉천동의 "집들로 이루어진 깊은 숲"과 "백제 중기 웅진시대의 유적"을 탐사하는 화자의 시선이 오버랩된다. 유적 탐사대가 내건 고유한 역사적 자취를 찾는 여정은, 문명의 흔적을 찾아 미로 같은 골목길을 떠도는 동희의 방황과 나란히 드러난다. 동시에 유적 탐사 동아리의 역사의식이 진실한 목적성이 결여된 친목 성격의 관계성에 기대어 있다는 허위성이 밝혀진다. 반면에 동희의 문명 찾기는 진실한 사람의 온기, 진심 어린 웃는 얼굴들, 이를테면 휴머니즘적 관계성을 향한 갈증의 상징으로 나타난다. 동희는 시인을 꿈꾸었지만 등단을 못하고 줄곧 사회에서 자기 자리를 찾지 못하고 있었다. 논리와 이성의 현실에서 진심 어린 애정을 추구했던 동희의 죽음은 '순수한 사랑', 혹은 '원초적 사랑'의 초상인 것이다. 혹은 그 사랑의 실패에 대한 우리 사회의 현주소일 것이다.

개인의 고독은 사회가 떠안은 근원적 문제이다. 인간은 사회적 동물이기에 삶이란 타자와 타자가 어울려 더불어 살아야 지탱된다. 그러나 수많은 사람이 우리 사회의 사각지대에서 소외당하며 무너진 삶을 버티고 있다. 이는 바로 천민자본주의와 브레이크 없는 경쟁의 가속도로 더욱 심화되어 간다. 자본주의의 속성은 무릇 인간을 사고파는 물건들과 동기화한다. 급기야 사람들을 사고파는 교환체제에 넣는다. 이러한 사회 구조에서 그 누구도 소외의 그늘 살기에 예외일 수 없는 것이다. 이러한 생산관계의 현실성을 상기할 때 진실한 사랑의 관계성에 대한 서사는 일종의 연애담을 초월한다. 이를 배 작가가 제시한 악기적 인간에서 헤아릴 수 있다.

사람은 악기이며, 언어는 음악이다. 사람은 내부에 누구나 고유한 원초적 음악성을 지니고 있다. 작가는 그 원초적 음악의 악보를 잘 보이는 곳으로 꺼내어 놓는다. 즉 인간사회라는 관계망으로 존재의 원시성을 불러온다. 그 방법이 바로 사랑이다. 서로가 서로를 사랑할 때 존재의 심층에 떠다니던 고유의 파롤이 되살아난다. 사랑을 만나기 전까지 파롤은 몸속에 떠도는 알 수 없는 기호로만 남는다. 작가는 서로 다른 기호를 내부에 품고 만나 그것이 공통의 악보를 그리는 관계를 이상향으로 제시한 것이다. 이러한 사랑을 바탕으로 '접경'을 서사화한다. 나라와 나라의 경계를 넘어, 나와 나의 사이에서 갈등하는 존재론적 접경을 드러낸다. 그래서 언어와 음악적 인간의 의미가 더욱 확장된다. 음악적 인간성은 세상의 룰(rule)을 따라 부르는 노래가 아닌 '잘못 읽기'와 '다르게 부르기'의 모럴을 지닌다. 노래 부르기와 자기 드러내기를 나란히 볼 때 그 '잘못 읽기'란 창조적 욕망이며, '다르게 부르기'는 생산적 관계성이다.

이처럼 작가는 우리에게 '또 다른 사회'를 열어 보인다. 우리 사회가 자아를 억압해서 개인에게 타자가 바라는 삶을 주입할 때, 소설이 형상화한 이른바 나와 너의 소사회에서는 오히려 파롤을 드러낼 때 문화가 출현한다. 이를 '풍경의 사회'라고 이름 짓고 싶다. 작은 몸짓이 풍경을 이루어 만드는 사회, 나아가 풍경과 풍경이 모여 이룬 나라가 바로 배매아의 세계상이다. 무릇 나무는 숲에 들어온 사람에게만 가지와 잎사귀들을 펼친다. 작가는 존재의 바깥과 숲을 설정, 그 접경을 넘나듦으로써 우리의 잊힌 '구체성'과 자세히 바라볼 때 드러날 존재의 기하학적 미의식을 보여주고 있다. 소설은 이야기이며, 그것을 잇는 언어가 은밀할수록 더 아름답다는 당연한 이치를 다시 깨닫게 한다.

작가의 말

오래전 사랑했던 친구는 나를 떠나면서 '사람은 만나서 딱 인사를 하고 안부를 나누는 정도가 적당한 것 같아요'라고 말했었다. 사람이 사람을 만나는 일만큼 슬프고 간절한 일은 없을 테니깐. 살아가는 일은, 때로 사랑하는 사람들을 잃어가는 일인 것만 같다는 생각이 들 때가 있다.

세상에 이토록 많은 사람들이 있고 또 서로가 제각각 다름에도 불구하고, 우리는 어떻게 서로를 이해하고 또 서로를 사랑할 수 있었던 것일까?

나는 항상 그것이 기적처럼 생각되곤 했다.

그러니 어쩌면 인연이란, 우리가 같은 인간이란 몸을 입고 서로 다른 삶을 살아왔다는 이 놀라운 불일치를 넘어 가까워지고 싶었던 인간들의 가련한 몽상 같은 것이 아니었을까? 저마다 가없이 사라질 만남들에 아름다운 악보를 그려놓고자 했던, 가련하나 도무지 멈출 수 없었던 꿈을 향한 이토록 소박한 의지 같은 것이 아니었을까?

나는 친구가 내 곁을 떠나기 전 말했던 몇몇 단어들을 기억하고 있다. 아주 사소하고 일상적인 말들이었다. '밤, 담배 연기, 목이 긴 맥주, 편도선, 손톱, 형에게 남겨 주고 싶었어요, 창으로 흘러드는 하수구 냄새, 컴컴한 이비인후과, 밤하늘, 빨간 우체통, 그리고 편지와 수많은 눈송이들.'

슬픔은, 슬픔이란 명사가 아닌 까닭에 우린 모든 언어를 통해 슬프다고 말할 수 있다.

*

음(音)은 물질에서 나오나, 그 어떤 경우에도 물질로 남지 않는다. 음은 부피와 질량이 없고 다만 공간에 어떤 면적을 차지한 채 그냥 그 자리에 계속 존재해 있다. 가령 당신의 방이 3층에 있고 당신이 방의 공기를 한 꺼풀 뜯어 귀에 대본다면, 당신은 천년 전부터 거기에 있어 왔던 어떤 음 한 조각을 들을 수 있을 것이다. 우리가 사는 모든 공간은 폐사지와도 같다. 사라진 것은 아무것도 없다. 그곳에 있던 물질은 사라졌지만 그 물질이 차지하고 있던 면적은 그대로 남아있다. 어쩌면 우리는 무너진 고대의 탑이 면적을 차지하고 있던 공간에서 설거지를 하고 있는 것인지도 모른다.

*

내겐 오래된 믿음이 있다. 유치하고 어처구니없는 믿음이다. 난 늘 사랑하는 이들에게 선물을 하고 싶어서 글을 쓰곤 했는데, 소설이 내가 줄 수 있는 가장 아름다운 선물이 되리란 믿음 때문이었다.

이제 그 믿음이 희박해져 가고 있다. 희박해지는 만큼 그건 더 아름다운 꿈처럼 생각된다.

이 단편집을 누구에게 선물할까 오래 고민했다. 과연 이 하찮은 선물을 누구에게 줘야 미소를 지으며 받아줄까? 오래전 유치한 글들을 써서 얇은 문집을 만든 적이 있었다. 그때 어머니가 비용을 대주셨는데, 어머니는 문집이 나오고 한해가 채 지나지 않아 세상을 떠나셨다. 하관식을 하던 날 난 그 싸구려 문집을 어머니의 곁에 묻어주었다. 그러면서 자못 비극적으로 울었는데, 난 눈치가 없는 사람으로 항상 분위기 파악을 못해 따돌림을 당해 오곤 했으므로, 어머니를 잃은 자식으로서 더 엉엉 울기 위해 애를 써야만 했다. 그러나 내 비극적 몸짓은 내 슬픔을 대신하지 못했었다. 나의 슬픔은 비극적인 몸짓에 입이 가린 채 울지도 못했다. 그 시절 슬퍼하기 위해 애쓰느라 돌보지 못했던 나의 슬픔을 생각한다.

그리고 이 첫 번째 작품집을 어머니에게 바친다.
그녀가 존재했던 부평 어딘가에 있을, 여전히 텅 비어있는 그녀의 면적(面積)에 바친다.

2023년
배매아